KB193772

El caminò

001 _ 037

스페인 산티아고 가는 길
엘 카미노, 별들의 들판까지 오늘도 걷는다

2009년 7월 13일 초판 3쇄 발행
2007년 11월 30일 초판 1쇄 발행
지은이 신재원

펴낸이 이원중 책임편집 조현경 교정교열 정은영 디자인 이유나 출력 경운출력 인쇄 · 제본 상지사
펴낸곳 지성사 출판등록일 1993년 12월 9일 등록번호 제10 – 916호
주소 (121 – 829) 서울시 마포구 상수동 337 – 4 전화 (02) 335 – 5494~5 팩스 (02) 335 – 5496
홈페이지 www.jisungsa.co.kr | blog.naver.com / jisungsabook 이메일 jisungsa@hanmail.net
편집팀장 최은정 편집 조현경, 김재희 디자인 이유나, 박선아 영업팀장 권장규

ⓒ 신재원 2007

ISBN 978 - 89 - 7889 - 166 - 0 (03810)

잘못된 책은 바꾸어드립니다. 책값은 뒤표지에 있습니다.

엘 카미노

별들의 들판까지 오늘도 걷는다

신재원 글

지성사

머리말

무심코 집어든 온다 리쿠의 소설에서 이런 구절을 발견했다.

"단지 걷는다는 것뿐인데, 어째서 이다지도 특별하게 느껴지는 걸까?"

예기치 않은 문장에 깜짝 놀란 내 심장이 허둥대며 덜컹거린다. 이건 '엘 카미노 데 산티아고'에 대한 나의 감상 그 자체이지 않은가? 소설 속 소녀의 수줍은 고백에 고개만 주억거리던 나는 결국 흥분을 가라앉히지 못하고 밖으로 뛰쳐나가 거리의 찬바람을 맞으며 얼굴의 열기를 식힌다.

피부에 닿는 찬바람이 뜨거운 열풍으로 바뀌어 내 가슴속을 훅, 하고 가득 채운다. 그리고 밀려드는 기억들….

끝없이 펼쳐진 밀밭… 자그마한 그늘과 소박한 음식을 나누며 환하게 웃던 벌건 얼굴들… 허름한 시골 바를 가득 채운 카페 콘 레체의 향기. 어느덧 아스팔트를 내딛던 나의 다리는 꿈결처럼 흙먼지 가득한 산티아고 가는 길로 내달려 버린다.

과연 언제일까? 그 무엇이 그 길을 떠올리게 한다 해도 초연하게 "맞다, 나도 그 길을 걸었었지. 게으름뱅이 주제에 별 짓을 다 했다니까." 하고 가볍게 웃어넘겨 버릴 수 있는 날이.

「엘 카미노- 산티아고 가는 길」

텔레비전 채널을 돌리다 우연히 본 다큐멘터리. 카메라는 카미노를 걷는 몇몇 사람들을 조용히 따라가고 있었다. 천 년의 역사가 스며든 희망과 치유의 길이라는 그 길을 따라 묵묵히 걷고, 쉬고, 걷기를 반복하며 스스로를 돌아보고 삶에 뭉친 응어리를 조용히 풀어내는 시간을 갖던 그들이 드디어 산티아고에 도착한 후 짓던 표정은 무척이나 인상적이었다.

그 길은 그렇게 나와 첫 대면을 하자마자 내 머리 한 구석에 단단히 똬리를 틀고 앉아 나를 부르기 시작했다. 그 끊임없는 카미노의 초대에 응하지 않을 수 없었던 나는 결국 21개월 후 그 길 위에 서고야 말았다.

그리고 지금, 그 길을 벗어나 또 다시 그만큼의 시간이 흘렀다. 처음 그 길을 알게 된 순간부터 매혹되었지만 걷고 난 후에 더욱 깊이 풍덩 빠져 들어 이토록 헤어나지 못하고 버둥거릴 줄은 미처 예상하지 못한 일이었다.

무엇이든지 지나버리면, 겪어버리면 결국엔 다 시시해져 버린다고 생각했었는데 오히려 지금의 그 곳이 가기 전 기대에 부풀었던 때보다도 더욱 내 가슴을 콩닥콩닥 달뜨게 한다.

산티아고까지의 여정을 마치고 한 달쯤 지났을 무렵, 나는 여전히 엘 카미노 위를 서성이는 마음을 어쩌지 못하고 리스본의 한 광장 모퉁이 카페에 앉아 커피를 홀짝이고 있었다.

무릎만, 발목만 괜찮다면 지금이라도 당장 달려가 다시 그 길을 걷고 싶다, 라는 부질없는 반복된 열망에 슬퍼하고 있는데, 순간 창밖으로 지독히도 허름한 한 여행자의 모습이 내 눈에 들어와 쏙 박힌다. 아니, 내 눈을 찌른 건 그녀가 아니라 그녀의 가슴에 걸려 있는 커다란 조개껍데기와 손에 들린 지팡이였다. 나의 놀란 눈과 마주친 그녀가 씽긋 미소를 지으며 지팡이를 흔들어 보인다. 심하게 초라한 행색과 어울리지 않는 그녀의 반짝이는 맑은 눈빛.

거의 다니는 사람이 없다는 포르투갈 루트를 홀로 걷는 그녀는 분명 이 길에 중독된 사람일 것이다. 산티아고에 도착하는 순간 지나온 길들이 금세 그리워져 다시 길 위에 설 수밖에 없는.

그녀와의 짧은 조우가 끝나는 순간 답답하던 내 가슴속이 펑하고 시원하게 뚫려 버린다. 지금 당장 걸을 수 없다고 슬퍼하던 나의 어리석음이 부끄러워 서둘러 도망가 버린다. 시간도 길도 나도 여전히 이 세상에 남아 있는데 지금 무엇을 아쉬워할까?

그 바람은 시간을 타고 더욱 더 커져만 가고, 기대와 설렘으로 나를 밀어붙인다. 나는 흥겨운 마음으로 그날을 기다린다. 배낭을 짊어지고 그 길 위에 다시 서는 날은 과연 언제가 될까? 해바라기가 흐드러지게 핀 날, 난 조금은 노련한 페레그리노가 되어 그 길을 걸어가고 있을까?

온전히 나만의 시간을 갖고 싶다고 떠난 길이었다. 나라는 존재, 내 안의 세계에만 집중하겠다고 마음먹었었다. 그러나 착각이었다. 난 혼자일 수 없었다. 내 머릿속에서, 마음속에서 늘 나와 함께하는 사람들이 있었다. 그리고 그들을 향한 나의 사랑과 애정을 확인하는 것도 그 길에서 만난 잊을 수 없는 큰 기쁨이었다.

항상 넘치는 사랑 베풀어 주시는 엄마, 이젠 언제나 죄송스러울 수밖에 없는 아빠, 나와 닮은 것이라곤 제비초리밖에 없는 내 동생, 그리고 기도해 주고 그리워해 준 어여쁜 나의 사랑 나의 친구들.

혼자 떠나온 길을 혼자가 아니라고 토닥여 준 마음과 옷깃이 스친 엘 카미노 위의 수많은 사람들. (특별히 꼴롱브와 피에렛에게. 당신들이 한글을 읽을 수 없어서 얼마나 아쉬운 줄 몰라요.)

그리고 부족한 제 글에 생명을 달아 주신 김선정 님을 비롯한 지성사 분들께 부끄러워 차마 입으로 못한 감사의 말들 글로나마 전합니다.

외지 나왔답시고 여기저기 쑤시고 다니며 종알종알 잘도 떠들어대던 제 목소리에 내내 귀 따가우셨을 하느님께도 감사드립니다.

2007년 11월

신재원

차례

론세스바예스로 가는 길…
노란 화살표를 따라 별들의 들판으로

바르셀로나에서 팜플로나Pamplona까지는 버스로 여섯 시간 반. 버스는 하루에 세 번 있다. 또 팜플로나에서 론세스바예스Roncesvalles까지는 버스로 한 시간 남짓 걸리는데 오후 여섯 시 정각, 하루에 단 한 대밖에 없다.

론세스바예스는 피레네 산맥의 남쪽 끝, 프랑스와 이어진 길의 스페인 시작점이다. 팜플로나에서 하룻밤 머물 생각이 아니라면 선택의 여지란 없다. 아침 일곱 시 삼십 분에 출발하는 첫차를 반드시 타야 한다.

해가 하늘 꼭대기에 다다를 무렵에야 잠에서 깨던 내가 태양이 모습을 드러내기도 전에 일어나야 한다. 서울을 떠날 때 비행기도 그랬는데, 이번 여행은 한없이 게으른 나에게 부지런하게 움직인다는 것이 무엇인지 확실히 가르쳐 주려는 모양이다.

자명종을 맞춰지만 혹시나 해서 민박집 아줌마에게도 모닝콜을 부탁한다. 역시 긴장해서인지 자명종이 울리기 무섭게 정신이 후다닥 든다. 머리는 깨어났는데 몸은 영 일으키기 싫다. 시끄럽게 울어대는 시계를 잠재우고 침대 안에서 그냥 꼼지락거린다. 그러다 설핏

창밖은 저리도 한가로운데
내 심장은 콩닥콩닥 터질 것만 같다.

선잠이 들어 버린다. 얼마나 시간이 지났을까? 갑자기 정신이 번쩍 든다. 깜짝 놀라 시계를 보니 아직은 괜찮은 시간. 휴, 다행이다. 부리나케 일어나 세수하고 짐을 챙긴다. 아줌마는 아침 먹고 가라고 채근이지만 그럴 시간이 없다. 민박집을 나서는데 아줌마가 빵과 과일을 싸 준다. 아이, 고마우셔라.

이 도시에 다시 오는 날이 있다면 그때도 꼭 이 집을 찾으리라 마음먹는다.

바르셀로나의 버스터미널은 무척이나 썰렁하고 을씨년스럽다. 한마디로 후지다. 이 도시의 국제적 명성에 걸맞지 않게 지나치게 초라한 행색이다.

버스터미널에 도착한 나는 한 치의 서성임도 없이 매표소로 씩씩하게 향한다. 이곳에 아주 익숙한 사람처럼 말이다. 후후, 사실 어젯밤에 미리 와 봤다. 민박집 아줌마의 권유로 그랬는데, 그건 아주 현명한 처사였다. 안 그랬으면 오늘 아침, 이렇게 촉박하게 터미널에 도착해서는 무척이나 당황하여 발을 동동 굴렀을 거다.

무척이나 가고 싶던 바르셀로나였건만 이제 곧 산티아고로 가는 길을 나선다는 생각에 마음이 뺏겨 그만 제대로 바르셀로나를 즐기지 못했다. 시간이 흐를수록 더욱 아쉬워진다. 그저 언젠가 다시 갈 기회가 생기기를 바랄 뿐이다.

매표소 같지도 않은 창구에는 오로지 버스회사 이름뿐이다(사실 이때는 그게 버스회사 이름인지도 몰랐다). 어쩌면 몇 군데의 행선지는 씌어 있었을지도 모르겠지만, '팜플로나'는 어디에도 보이지 않는다.

난 어제 들은 대로 팜플로나행 표를 살 수 있는 창구 앞에 느긋하게 선다. 그러나 내 여유로운 기분도 잠깐. 버스를 타려고 보니 어디서 타야 하는지 모르겠다.

티켓을 아무리 들여다봐도, 버스들을 아무리 살펴봐도 도무지 알 수가 없다. 이럴 땐 역시 사람들에게 묻는 게 최고다. 혼자 서 있는 아저씨에게 어설픈 스페인어로 물으니, 나를 버스 앞까지 데려다 준다. 난 계속 반대편에서 버스를 찾고 있었다. 이런….

사람들이 버스에 오르면서 캐비닛에서 생수를 하나씩 꺼내 든다.

나도 하나 꺼낸다. 스페인 버스에서는 물도 주는구나 하면서 희희낙락했는데 알고 보니 내가 이용한 여러 스페인 버스회사들 중 생수를 주는 버스는 이 회사가 유일했다.

터미널을 출발한 버스가 도시를 떠나기도 전에 어딘가로 다시 들어선다. 터미널은 아까보다 작은데 타는 사람들은 훨씬 많다. 이 터미널이 도심과 더 가깝기 때문인가 보다.

남미계로 보이는 기사 아저씨는 텔레비전 시트콤처럼 보이는 DVD 타이틀을 걸어 놓고는 푸하하하 웃으며 운전한다. 승객들은 그다지 웃지 않는데, 아저씨 혼자서만 무척 좋아한다. 그런데 시트콤에 열중한 사람의 운전 속도 치고는 버스가 무척이나 빠르다. 안전벨트를 매는 게 좋지 않을까 하는 생각이 머리를 스친다.

나지막하고 황량한 언덕, 간간이 보이는 풍차, 외롭게 서 있는 오종종한 나무들(올리브 나무인가?), 끝이 보이지 않는 지평선, 시퍼런 하늘. 아직까지는 낯선 스페인의 풍광이 내 시선을 붙잡고 놔 주지 않는다.

민박집 아줌마가 싸 준 빵과 과일을 먹으며 창밖을 바라보고 있는 내 마음은 이런저런 생각으로 시끄럽다. 내가 지금 엘 카미노로 가고 있다는 것도 실감 나지 않았고, 과연 끝까지 그 길을 걸어 낼 수 있을까 하는 불안감도 일렁이고.

그러나 그런 느낌들은 모두 다 기분 좋은 설렘이어서 가슴이 콩닥거렸다.

버스가 휴게소로 들어선다. 삼십 분간 정차한단다. 사람들이 우르르 내려 자신들이 싸 온 보카디요(bocadillo, 스페인식 샌드위치)를 먹거나 매점으로 들어간다. 나는 휴게소에서 밥 먹고 돌아올 시간을 주는 것도 모르고 이미 차 안에서 혼자 밥을 다 먹었다. 하긴 우리나라 고속버스들도 우동이나 감자 먹을 시간은 주는데 내가 그간 버스를 너무 타지 않아서 다 잊어버렸나 보다. 에잇.

배도 안 고프고 해서 매점에서 초콜릿 하나 사서 햇볕 좋은 곳으로 가 앉는다. 대부분의 사람들이 식당을 이용하기보다는 자기들이 싸 온 음식을 야외에 앉아서 먹는다. 그런데 맞은편 계단에 앉아서 보카디요를 먹고 있는 남자애가 무척이나 예쁘게 생겼다. 참으로 귀엽구나 하면서 내심 감탄하고 있는데 녀석이 갑자기 고개를 돌려 나를 쳐다본다. 아, 내 눈빛이 너무 강했나 보다. 살짝 민망해지려는데 녀석이 씩 웃는다. 얼굴에서 번쩍 하고 빛이 난다.

당황한 나는 반사적으로(선글라스를 쓰고 있으니 표정은 감출 수 있다) 고개를 다른 곳으로 휙 돌려 버린다. 그러나 몰려드는 부끄러움. 이런, 조카뻘 되는 아이를 보고 수줍어하다니, 될 법한 일이더냐? 쯧쯧, 당최 나이는 다 어디로 먹은 것인지.

그러면서도 산티아고Santiago로 가는 길에도 저런 예쁜 애들이 지천으로 널려 있었으면 좋겠다는 부질없는 생각을 한다. 뭐, 긴 길 걸어가는데 눈이라도 호강하면 좋지 않겠는가? 흠흠.

익스프레스라는 이름이 무색할 정도로 마을마다 정차하던 버스는 오후 두 시가 되어서야 팜플로나에 들어선다. 이곳 버스 터미널 역시 꽤나 초라하다. 하긴 바르셀로나의 터미널도 그리 후졌는데 여기라고 번듯할 턱이 없지. 우리네 읍 소재지의 터미널만도 못하다.

론세스바예스라는 글자가 작게 씌어 있는 매표소로 다가가 표를 산다. 역시 오후 여섯 시 단 한 대뿐이다. 나와 같은 버스를 탄 사람 중 론세스바예스로 가는 사람은 아무도 없는지 표 사는 사람이 나밖에 없다. 어차피 혼자 온 주제에 괜히 외로워진다.

시간이 많이 남아 배낭을 메고 밖으로 나온다. 아무리 터미널이 후지다 하여도 이곳은 그래도 명색이 팜플로나 아닌가? 헤밍웨이 소설 『해는 또 다시 떠오르다』의 배경인 이곳. 소와 함께 달리는 축제 '산 페르민San Fermin'으로 유명한 바로 이곳.

이곳은 론다에서 발견한 '헤밍웨이의 길'. 명망 있는 작가는 오로지 글만 남기는 것이 아니다. 그러나 자신의 모든 행적이 타인의 관심과 추적의 대상이 된다는 것이 그다지 유쾌하지만은 않을 것 같다. 헤밍웨이는 그걸 즐겼을라나?

우선 인포메이션 센터로 가 봐야지 하는데 마침 인포메이션 센터를 가리키는 표지판이 보인다. 잘됐다 싶어 그 표지판을 따라 움직이는데 아무리 가도 나오지 않는다. 올라오는 짜증을 누르며 이 골목 저 골목 헤매는데, 갑자기 내 눈에 확 들어오는 것이 있었으니…. 드디어 보고야 말았다. 그 화살표를. 산티아고로 향하는 노란 화살표를.

산티아고.

사람들은 흔히 산티아고 하면 칠레의 수도를 떠올린다. 나 역시도 한때는 그랬다. 스페인 서북부에 위치한 산티아고의 정식 명칭은 산티아고 데 콤포스텔라Santiago de Compostela. 우리말로 풀면 '별들의 들판'이라고 어떤 소설이 알려 주었다.

예수의 열두 제자 중 한 명인 성 야고보가 묻힌 그곳. 중세시대부터 수많은 순례자들이 그의 발자취를 좇아, 걷거나 혹은 말을 타고 유럽을 관통하여 그곳으로 갔다. 바로 그 산티아고로 가는 방향을 알려 주는 저 화살표.

건물 한 귀퉁이에 타일처럼 붙어 있는 그 표식을 한참 동안 바라본다. 가슴속에서 뭔가 몽글몽글 피어나는 느낌. 나도 내일부터 저 화살표를 따라 걸을 것이다.

두근거리는 마음을 억누르며 다시 인포메이션 센터를 찾는다. 그런데 아무리 찾아도 나오질 않는다. 아무래도 잘못된 표지판인 것 같다. 나중에 한 스페인 여행 때도 이런 경우가 종종 있었는데, 사무실은 옮겨 놓고서 표지판은 그대로 두는 경우가 꽤 많았다. 그거 하나 바꾸는 게 뭐 그리 힘들다고 관광객들을 생고생시키는지.

"이게 뭐야!" 짜증이 절로 난다. 역시 이럴 땐 현지인에게 묻는 게 최고다 싶은데 마침 지나가는 사람이 하나도 없다. 췟.

그렇게 투덜거리며 이리저리 휘젓다가 좁은 골목에서 갑자기 맞닥뜨리게 된 한 청년. 햇볕에 붉게 익은 얼굴, 아주 커다란 배낭, 거기에 달린 등산화와 조개껍데기.

묻지 않아도, 알려 주지 않아도 알 수 있다. 그가 산티아고로 가는 중이라는 걸. 그도 내 배낭에 시선을 주더니 아주 지친 얼굴로 묻는다.

"스탬프 찍는 곳 알고 있니?"

"아니, 근데 아까 저기서 화살표를 보기는 했는데…."

팜플로나. 시에스타에 잠긴 도시는 고즈넉하기만 하다.

그는 내가 가리키는 방향으로 서둘러 몸을 틀면서 고맙다고 웅얼거린다. 무거운 그의 발자국 소리만이 가득한 골목에 서 있으려니, 내 어깨를 짓누르는 배낭이 문득 무척이나 무겁게 느껴진다.

배낭을 추스르고 다시 인포메이션 센터를 찾는다. 사람들에게 물어 찾았으나 으아악, 시에스타(siesta, 강렬한 햇빛을 피하기 위한 스페인식 낮잠시간)다. 네 시까지는 문을 닫는단다.

아, 잊고 있었다, 그놈의 시에스타. 어쩐지 길에 사람들이 없다 했더니…. 날은 덥고 어디로 가는 게 좋을지도 모르겠고, 게다가 구경이고 뭐고 다 집어치우고 배낭이나 얼른 내려놓고 싶다. 터미널 근처에서 본 카페테리아로 향한다.

커피와 보카디요 하나를 시키고선 테이블에 그냥 뻗어 버렸다. 온몸이 이미 땀으로 푹 절어 있었다.

좀 전에 본 그 청년의 모습에 내 모습이 자꾸 오버랩되면서 심란해지기 시작한다. 과연 해낼 수 있을까, 조금만 걸어도 배낭이 이렇게 무겁게 느껴지는데, 하루 빨리 주제파악하고 그냥 맘 편히 여행이나 다닐까? 아냐, 아냐. 그래도 시작은 해 봐야지. 시작도 하기 전에 포기하면 안 되지. 혼자 북 치고 장구 치고 꽹과리도 쳐 가면서 자꾸만 불안해지는 마음을 달래고 어른다.

버스 시간까지는 아직 시간이 많지만 이미 지칠 대로 지쳐 버려서 움직이고 싶지 않아 카페테리아에서 시간을 다 보내고서야 터미널로 향한다.

생각보다 무척 많은 사람들이 배낭을 짊어지고 터미널에서 서성거리고 있다.

개중에는 자전거를 가지고 가는 사람들도 꽤 여럿이다. 북적대는 사람들을 보니 다시 기분이 묘해진다. 안도가 되면서 다들 나와는 너무도 다른 이질적인 모습인지라 어딘가 엉뚱한 장소에 떨어져 있는 듯한 느낌도 든다. 사람들이 짐칸에 배낭이나 자전거를 싣는다. 이 버스가 맞겠지 싶지만 혹시나 하는 마음에 옆에 서 있는 중년 여자에게 물어본다.

"나도 확실히는 모르겠지만 아무래도 맞는 것 같아." 그녀는 애매하게 웃으며 대답한다. 그러고 보니 그녀도 나처럼 선뜻 배낭을 싣지 못한다.

차장처럼 보이는 아저씨에게 다시 물어본다. 론세스바예스로 가는 버스 맞단다. 사람들이 너무 많아서 혹시 서서 가야 하는 게 아닐까 싶어 잽싸게 버스에 오른다. 빈자리가 보이기에 얼른 가 앉는다.

그런데 좌석이 꽉 차자 더는 사람들을 태우지 않는다. 운전기사는 이리저리 다니며 다른 버스를 찾는 기색이다. 한 시간 정도 거리니까 대충 태워도 될 것 같은데 입석은 전혀 용납되지 않는 모양이다. 이래저래 십여 분이 흐르고 일이 해결되었는지 기사가 버스에 오른다.

팜플로나에서 론세스바예스로 가는 길은 아주 예쁘다. 아담한 숲과 나무들, 거기에 어울리는 역시 아기자기한 마을들. 초조하던 마음이 조금씩 편안해진다. 좁은 산길과 작은 마을들을 지나 버스는 드디어 론세스바예스에 도착한다. 난 사람들이 움직이는 대로 쫓아간다.

서류를 작성하고 드디어 크레덴시알credencial을 받는다. 서류는 아주 간단하다. 국적이나 이름 같은 기본적인 신상과 이 길을 걷고자 하는 이유를 해당란에 체크하면 된다. 종교적이라거나 개인의 영적인 이유, 혹은 레저 같은…. 예전에는 레저에 체크하면 크레덴시알을 안 주었다는 말을 들은 것도 같은데, 지금은 상관없나 보다. 자전거 옷차림을 한 사람들도 다 크레덴시알을 받는 걸 보면.

이 크레덴시알은 일종의 증명서로 엘 카미노를 걷는 동안 알베르게(albergue, 유스호스텔)를 이용할 수 있는 권리를 준다. 그리고 여기에, 이 길을 걷는 동안 만나게 되는 숙소, 성당 혹은 바bar나 카페에서 도장을 받는다. 도장은 전부 문양이 다르기 때문에 수집하는 재미도 꽤 쏠쏠해서 길을 걷는 즐거움 중의 하나가 된다.

크레덴시알. 지팡이, 호리병, 조개껍데기 등 순례자의 상징물이 그려 있다. 발급하는 지역에 따라 디자인이 조금씩 다르다.

5유로인 이곳 숙소는 철제 이층침대가 죽 늘어선 것이 영화 속에서 보던 군대 숙소 같다. 배정받은 침대를 찾아가니 2층이다. 그런데 침대 사이에 계단이 없다. 그냥 올라가기는 아무래도 힘들 것 같은데, 혹시 좋은 방법이라도 있나?

무심결에 옆 침대 여자애에게 물어본다.

"여기 어떻게 올라가?"

"글쎄, 모르겠는데." 앳된 얼굴의 스페인 여자애도 난감한 미소를 지을 뿐이다.

어쩔 수 없다. 아래 침대를 지지대 삼아 짧은 다리를 찢어 가며 2층으로 힘겹게 올라간다. 올라와서 보니 다들 그런 식으로 대충 올라간다.

알베르게 침대에는 시트가 없다. 그래서 다들 침낭을 들고 다닌다. 침낭을 펴서 자리를 만들고 다시 침대에서 내려와 밖으로 나간다.

여덟 시에 페레그리노peregrino들을 위한 미사가 있다고 해서 성당으로 향한다.

페레그리노란 스페인어로 순례자란 뜻인데, 이

론세스바예스 알베르게. 기숙사의 로망 같은 건 전혀 찾아볼 수 없다. 반드시 쪽지에 적어 준 번호의 침대를 이용해야 한다.

길을 걷는 사람들을 가리키는 말이다. 물론 과거에는 다들 진짜 순례자들이었겠지만 지금은 트레킹을 즐기러 오는 사람들이 훨씬 더 많기 때문에 이렇게 부르는 게 좀 낯간지럽게 느껴진다.

소박한 작은 성당 안에선 이미 미사가 진행되고 있다.

복사(신부의 시중을 드는 사람)도 없고, 성가도 없는 미사는 무척이나 간소하다. 알아들을 수 없지만 신부님께서 페레그리노들을 위해 축복해 주시는 것 같았고 앞으로 길 떠날 사람들의 국적을 일일이 나열하신다. 내 귀에 코레아라는 단어가 와 쏙 박힌다. 기분이 또 다시 몽글몽글. 왠지 눈물이 흐를 것만 같아서 눈에 힘을 팍 준다.

평화의 인사를 나누는 시간. 사람들이 서로의 손을 꽉 잡는다. 산티아고까지 다들 무사히 가기를 바라며 나도 그들의 손을 힘차게 되잡아 준다.

미사를 마치고 밖으로 나가려는데 한 할머니가 나를 잡고 묻는다.

"너 한국 애니?"

"네."

동양인이라고는 나 하나뿐이니 짐작하기가 아주 쉬웠을 것이다. 그러자 갑자기 할머니가 한국말로 "안녕하세요?" 하고 말해 깜짝 놀랐다.

이 프랑스 할머니의 손녀 둘이 다 한국에서 왔단다. 아들이 딸 둘을 모두 한국에서 입양한 것. 뭐라 대답해야 할지 몰라 "아, 예…." 하면서 얼버무린다.

한국 아이를 입양했다는 유럽 사람들을 종종 만나게 되는데, 그럴 때마다 어떻게 반응을 해야 할지 모르겠다. '좋은 일 하시네요.' 이

것도 아니고, '우리 대신 잘 키워 주세요.' 혹은 '한국 애들 키우니까 좋으시죠?' 이것도 이상하고 정말 난감하다. 결국 불편한 미소를 지으며 어정쩡하게 서 있는 수밖에 없다.

저녁을 대충 때우고 샤워하러 가니 좀 곤혹스런 상황이 날 기다리고 있다. 화장실의 여자용 샤워실은 단 두 칸. 줄은 길게 늘어서 있고 샤워실은 너무 좁아서 옷을 걸어 두기도 힘들다. 옷이 물에 젖지 않도록 비닐에 꽁꽁 싸서 문에 걸고 서둘러 샤워를 마친다. 휴, 피곤하다.

아홉 시가 좀 넘었을 뿐인데 이미 잠자리에 든 사람들이 제법 있어서 여기저기 코 고는 소리가 들린다. 내 아래 침대 아저씨도 이미 잠이 든 듯싶어 조심스레 침대로 올라가 침낭 속으로 들어간다. 침낭에 몸을 묻고 말똥한 눈으로 어둑한 천장을 바라보고 있으려니, 내가 정말 여기까지 와 버렸다는 것이 제대로 실감 난다.

드디어 내일이다.

어둑한 알베르게 안, 과연 내가 산티아고까지 무사히 걸어갈 수 있을까? 그냥 몸만 상하는 거 아닐까? 에이 몰라, 가다 힘들면 옆으로 새지 뭐, 그런다고 누가 뭐라 하나. 이런저런 생각들을 끌어안은 채 잠들기 위해 노력한다.

내 합판은 당신의 침대보다 안락하다

긴장한 데다 사람들의 코 고는 소리에 잠이 깊게 들지 않는다. 부스럭거리는 소리에 시계를 보니 아직 여섯 시도 안 되었는데 사람들은 벌써 길 떠날 채비를 한다.

여덟 시까지만 떠나면 되는 거 아닌가 하고 생각했지만 나 역시 이미 잠이 깼고, 여기서 더 미적거릴 이유도 없어서 자리를 털고 일어난다. 이런 부지런함이 몸에 밸까 봐 겁이 날 지경이다.

사람들은 자리에서 그냥 옷을 쓱쓱 갈아입지만 난 샤워실로 옷을 챙겨 가서 갈아입는다. 다들 그런다고 하더라도 공중목욕탕도 아닌 곳에서, 게다가 남녀구별도 안 되어 있는 도미토리(dormitory, 공동 침실)에서 옷을 갈아입을 만큼 내 신경이 무디지 않다.

준비를 마치고 신발 끈을 동여매는데, 어제 버스터미널에서 만난 헬렌이 "오늘 나랑 같이 걷지 않을래?" 하고 묻는다. 와이 낫? 거절할 이유가 없지. 좋다고 대답한다. 헬렌은 오스트레일리아 멜버른에서 왔는데, 가정상담사인 그녀는 자신의 생일을 앞두고 자신에게 주는 선물로 이곳을 찾았다고 한다. 선물 한번 꽤 근사하다.

이른 아침이라 그런지 생각보다 춥다. 아직 해가 뜨기 전이어서 다들 등산용 랜턴을 켜 든다. 난 이런 거 가져올 생각 따위는 해 본 적도 없는 사람이다.(사실 안 가지고 온 게 이거 하나뿐인가?) 랜턴을 든 헬

—

론세스바예스를 떠나 처음으로 만난 마을. 아담하니 참 예쁘다. 첫 휴식을 즐기는 사람들로 한적했던 마을의 바는 시끌시끌.

렌의 뒤에 찰싹 붙어 따라간다.

오늘의 목표 지점은 수비리Zubiri. 론세스바예스에서부터 22.5킬로미터다.

22.5킬로미터라고 호기롭게 말하지만 난 사실 그게 어느 정도의 거리인지 감을 잡지 못한다. 론세스바예스에서부터 수비리 사이에는 알베르게가 없다. 그러니까 어쨌든 오늘은 수비리까지는 가야 하는 것이다.

나지막한 언덕들을 지나고 한가로운 젖소들의 목에 달린 종소리를 음악 삼아 들으며 들판을 걸을 때는 괜찮았다. 기분도 상쾌했다.

그런데 갑자기 앞을 가로막고 나타난 산!! 물론 알고 있었다. 이 길엔 평지만 있는 것이 아니라 산도 있다는 것을. 하지만 첫날부터 산이라니. 처음은 가볍게 시작하고 싶어서 일부러 피레네 산맥 밑에서 시작했는데….

휴, 그러나 어쩔 수 없다. 저 산을 넘어가야만 한다. 두 주먹 불끈 쥐고 숨을 몰아쉬며 산을 오른다. 최근에 비가 왔는지 길이 꽤 질척거린다.

헉헉대며 산을 오르는데 사람들이 옹기종기 모여 있다. 묘비가 보인다. 사람들 중 한 명이 나를 돌아보며 "혹시 일본 사람이니?" 하고 묻는다. 그 묘비는 어느 일본인 할아버지를 기리는 것이다. 나이도 많은 분이 길을 나섰다가 얼마 걷지도 못하고 이곳에서 돌아가신 모양이다. 일본어로 씌어 있는 여러 편지들…. 아마도 그들은 내가 그 편지들을 읽어 줄 수 있을 거라고 기대했나 보다.

세월이 고스란히 느껴지는 농가. 이런 집들은 도대체 언제 지은 것일까?
/ 산길에 지천으로 핀 꽃. 짙은 녹색의 물결에 화사함을 더해 준다.

멀리 자신의 꿈을 위해 이곳까지 왔던 할아버지를 위해 잠시 기도하고, 다시 길을 걷는다. 운동화가 진흙으로 엉망이 되어 버렸다.

거칠게 숨을 몰아쉬며 걷는 나와 헬렌을 날렵하게 생긴 한 남자가 따라잡는다. 나에게 어디서 왔냐고 묻더니 "안녕하세요?" 한다.

앗, 어제에 이어 또 다시 한국말 인사다. 이거 날마다 듣는 거 아닌가 하고 후루룩 김칫국부터 마신다.

영국인 존은 한국인 친구가 있다면서 "너, 박 씨지?"라고 단언한다. 그가 알고 있는 한국인은 죄다 박 씨라나 뭐라나. 난 아니라고 하니 민망해 하는 존. 그래도 우리 엄만 박 씨라고 얘기해 주니까 어깨를 으쓱거린다. 반은 맞힌 셈이라고.

헬렌과 중간에 자주 쉬었음에도 불구하고 완전히 지쳐서 헉헉거리며 수비리로 들어선다. 수비리에 들어섰다는 것만으로도 너무 기쁘다. 이젠 배낭을 내려놓고, 따뜻한 물로 샤워하고 맛난 것도 먹을 수 있을 테니까.

알베르게라는 간판이 보이자 발걸음이 한결 가벼워진다. 나는 헬렌을 재촉하며 나는 듯 걸어간다. 그러나 빈 침대가 하나도 없단다. 사설 알베르게의 관리인은 무니시팔(municipal, 협회나 지역에서 운영하는) 알베르게 위치를 알려 준다. 괜찮아, 아직까진 괜찮아. 어기적거리며 다시 길을 나선다. 그러나 그곳에도 침대는 없다. 아아악!!!

이곳에 도착해서야 알았는데, 이곳 알베르게의 침대 수는 스무 개 남짓. 론세스바예스의 백 개도 넘는 침대가 다 찼었는데, 그 사람들을 다 재울 침대가 이곳에 없는 것이 분명하다. 오스탈(hostal, 호스텔)과 팡시온(pensión, 펜션) 등 수비리에 있는 모든 숙소를 다 다녔지만(워낙에 작은 마을이라 몇 개 되지도 않는다) 빈 침대 하나를 찾을 수 없다. 침대를 구하지 못한 사람들은 알베르게에 붙어 있는 창고에서 자는 수

밖에 없다.

한여름에는 이 창고도 만원이라서 밖에서 자는 사람들도 제법 많단다. 그래? 그렇단 말이지? 별 수 없다. 오늘 하루 노숙자의 마음 자세를 갖는 수밖에.

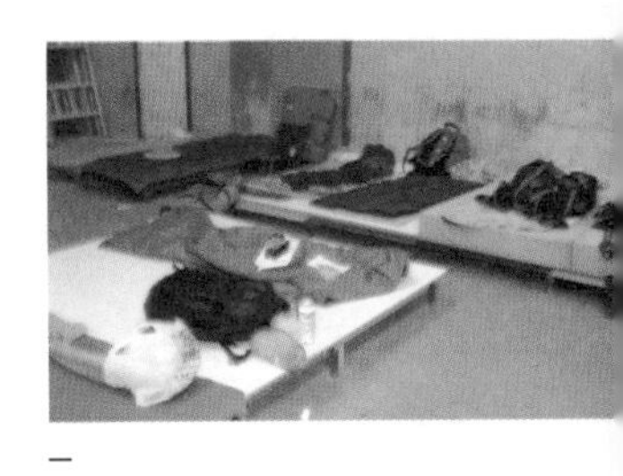

창고에서의 하룻밤. 카키 색깔 침낭이 깔린 후줄근한 합판이 내 잠자리다.

합판이나 매트리스가 한쪽 구석에 쌓여 있고, 필요한 사람들이 그것을 가져다 자기 침대로 삼는다. 그런데 매트리스가 심히 더럽다. 저런 매트리스라면 베드벅bedbug들이 살림을 차리고도 남을 듯싶다.

헬렌이 깨끗한 매트리스를 찾아 주려고 하지만, 난 그보다는 합판을 선택한다.

내가 합판을 닦고 또 닦는 사이 샤워하고 온 헬렌이 여기 샤워실에는 찬물밖에 안 나온다는 비보를 알려 온다. 첩첩산중이다. 땀에 절었으니 샤워를 안 할 수도 없는데. 마음 굳게 먹고 갈아입을 티셔츠를 찾는데 보이지 않는다. 앗, 론세스바예스에서 옷 갈아입다가 샤워실 문에 걸어 두고 그냥 왔다. 이런! 이런 식으로 배낭 무게를 줄이다니. 어깨를 늘어뜨리고 샤워실로 향한다. 이젠 잠옷으로 정해 놓고 입을 티셔츠도 없어졌다.

컨테이너로 만든 샤워실은 남녀 구분도 되어 있지 않다. 빨래를 하고 있는 여자의 뒷모습을 보고 안으로 들어섰는데, 안쪽에선 남자애 하나가 옷을 벗고 있다. 얼떨결에 그 아이의 엉덩이를 보고야 말았다. 남녀공용인데 문도 아니고 샤워 커튼만 달랑 쳐 있다. 아아, 정말 샤워하기 싫다.

정녕 여기서 샤워해야 한단 말인가. 마음속으로 절규하고 있는데 빨래하던 여자가 내 어깨를 톡톡 친다. 고개를 돌려 보니 어제 나와 동침을 한 스페인 여자다(침대 두 개가 딱 붙어 있어서 거의 그런 모양새였다).

나에게 뭔가를 설명하는데 스페인어다. 영어는 하나도 못하는 눈치다. 내가 자기의 말을 이해하지 못하자, 그녀의 액션은 더욱 커진다. 반복되는 그녀의 몸짓. 뭐라고 하는 거지? 그녀의 몸짓을 유심히 살펴보는데 오오, 유레카! 그녀는 저쪽 건물에도 샤워실이 있고, 거기엔 따스한 물이 나온다는 것을 나에게 알려 주는 것이다. 나는 그녀에게 "무차스 그라시아스(Muchas gracias, 정말 고마워)!"를 외치고, 그 건물을 향해 냅다 달려갔다.

건물에 샤워실 표시가 없다. 이런 엉성한 건물에 그런 친절함이 있을 턱이 없지. 그래서 샤워실일 것 같은 곳의 문을 홱 열었더니 눈 여덟 개가 놀라서 날 돌아본다. 벌거벗은 여인 네 명이 고개를 빼고 나를 응시하다가 여자인 내가 들어서자 안도의 표정이다. 문이 고장 나서 잠글 수 없었던 모양이다. 여긴 샤워 커튼도 없이 칸막이로 네 개의 샤워 부스가 구분되어 있다. 왠지 좀 쑥스러운 광경이다.

사람들 앞에서 옷을 벗으려니 아무래도 부끄러워진다. 우리나라 공중목욕탕에서는 아무렇지도 않았는데…. 그들도 계속 날 힐끔거린다. 동양 여자 옷 벗는 거 처음 보냐? 흠흠.

친구 사이인 듯한 그 스페인 여자 애들이 물도 제일 잘 나오고 배수도 잘되는 부스를 나에게 알려 준다. 난 따스한 물에 감사하며 샤워한다.

헬렌이 레키(?)라는 일본식 마사지를 내 다리와 발에 해 준다. 단순히 기분 탓인지 모르겠지만 다리가 따스해지는 게 피곤이 좀 풀리는 것 같다. 헬렌에게 따뜻한 물로 샤워했다고 하니 무척이나 부러워한다. 후후.

처음엔 허름한 창고 합판 위에서 자야 한다는 사실이 끔찍하게 느껴졌는데 받아들이고 나니 재미있어진다. 나중에 서울로 돌아가면 친구들한테 보여줄 생각으로 사진도 찍는다.

둘러보니 나이 지긋한 분들도 꽤 된다. 대부분 이제 겨우 하루나 이틀을 걸은 사람들이라서 얼굴에 설렘이 그대로 드러난다. 멀리서 오로지 이 길을 걷기 위해 온 사람들이라 들뜬 미소가 가득한 얼굴들. 여기저기 앉아 두런두런 이야기를 나눈다. 외국어에 재능이 없는 난 긴장한다. 유일한 동양인이라서 항상 질문의 표적이 되니 부담스럽기 그지없다. 머릿속, 마음속에 있는 얘기를 제대로 풀어 놓을 수 없으니 나 자신도 좀 답답하다. 영어든 스페인어든 공부 좀 하고 왔으면 얼마나 좋았을까나. 게다가 짐을 줄이려고 회화 책 한 권 안 들고 왔다.

막상 합판에 누우니 뭐 안락하니 편하기만 하다. 낮에 기를 쓰고 침대 찾으러 다닌 일이 어리석고 우습게만 느껴진다. 역시 숙면엔 피곤이 최고다.

2일째
수비리 → 트리니다드 데 아레

선데이, 헝그리 선데이

수비리에는 아직 문을 연 카페나 바가 없어서 그윽한 커피 향을 머리에 그리며 다음 마을로 들어섰는데, 여기도 문을 연 가게가 없다.

이런, 오늘은 일요일! 일요일은 스페인 대부분의 가게나 식당이 문을 열지 않는다. 그래도 도시가 크면 바는 제법 문을 여는데 여기는 너무 작은 동네라 어디도 문을 열지 않았단다. 흑흑흑.

먼저 도착한 사람들이, 속속 도착하는 다음 사람들에게 정보를 전달해 주느라 바쁘다. 아침은커녕 커피 한 잔 마실 수 없게 되자 다들 당황하는 눈치다.

그러나 역시 스페인 사람들은 다르다. 그들은 빵이나 초콜릿, 과일 등 비상식량을 구비하고 있었다. 홈그라운드의 이점이 이런 곳에서도 발휘된다.

닫혀 있는 카페 앞 의자에 앉아 그들이 나누어 주는 음식을 받아

—

라라소나 마을. 좁다란 강과 다리 그리고 작은 마을. 이 길에서 만나는 전형적인 마을 모습. / 헬렌과 시드니 보이 조슈아. 뒤에서 설렁설렁 걷는 나에게 헬렌은 지금 뭐라고 하는 걸까? / 가파른 길이라 낑낑대고 올라갔지만 전망이 좋아 입이 헤 벌어졌다.

먹는다. 그 딱딱하기만 한 빵이 이렇게 맛있게 느껴지는 건 처음이다. 치즈와 함께 먹을 뿐인데도 엄청 고소하고 달콤하다. 인상 좋게 생긴 스페인 아저씨가 말린 과일을 주며, 과일 이름을 스페인어로 알려 준다. 나는 착한 학생처럼 아저씨를 따라 열심히 발음한다.

배를 채우고 나니 걸음에 힘이 붙는다. 오늘의 목적지는 트리니다드 데 아레Trinidad de Arre다. 가이드북에서 그곳의 사진을 보는 순간 그 마을에, 그곳의 알베르게에 꼭 머물겠다고 생각했다. 그래서 이날 출발할 때 헬렌에게 난 아레에서 멈출 거라고 미리 얘기했더니 헬렌은 조금 놀라는 눈치다. 팜플로나까지 가는 게 당연하다고 생각했을 테니까. 그러나 아레에 도착하는 순간 이미 지쳐 버린 헬렌도 이곳에 머물겠다고 결정해 버린다.

—

시골 식당은 역시 노인들의 사랑방.

작은 개울의 다리를 건너자마자 알베르게가 보인다. 작지만 정갈하고 예쁜 마을이다. 건물 앞에 서 계시던 프랑스인 수사님이 안으로 들어가자고 손짓하신다. 아레의 알베르게는 수도회에서 운영하고 있었다. 프랑스어로 얘기를 하시는 수사님이 아직 문 열 시간이 안 되었다고 배낭은 사무실에 두라고 한다.

배가 고픈 나와 헬렌은 크레덴시알에 스탬프를 받자마자, 수사님이 가르쳐 준 식당으로 향한다. 식당은 동네 사람들로 가득하다. 대부분 연세가 많은 분들이다. 역시 어느 나라나 시골에서 젊은이들 모습을 보기란 쉽지 않다.

메뉴판은 없고, 주문 받으시는 아저씨는 영어를 전혀 못하고, 스탈린 콧수염을 한 아저씨는 생각을 짐작할 수 없는 얼굴로 우리를 쳐다보기만 한다.

우선 급한 마음에 바에 앉아 초코라테와 보카디요를 하나 시켜 먹는데, 창가 쪽 테이블에 낯익은 얼굴들이 보인다.

어제 수비리에서 인사를 나눈 퀘벡에서 온 맘씨 좋게 생긴 부부다. 그 자리로 쪼르르 가 보니, 테이블 위에 음식이 푸짐하다. 물어본즉, 이것이 이 여정에 있는 대부분의 식당에 있다는 '메뉴 델 페레그리노(Menu del Peregrino, 두세 가지 코스의 푸짐한 정식)'다.

아, 오래간만에 제대로 된 식사를 하는구나. 신이 나서 주문을 한다. 내 주문에 탄력 받은 헬렌도 몇 가지를 주문한다. 그녀는 엄격한 채식주의자. "신 카르네(Sin carne, 고기 빼고)."를 연발한다.

와인에 샐러드를 먹고 있는데 어제 나에게 샤워실을 말해 준 스페인 여자가 친구와 함께 식당 안으로 들어온다. 지금 비가 와서 여기서 뭐 좀 먹다가 비가 그치면 팜플로나까지 갈 생각이란다. 우리와 합석한 그들은 유창한 스페인어로 (당연하게) 쑥쑥 주문한다. 그 모습이 내 눈에 어찌나 신통해 보이던지.

우와, 내가 시킨 요리가 나왔는데 고기가 무척 크다. 감자튀김도 수북이 쌓여 있다. 이미 보카디요를 하나 먹은 나로서는 감당할 수 없는 양이다.

내가 고기와 투쟁하는 사이 헬렌과 스페인 여인들은 자기네 나라 남자들 험담으로 바쁘다. 상대방의 언어를 잘 못하는 그들은 커다란 동작으로 대화하는데 그 모습이 귀엽다. 거들먹거리는 남자들을 표현하는 그들의 표정이 얼마나 재미있던지…. 분위기를 맞추기 위해 나도 우리나라 남자들 흉 좀 봐 줬다.

사람들과 대화할 때 언어실력이란 사실 그리 중요한 게 아닐지도 모른다. 계속해서 이야기를 이어나갈 수 있는 적절한 화제를 찾는 것이 대화의 중요한 요소라는 생각이 들 때가 있는데, 헬렌은 가정상담사라는 직업 때문인지 상대를 막론하고 말도 잘 걸고 대화도 잘 이끌어 나간다. 간혹 그녀의 오스트레일리아식 유머를 이해하지 못해 멀뚱거리며 쳐다보는 사람을 만나기도 하지만.

길을 떠나는 스페인 일행이 내 양 볼에 키스한다. 나도 그들의 뺨에 힘껏 입을 맞춘다. 그런데 그들이 나가자마자 헬렌이 "간호사라는 사람들이 무슨 담배를 그렇게 피워 대냐?"라고 한마디 한다. 그 말이 떨어지기 무섭게 나갔던 그들이 도로 들어와 담배 자동판매기 앞에 선다. 헬렌이 저 봐, 하고 눈짓을 보낸다.

알베르게로 가 보니 와, 너무 좋다. 어제 창고에서 자서 더 그렇게 느껴지는지 모르겠지만 화장실과 욕실도 좋고 깔끔한 주방에 작은 정원까지 정말 근사하다.

발이 너무 아파서 커다란 통을 하나 찾아서 족욕을 한다. 아, 발이 따스하니 기분이 좋다. 그런데 헬렌은 그게 발에 별로 안 좋다고 "그거 좋지 않아." 하며 손가락을 흔든다. 무슨 말씀, 족욕이 얼마나 좋은 건데!

"아니야, 이거 발의 피로에 매우 좋아." 하며 나도 고집을 피운다.

헬렌이 차 티백이 몇 개 있다며 차를 끓인다. 헬렌과 나는 항상 혼자서 책을 읽거나 사진을 찍는 '줄무늬'를 티파티에 초대했다. 항상 줄무늬 티셔츠를 입고 있는 금발 청년 한스를 난 '줄무늬'라고 부르는데, 수줍은 미소를 띠고 조용하게 움직이는 줄무늬를 헬렌은 '굿 보이'라고 부른다.

한스는 독일 애다. 난 동유럽 쪽일 거라고 생각했는데. 창백한 얼굴이 왠지 그런 느낌이었다. 한스는 프랑스 르 퓌Le puy에서부터 걸어왔는데, 곧 독일로 돌아가야 하기 때문에 내년에 다시 와서 나머지 길을 걸을 거라고 한다.

한스는 한국 사람을 처음 본다고 얘기했는데 나로선 날마다 듣는 소리라 시큰둥해져서 "여기서 만난 사람들은 거의 다 그렇게 얘기해."라는 퉁명스런 대답이 입에서 툭 튀어나온다. 그러고 바로 미안해진 나는 다시 상냥하게 "그러면 기념으로 한국말 몇 가지 가르쳐 줄게." 하고 '안녕'과 '잘 자', '잘 가' 따위를 가르쳐 주었다. 한스는 내가 하는 손짓까지 따라하며 열심히 반복한다. 헬렌 말대로 역시 굿 보이다.

간간이 비가 내리는 아레의 한적한 일요일 오후. 알베르게에만 있기가 아까워 슬리퍼를 질질 끌며 산책을 한다. 공을 차며 신나게 놀던 아이들이 신기한 듯 나를 바라본다. 맑은 호기심이 가득 찬 아이들의 시선이 기분 좋다.

이제 이틀을 걸었다. 발이 많이 아프기는 해도 끝까지 걸을 수 있을 것 같은 자신감이 새록새록 피어난다.

사람은 역시 꽃보다 아름다워, 냄새가 좋거나 말거나

오늘은 시작이 아주 좋다. 아레에서 예쁜 빵집을 발견했다. 크루아상이 하나만 먹어도 배부를 정도로 아주 큰 데다 가격까지 저렴해서, 카페 콘 레체(café con leche, 밀크 커피)도 큰 걸로 주문했는데 다해서 2유로가 채 안 된다. 후후, 즐거운 아침이다.

헬렌과 느긋하게 커피를 즐기고 길을 나선다. 거리들이 대도시 팜플로나에 가까워지고 있음을 여실히 보여 준다. 지금까지는 거의 없던 상가들이나 낮은 건물들이 계속해서 나타난다. 신호등을 보고 길을 건너야 하기도 하고.

헬렌이 나보고 영어 잘한다고 칭찬이다. 아니, 아닌데…. 사실 못 알아듣는 것도 많지만, 되묻기 귀찮아서 그냥 알아듣는 척하는 것도 많은데…. 민망하지만 "하하, 정말?" 하고 웃으며 넘겨 버린다. 과한 칭찬은 칭찬이 아니라 부담이다.

팜플로나에서 하루 지내고 갈까 잠시 고민도 했지만 너무 조금 걸어서 멈추기는 좀 뭐하다. '산 페르민' 축제기간도 아니니 그다지 아쉬울 것도 없어서 계속 걷기로 한다. 그래도 볼 건 보고 가야지 하고 대성당을 찾는다. 고딕 양식의 성당이 아주 웅장하다. 안으로 들어가 둘러보고 기도도 하고 밖으로 나오니 헬렌이 아주 커다란 배낭을

진 귀엽게 생긴 아줌마와 얘기를 나누고 있다. 그녀의 이름은 핑크(처음엔 별명인 줄 알았다). 미국 오하이오에서 왔단다. 우리랑 같이 걷고 싶다고 해서 당연히 좋다고 했다.

그런데 그녀는 다리가 좋지 않은지 양손에 지팡이를 짚고 걸으면서도 계속 절뚝거린다. 벌써부터 저래서 어떻게 산티아고까지 갈 수 있을까 싶다.

너무도 큰 그녀의 배낭이 계속 신경 쓰여서 짐을 좀 줄여야 하지 않겠냐고 물었더니, 그렇지 않아도 오늘 아침에 산티아고로 짐을 부쳤단다. 무려 두 상자나.

그래서 지금은 그다지 무겁지 않다고 빙긋 웃는다. 그럼에도 불구하고 그녀는 배낭 무게 때문에 균형을 못 잡고 길에서 넘어지기도 해 나와 헬렌의 가슴을 철렁하게 만들기도 했다. 오오, 가방 안에 대체 무엇이 든 걸까?

나중에 헬렌이 알베르게에서 핑크가 샤워하는 것을 보았는데 샴푸를 비롯한 모든 제품들이 다 초대형이더라고 혀를 끌끌 찼다.

헬렌과 나의 좋은 공통점은 자주 먹고 자주 쉬는 것이다. 팜플로나를 조금 벗어나자마자 우리는 또 다른 바에 들어가기로 합의를 본다. 핑크는 자기는 워낙에 느려서 부지런히 걸어야 해서 멈출 수 없단다. 사실 우리도 무지 느린데….

핑크와는 나중에 보기로 하고 시조르 메노르Cizor Menor라는 작은 마을에서 헤어진다.

오늘은 하몽jamon에 도전해 보기로 했다. 우리에게는 영화

「하몽 하몽」으로 유명한 바로 그 하몽이다. 예전에 그 영화 제목을 처음 들었을 때는 무슨 인사말 같은 건 줄 알았다. 우리식으로 하면 「족발 족발」이니 꽤 싱거운 제목이다. 그래도 하몽과 투우, 콩가루 같은 느낌의 연애사에, 페넬로페 크루즈Penelope Cruz까지 우리에게 익숙한 스페인 이미지는 죄다 들어 있는, 제목에 비해 썩 괜찮은 영화다.

하몽은 돼지 뒷다리를 말린 음식으로 웬만한 레스토랑에 들어가면 천장에 주렁주렁 매달려 있다. 처음 몇 입은 그런 대로 괜찮았다. 그러나 먹을수록 생고기를 씹는 것 같은 기분이 든다. 채식주의자인 헬렌이 내 접시를 보며 이맛살을 찌푸려서 난 정말 맛있게 먹고 싶은데 점점 괴로워진다. 결국 몇 점 먹다 포기하고 만다.

그러자 헬렌이 "세계 어디를 가나 가장 안전한 선택은 역시 채소야!" 하고 설교를 시작한다. 난 고개를 끄덕이고 초리소(Chorizo, 매운 스페인 소시지)를 주문한다.

배를 채우고 나지막한 평원 위를 걸으니 즐겁기가 그지없다. 항상 시야가 막힌 곳에서만 살다가 사방이 확 트인 곳을 걸으니 마음도 뚫리는 것 같고 눈도 시원해서 난 자꾸만 걸음을 멈추고 주변을 돌아보게 되는데, 헬렌은 오스트레일리아에도 이런 곳은 많다며 나와는 달리 별 감흥을 보이지 않는다.

그러나 평원도 잠시, 조금 걷다 보니 또 다시 산이 나타난다. 먼지가 폴폴 날리는 돌산이다. 왜 이리도 산들이 많은지…. 나는 등산화가 아니라 에어로빅 운동화를 신고 왔단 말이다!

산티아고행을 결정했을 때 가장 많이 고민한 것 중 하나가 신발이다. 보통 운동화를 신고 오면 큰코다친다는 것은 알고 있었다. 대부분의 사람들은 등산화를 신고 온다는 것도 역시 알고 있었다. 그러나 나는 잔머리를 조금 굴렸다.

어차피 험한 산을 오르는 것은 아니지 않는가? 일반적으로 등산화는 무겁다. 그러나 에어로빅 운동화는 미끄럼 방지도 되고 발목 보호도 되며, 결정적으로 아주 가볍다. 난 이 신발 저 신발 신어 보며 고민하다가 역시 가벼운 에어로빅 운동화에 점수를 주지 않을 수 없었다. 물론 평지를 걸을 때는 어느 신발보다도 좋다고 생각한다.

그러나 내가 이 운동화의 미끄럼 방지기능을 너무 과신했다는 것을 이곳을 걷던 첫날 깨달았다. 결국 이 선택은 나중 갈리시아Gallicia

페르돈Perdón 고개 가는 길. 쓸쓸하고 시원한 경관이 가슴속에 바람을 훅 불어넣는다. / 외떨어져 있는 두 개의 교회가 아스라한 풍경에 운치를 더한다.

지방에서 나에게 뼈저린 후회와 더불어 쓰라린 눈물을 흘리게 하고야 만다. 흑.

기진맥진해 있는 헬렌과 서로를 다독이며 겨우 겨우 산을 오른다. 사방으로 보이는 풍차들이 스페인의 정취를 더한다. 풍차가 있다는 것으로 눈치 챘겠지만 이곳은 바람이 무척이나 거세다. 정상에 오를 즈음엔 모자가 날아가지 않도록 계속 손으로 붙잡고 있어야 했다. 얼마나 남았는지 알고 싶지 않아서 고개를 푹 숙이고 산을 오른다. 그래야 덜 힘들다. 그러다 보니 어느덧 정상이다. 더는 올라갈 필요가 없다는 것을 깨닫는 순간의 기쁨이란!

정상에는 과거 순례자들의 모습을 재현한 금속 조형물이 있다. 사진으로 본 적이 있던 터라 무척 반갑다. 역시 이곳은 기념사진 포인

—

금속 조형물. 알토 델 페르돈Alto del Perdón 정상의 순례자들 모습을 묘사했다.
행렬 사이에 낀 개 한 마리가 눈길을 끈다. 정말 개와 함께 길을 나선 사람들도 있을까?

트가 되는 곳인지 몇몇 사람들이 사진을 찍으며 휴식을 취하고 있다.

그곳에서 만난 스테파니는 퀘벡 방송국에서 일하는데, 일 때문에 도쿄에 몇 번 갔다가 서울에 들른 적이 있다고 한다. 무척이나 큰 도시였다는 말로 감상을 피력하는 스테파니. 대부분의 사람들은 서울의 규모에 정말 많이들 놀란다. 천만 명이 넘게 사는 도시란 제법 경이로운 대상인 모양이다. 살고 있는 사람들은 전혀 느낄 수 없지만.

돌산은 오르는 것보다 내려가는 것이 더 힘들다. 게다가 내 운동화는 자꾸 미끄러져서 더 죽을 맛이다. 여기서 넘어져 골절이라도 당하는 게 아닌가 싶어 아주 조심조심 길을 내려왔다. 헬렌이 빌려 준 등산용 스틱이 아주 요긴했다. 도대체가 나는 뭐 하나 제대로 가지고 온 게 없다.

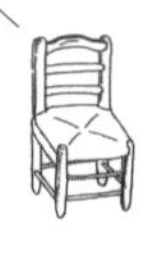

우테르가Uterga 마을로 들어서는데 멀리 핑크가 앉아 있는 모습이 보인다. 우리가 다가가니 그녀가 기다렸다는 듯이 촉촉한 눈빛으로 얘기를 풀어 놓는다.

"돌산을 오르기 시작했는데 발이 너무 아픈 거야. 그래도 어쩔 수 없어서 천천히 걷고 있는데 갑자기 한 청년이 나타났어. 그러더니 자기가 내 배낭을 들어 주겠다는 거야. 미안하긴 했지만 걷는 것만으로도 너무 힘들어서 그에게 내 배낭을 줬더니 그 청년이 여기까지 들어다 주었어. 나는 너무 고마워서 뭔가 대접하고 싶었는데 그는 아무것도 필요하지 않다는 거야. 그러면서 꼭 산티아고까지 무사히 갈 수 있을 거라고, 당신은 꼭 해낼 수 있다고 하면서 이걸 주었어."

핑크가 우리에게 내민 것은 하얀색의 아주 작고 소박하게 생긴

5단짜리 묵주였다. 핑크는 그것이 무엇인지도 모르는 눈치다.

그가 프랑스 루르드Lourder에서 가져온 거라며 주었단다. 핑크는 아주 소중하다는 듯 그것을 가방 속에 조심스럽게 넣는다.

아무리 혈기왕성한 청년이라고 해도 자신의 배낭에 핑크의 80리터(안을 많이 비웠다고 해도)는 족히 되어 보이는 배낭을 메고 돌산을 넘는 것이 그리 쉬운 일은 아니었을 것이다. 다른 사람에게 도움이 되고 싶어 하는 사람들을 많이 만날 수 있는 곳이 '엘 카미노'라는 말이 새삼 실감 났다. 얘기를 들은 모든 사람들이 정말 아름다운 얘기라고 다들 자신들의 얘기인 양 들떠 버린다.

작지만 고풍스런 아름다운 집들이 매력적인 우테르가. 오늘은 여기서 머물기로 하고 알베르게를 찾아 나선다. 알베르게라고 작게 씌어 있는 간판이 있는 곳에 가니 작은 방에 이층침대 하나가 달랑 있을 뿐이다. 고개를 갸우뚱하는데 저쪽에 다른 알베르게가 있단다.

우아, 다른 사설 알베르게는 무려 10유로나 한다(산티아고까지 가는 도중 만났던 알베르게 중 가장 비싼 곳이었다). 어쨌든 스탬프를 찍고, 2층 도미토리로 올라갔는데 빈 침대가 안 보인다. 직원이 당황해서 침대 점검을 하는데 한 스페인 남자애가 옷을 벗기 시작한다. 그 순간 무섭게 퍼지는 그의 땀 냄새. 우웃, 도저히 참을 수 없어서 밖으로 뛰쳐나와 버렸다. 밖으로 나와도 코에 박힌 그 냄새가 쉬 사라지지 않는다.

샤워실 가서 벗을 것이지, 방안에서 벗다니, 군대도 아닌데 어디서 화생방 훈련질이야? 꼭 애드리안 브로디(Adrian Brody, 영화 「피아니

스트」 주인공. 독특한 코가 특징이다) 같이 생겨 가지고선. 투덜투덜. 이젠 애드리안 브로디 나오는 영화는 안 볼 테다!

내가 이렇게 입이 한 주먹은 나와 있는 사이 직원이 뭔가 착오가 있었다고, 빈 침대가 없다고 한다. 난 그 방에 진동하는 냄새에 이미 질려 버려서 그 방에서 잘 수 없다는 것이 조금도 아쉽지 않았다.

헬렌과 내가 어떻게 할까 의논하는데 매니저쯤으로 보이는 직원이 이곳에는 2인실도 있다고 한다. 그러나 무려 45유로. 이 마을에 있는 유일한 숙소라고 아주 배짱이다. 난 "그 돈을 내고 묵을 수는 없어."라고 말했지만 헬렌은 묵고 싶은 눈치다. 직원도 사실 여기는 너무 비싸게 받는다고, 한 시간쯤 걸어가면 또 다른 알베르게가 있다며, 전화를 걸어 빈 침대가 있는지 확인까지 해 준다. 그러나 헬렌은 도무지 더는 걷고 싶지 않은지 계속 머뭇거리는데 옆에서 우리의 대화를 조용히 듣던 아저씨가 끼어든다.

그는 아일랜드 출신인 토니. 부인과 함께 걷는 중이다. 그는 자신이 그 작은 알베르게의 이층침대를 차지한 사람인데 거기에 싱글 매트리스가 하나 더 있단다. 나를 보며 "이 아이는 무척 작으니까(이 얘기는 서양에서나 유효하다) 당신 둘이 그 매트리스를 쓸 수 있을 거야." 라고 의견을 내놓는다. 어찌할까 하다 그렇게 하기로 한다.

그 알베르게로 돌아가 살펴봤는데 그 매트리스는 너무 좁다. 헬렌과 내가 포개지 않고도 과연 잘 수 있을까 싶을 정도지만 생각하기 귀찮아서 그냥 잊기로 한다. '어떻게든 되겠지, 뭐.'

토니와 드니즈 부부, 그들의 친구인 독일인 군터(생각을 읽을 수 없는 스타일이다), 핑크, 헬렌과 함께 저녁을 먹었는데, 토니는 말이 무척이나 많은 시끄러운 아저씨다. 일 년에 반은 아일랜드에서, 반은 스페인에서 지낸다는 토니는 일본에 대해서는 아주 잘 알면서 우리나라에 대해서는 아는 게 없어도 너무 없다. 뭐 그럴 수는 있는데 질문하는 스타일이 "한국에 일자리는 충분히 있니?" "사람들이 먹고 살 만큼 버니?" 아무튼 우리나라를 좀 얕잡아 보는 식으로 질문해서 날 흥분하게 만든다. 나는 졸지에 우리나라를 실업자 하나 없고, 범죄율 제로인 지상에서 가장 살기 좋은 나라로 만들어 버린다. 첫, 뭐 확인해 보겠어?

스페인 저녁시간에 맞춰 저녁을 먹고 나면 바로 잠을 자야 할 시간이 되어 버린다. 위가 더는 받아들일 수 없을 때까지 먹은 후 그대로 침대로 향하니, 다음 날 아침에 일어나서 얼굴을 보면 거울 밖으로 얼굴이 빠져나갈 정도로 퉁퉁 부어 있기 일쑤다.

숙소로 돌아와 보니 우와, 매트리스가 더러워도 너무 더럽다. 게다가 역시 헬렌과 내가 함께 눕기에는 아무래도 무리다. 군터는 아예 방에도 들어오지 못하고 복도에 침낭을 펼친다. 저 매트리스에 누울 생각을 하니 심란해도 너무 심란하다.

그러다 떠오르는 생각, 아까 알베르게 로비에 있던 긴 소파가 생각났다. "어쩌면 거기서 잘 수 있지 않을까?" 하고 헬렌에게 얘기했더니 헬렌은 자신이 그 생각을 먼저 하지 못한 것이 무척이나 아쉬운 표정이다. 혹시 자신도 잘 수 있을 것 같으면 부르러 와 달라고 한다.

거리에는 아무도 없다. 싸늘한 바람과 수많은 별들뿐 가로등도 하나 없었다. 어둠이 무서워 종종걸음 치며 알베르게로 가는데 순간 내가 참 멀리도 왔다는 생각이 갑자기 몰아치듯 감겨들어서 몸이 떨려 왔다.

그런데 문득 올려다본 하늘에 반짝이는 무언가가 하나 유유히 움직이고 있다. 별똥별도 아니고 UFO도 아닐 테고 비행기나 인공위성도 아닌 듯한데….

호기심에 한참을 올려다본다. 저 별은 지금 홀로 느긋하게 우주를 유랑하는 중인 걸까? 그 천천히 움직이는 반짝이를 멍하니 응시하고 있으려니 흡사 이 세상에 반짝이와 나만 존재하는 것처럼 느껴진다. '나'라는 생물체를, 내 몸 안 세포 하나하나가 생생하게 느껴지는 것 같은 기분.

지금 이 순간, 이곳에 내가 있다는 사실이 얼마나 미치도록 행복한지. 떨리는 가슴을 침낭으로 꾹 누르며 알베르게로 달려간다.

영어를 전혀 못하는 관리인에게 어설픈 손짓으로 설명하니 그러라고 한다. 희희낙락대며 2층으로 올라가 보니 역시 내 선택은 탁월했다. 소파도 널찍하고, 여기서 자면 누군가의 코 고는 소리에 시달릴 일도 없을 것 같다.

신이 나서 침낭을 펼치는데 지나가던 사람들이 다들 놀라서 나를 쳐다본다. 그 중엔 아까 엄청난 냄새를 풍기던 '애드리안 브로디'도 있다. 그가 스페인어로 뭐라고 한다. 아까의 기억으로 짜증이 확 밀려온다. 냄새쟁이, 너랑은 아무 말도 하고 싶지 않아!

난 쌀쌀맞게 "노 아블로 에스파뇰(No hablo Español, 나 스페인어 몰라)."하고 고개를 픽 돌렸다. 주뼛주뼛 망설이던 애드리안 브로디가

방으로 들어가더니 잠시 후 도로 밖으로 나온다. 담요와 쿠션을 들고서. 그리고는 그것으로 베개도 만들어 주고 침낭 위에 담요를 덮어준다.

순간 내 얼굴이 발갛게 달아오른다. 나란 사람은 항상 후회를 달고 산다. 그는 몰랐겠지만 그를 미워한 나는 미안해진다. 역시 나는 매사에 경솔하다. 그래서 이젠 사람을 냄새로 평가하지는 말아야겠다고 잠시 반성한다.

침낭 속으로 쏙 들어가니 너무도 편안하다. 아주 긴 하루를 보낸 느낌이다. 발에 물집이 생기기 시작해서 걸을 때마다 아팠지만 왠지 마음만은 충만해져서 내 얼굴엔 미소만 가득하다.

소문 나지 않은 잔치에도 먹을 것은 없다

헬렌의 얼굴이 좋지 않다. 역시 그 매트리스에서 자는 건 고역이었나 보다. 왠지 나만 혼자 편하게 잔 거 같아서 미안해진다.

푸엔테 데 레이나Puente de Reina에 다다랐다. 커다란 망토에 호리병과 조개가 달린 지팡이를 든 전통적인 순례자상像이 마을 입구에서 우리를 맞는다.

푸엔테 데 레이나는 11세기에 여왕 우라카의 지시로 만든 다리로 '여왕의 다리'라는 뜻인데 이 마을의 상징이다. 21세기인 지금도 그 다리는 예전의 모습 그대로 남아 있다. 고풍스런 집들과 잘 어울리는 다리의 풍경이 무척이나 아름다워서 그냥 스쳐 지나가기 아까운 마을이다.

푸엔테 데 레이나 다리. 11세기의 모습이 그대로 남아 있는 다리가 새로 지은 주택들과 조화를 이룬다.

헬렌은 날마다 오스트레일리아로 전화를 걸기 위해 공중전화를 찾아 두리번거리지만 전화가 쉬 눈에 들어오지 않는다. 나 역시도 집에 전화를 걸고 싶지만 시차

푸엔테 데 레이나.
좁은 골목,
아기자기한 건물들,
베란다의 화분,
동그란 성당의 첨탑.
모든 것이 다 예쁘다.

에 맞춰 전화를 찾는 일이란 꽤 어렵다. 배낭을 멘 채 같이 전화를 찾는 게 미안한지 헬렌이 나 먼저 가고 있으면 곧 따라잡겠다고 한다. 그래서 처음으로 혼자 걷게 되었는데 왠지 기분이 좀 이상하다. 외로운 것 같기도 하고 혼자 외떨어진 게 서러운 것 같기도 하고.

틈날 때마다 혼자 걷고 싶다는 생각을 했으면서 이런 생각이 드는 건 도대체 무슨 심보인지. 참나, 나란 인간의 이 간사한 마음에 스스로도 적응이 안 된다.

같이 걸을 때는 몰랐는데 혼자 걸으니 묘하게 긴장된다. 길을 맞게 가고 있는 것인지 계속 가이드북을 보게 되고, 어디에 화살표가 있나 유심히 길을 살피게 된다. 한참 걸었다 싶은데도 표식이 안 보이면 불안해서 이미 지나온 길을 다시 되짚어 돌아가기도 한다.

기존의 길이 공사 중인지, 우회로 표시가 나온다. 어쨌든 화살표는 있으니 다행이다 하고 길을 가는데 길이 무척 엉망이다. 진흙길을 오르려니 힘들다. 쉬고 싶은 마음은 굴뚝 같은데 자리 깔고 앉을 만한 곳이 안 나온다. 무거운 발을 질질 끌며 걷다가 도무지 안 되겠다 싶어 대충 자리를 깔고 앉아 버렸다. 신발을 벗고 앉아서 쉬고 있으려니 잠시 후 헉헉대며 헬렌의 모습이 보인다. 한 시간 반 전에 헤어진 사람 얼굴이 이렇게 반가울 수가 없다. 내 옆에 털썩 주저앉는 그녀는 결국 공중전화를 찾지 못했다고 한다. 이런….

지천으로 널린 블랙베리를 따 먹으며 걷는데 어디선가 총 쏘는 소리가 요란하게 들린다. 사냥 소리인가 싶어 귀를 쫑긋 세웠더니 음악소리가 점점 크게 들린다.

블랙베리만 보이면 야무진 것으로 찾아 따 먹느라 속도는 더욱 느려진다.

언덕배기에 자리 잡은 아주 예쁘장한 마을 시라키Ciraqui. 새초롬한 이름의 이 마을은 오늘부터 축제 시작이란다. 총포는

축제의 시작을 알리는 소리였던 것. 모든 사람들이 흰색과 빨간색으로 옷을 맞춰 입었다. '산 페르민'뿐만 아니라 스페인의 축제 의상은 단연 하양과 빨강인가 보다.

마을 광장에서는 악단의 신나는 연주에 맞춰 사람들이 손을 맞잡고 빙빙 돌며 춤을 추고 있다. 허리가 꼬부랑 할머니 수녀님도 춤을 추고 꼬맹이들도 신이 나서 빙빙 돈다. 다른 순례자들 사이에 끼어 구경하다가 배가 고파 식당을 찾는다. 몇 개 안 되는 식당들이 사

시라키 축제 악단. 역시 축제에는 음악이 빠질 수 없다.
/ 음악에 맞춰 빙글빙글 돌며 춤추는 사람들 중 단연 눈길을 끄는 두 어린아이.

람들로 바글바글하다.

마침 테이블에 스테파니와 루페가 앉아 있는 게 보인다. 루페가 지금 이 마을에서 식사할 수 있는 곳은 어디에도 없다고 말한다. 사람들은 그저 와인이나 맥주에 올리브만 안주 삼아 먹고 있을 뿐이다.

그 말을 들으니 더욱 배가 고파져 현기증이 날 것만 같다. 그래도 혹시나 하는 마음에 바에 가서 물으니 지금은 보카디요조차 만들 수 없단다. 앗, 그런데 바에 크로켓 비슷한 게 보인다. 초코라테를 곁

소박한 **축제의** 우연한 **방문객들**

몇 개 안 되는 식당들에 사람들이 바글바글하다.
그러나 지금 이 마을에서 식사할 수 있는 곳은 어디에도 없다.
그저 와인이나 맥주에 올리브만 안주 삼아 먹고 있을 뿐이다.

들여서 허겁지겁 먹는다. 그러나 채식주의자 헬렌에겐 올리브밖에 먹을 게 없다. 채식주의자들의 삶은 나름대로 꽤 힘들어 보인다.

서서 맥주를 마시는 사람들로 가득해 이렇게 어수선한데도 바에서는 계산을 요구하지 않는다. 손님들이 알아서 바에 돈을 놓고 간다. 헬렌은 오스트레일리아라면 어림도 없는 일이라며 놀란다. 물론 우리나라도 어림없지.

시라키 마을 끝에는 거의 폐허가 되다시피 한 로마시대의 다리가 있다. 사실 가이드북에서 그렇다고 해서 알 수 있지, 내 눈에는 그냥 돌무더기로 보인다.

거기서 토니와 드니즈가 누워 햇볕을 쬐고 있다. 토니가 자기들보다 먼저 출발했으면서 이제야 오냐고 우리를 놀린다. 토니는 날 계속 '마이 리틀 펫'이라고 불러서 귀에 거슬린다. 말라가(Malaga, 스페인 남부 항구도시)에 집을 가지고 있다는 이 부자 아저씨는 식물학인가 나무학 박사라고 하는데 무척이나 권위적인 느낌이다. 드니즈에게 들으니 그 때문에 아이들하고도 사이가 많이 안 좋아 자기만 중간에서 힘들다고 한다.

드니즈는 제시카 랭을 닮은 활달한 아줌마다. 토니와 헬렌의 대화가 거칠어지려고 하면 분위기를 부드럽게 수습하는 것도 드니즈다. 나중에 말라가에 놀러 가면 그 집에서 신세를 질까 생각해 보지만 토니의 수다를 들어야 할 생각을 하니 좀 아찔해진다. 관둬야겠다.

드디어 오늘의 목적지 로르카Lorca에 도착. 그러나 헬렌은 고민 중이

Jessica Lange

—

에스테야의 산페드로 데 라 루아San Pedro de la Rua 성당. 시간의 흔적이 고스란히 남아 있다. 문이나 창문이 모두 둥글둥글한 로마네스크 양식. / 로르카 마을. 하얀 벽에 벽돌 지붕이 정갈하다.

다. 헬렌의 엘 카미노 일정은 31일간이다. 나처럼 느긋하게 다닐 수 없다. 한참 고심하던 헬렌은 다음 마을인 에스테야Estella까지 가겠다고 한다. 예기치 않은 이별을 하려니 내 기분이 좀 멍해진다.

헬렌이 나에게 양모 스웨터와 등산용 지팡이를 준다. 앞으로는 더 추워질 테니까 꼭 필요할 거란다. 헬렌과 깊은 포옹을 하고 헤어지는데 마음이 찡하다.

순박하게 생긴 알베르게 직원이 침대를 안내해 주는데, 엉? 싱글 룸이다. 놀라는 나에게 그가 손짓으로 설명한다. 도미토리를 가리키며 코 고는 흉내를 낸다. 여기서 자면 편하게 잘 거란다. 침대도 훨씬 좋다.

엘 카미노 길을 걸으며 유일하게 싱글 룸에서 묵는 기회였다. 잠시 후 빨랫줄을 빌려 주러 온 드니즈(역시 이 부부는 나와 같은 느긋파다)는 내 방을 보고 깜짝 놀란다. 얼마에 방을 빌렸냐고 묻기에 같은 가격이라니까 "대단해, 대단해." 하며 계속 감탄한다. 후후.

나와 헬렌의 이별 모습을 유심히 지켜보던 정갈한 모습의 아주머니가 자기 모녀와 같이 저녁을 먹자고 해서 따라나섰다.

네덜란드에서 온 마고와 이니스 모녀. 이 둘은 호텔팩 관광을 다니는 사람들처럼 아주 깔끔한 차림이어서 눈길을 끈다. 딸인 이니스는 슈퍼 모델처럼 생겼는데 그녀도 헬렌 이상의 채식주의자여서 음식 선택에 고심에 고심을 한다.

마고 아줌마는 이미 산티아고까지 한 차례 다녀왔다고 한다. 이니스의 휴가에 맞춰 다시 왔다는 아줌마는 계속 갈리시아 타령이다. 너무 아름다운 곳이라고. 이번에는 이니스의 휴가가 짧아 레온까지밖에 못 간다며 아쉬움을 토로한다.

이런저런 얘기 끝에 마고 아줌마가 2002년 월드컵 얘기를 꺼낸다. "나 그때 코리아 팬이었어. 코리아, 정말 너무 멋졌어." 그리고 우리나라 사람들이 히딩크 감독을 좋아하는 모습이 매우 인상적이었다는 말도 덧붙인다.

저녁 먹고 산책하는데 역시 이곳도 무척이나 작은 마을인지라 한 바퀴 돌아보는 데 금방이다. 마을의 작은 광장에 십대 소년 몇몇이 어울려 놀고 있다. 이런 작은 마을에도 아이들이 있다니 신기하기만 하다. 얼마나 멀리 있는 학교를 다니고 있을까? 그들의 학교 생활이 살짝 궁금해진다.

날이 좋으니 빨래가 벌써 다 말랐다. 기분

—

이 방향으로 계속 따라가다 보면 산티아고가 나온다. 한 달 후에.

—

사설 알베르게 모습. 조금 큰 마을에는 이런 사설 알베르게들이 여럿 있다. 마을 경제에 순례자들이 제법 도움이 된다.

좋다. 날마다 빨래를 하고 내 힘으로 살아가고 있다는 기분. 이렇게 부지런한 내 모습을 엄마가 보면 얼마나 놀랄까? 그러고 보니 아직까지도 집에 연락 한 번 안 했다. 내일은 잊지 말고 꼭 전화해야지 하고 다짐한다.

방에 혼자 누워 있으려니 참 좋다. 내 맘대로 불 꺼도 되고. 문득 헬렌 생각이 난다. 이 길의 시작을 그녀와 같이 할 수 있어서 참 행복하다는 생각이 든다. 헬렌, 그간 같이 걸어서 참 좋았어요.

세상에 공짜보다 더 좋은 게 있을까

오래간만에 자명종이 제 기능을 발휘한다. 헬렌이 깨우지도, 다른 사람들의 움직임 때문도 아닌 온전히 자명종의 울림에 맞춰 아침을 맞는다. 헬렌이 준 지팡이를 휘두르며 길을 나선다. 우선은 맛있는 커피가 있는 바가 일차 목표다.

한 시간쯤 걸어 도착한 작은 마을. 이곳은 계획적으로 조성한 마을인지 비슷하게 생긴 집들이 쭈르르 늘어서 있다. 그리고 보이는 학교. 아하! 이 마을에 학교가 있었구나.

등교하는 아이들을 보니 일련의 스페인 영화들이 떠오른다. 어렸을 때 텔레비전에서 본 「길은 멀어도 마음만은Un rayo de luz」과 「까마귀 키우기Cria cuervos」. 「길은 멀어도…」는 한때 제목보다 '마리솔'이라는 이름으로 부르곤 했던 영화다.

두 영화 다 어린 여자아이들이 주인공이고 음악이 참 좋았던 걸로 기억된다. 특히 「까마귀 키우기」는 주제곡이 좋아서 스페인어도 모르는 주제에 기를 쓰고 가사를 외우려 들었다. 그 영화의 마지막 장면이 등교하는 아이들이었는데…. 귓가에 그 멜로디가 계속 맴돈다.

그런데 모든 아이들이 엄마, 아빠와 함께 등교하고 있다. 와, 스페인 사람들 무지 과잉보호하는구나, 하고 생각했는데 나중에 알고 보니 스페인은 열 살까지의 아이들은 절대 혼자 두면 안 된다는 법이 있단

다. 설사 자기 집이라 해도.

그래서 스페인 어린이들은 등 · 하교뿐만 아니라 놀이터에서 놀 때도 어른과 항상 동행해야만 한다. 어른들로서는 좀 귀찮을지도 모르지만 간혹 빈집에 아이들만 있다가 사고를 당하기도 하니, 그런대로 납득이 간다.

먹음직스런 빵들이 잔뜩 진열된 빵집이 보여서 앞뒤 생각 안 하고 들어간다. 이곳에 온 후론 트랜스지방이 잔뜩 들어간 크루아상이나 패스트리 종류를 매일 먹는다. 많이 걸으니 괜찮다고 위로하며 먹지만 역시 마음 한구석은 편치 않다.

그럼에도 불구하고 먹다 보면 맛있어서 어느새 포장까지 하고 있다. 나무 그늘 아래에 돗자리 깔고 앉아서 먹을 생각을 하면 얼마나 즐거워지는지…. 에이 몰라, 그냥 다 먹어 버릴 테야.

오늘의 하이라이트는 단연 이라체 Irache 수도원이다. 아니, 그 수도원 근처에 있는 포도주가 나오는 수도꼭지다. 수도꼭지가 두 개 있는데 하나는 물이, 다른 하나는 포도주가 나온다. 물론 공짜다.

부푼 가슴을 안고 부지런히 올라가는데 얼굴이

공짜 포도주 기념 촬영. 한쪽은 포도주가 한쪽은 물이 나온다. / 이라체 수도원. 한때는 엄청나게 번성했지만 지금은 쓸쓸하게 흙먼지만 날리고 있다.

벌건 아저씨가 어서 오라고 손짓한다. 후후, 이미 꽤나 마셨나 보다.

와인이 나오는 수도꼭지는 철문 안에 고이 모셔져 있다. 역시 다른 수도꼭지들과는 태생이 다르다는 듯 거창한 문양으로 장식되어 있다.

준비해 온 빈 페트병에 받아 우선 한 모금 마셔 본다. 맛있다. 수도꼭지 앞에 서서 포도주 마시는 모습으로 기념촬영도 한다. 취하지 않을 정도로 부지런히 마시고는 페트병에 꾹꾹 담아서 배낭 안에 넣는다. 가슴이 뿌듯하다.

수도원을 지나니 그늘도 없는 포도밭이 양옆으로 쫙 늘어서 있다. 약간 알딸딸해진 기분으로 사뿐사뿐 걷는다. 물론 그건 내 생각이고 나는 조금씩 갈지자로 걸었는지도 모른다.

평온한 정오. 배낭의 무게도 느껴지지 않고 입에서는 절로 노래가 흘러나온다. 포도밭을 한참 걷고 나니 다시 산이 나온다. 아, 난 정말 산이 싫다. 그러나 역시 포도주 덕분인지 산을 오르는데도 발걸음이 가볍다.

사람이라곤 그림자 하나 안 보인다. 길을 잃지 않도록 표식을 찾아가면서 걷는데 갑자기 뭔가가 벌떡 일어난다. 예상치 못한 생물체의 움직임에 난 그만 깜짝 놀라 우뚝 서 버린다. 고개를 쑥 내미는 얼굴은 바로 군터다. 아마도 낮잠을 즐기는 중이었는지 얼굴이 좀 멍하다(원래 좀 그렇게 생기기도 했지만).

"너 왜 혼자냐?" 하고 묻는 군터. "어제 에스테야에서 헬렌 못 봤어?" 하고 물으니 "난 어제 너무 늦게 에스테야에 도착해서 그냥 바로 잠들었어." 하고 대답한다.

흠, 이해가 된다. 군터는 어디서 뭘 하는지 걷는 속도는 무척이나 빨라도 항상 남들보다 늦게 알베르게에 들어온다. 그리곤 침대가 없어도 개의치 않고 그냥 자신의 매트 위에 침낭 깔고 잠만 잘 자는 군터.

다시 떠날 채비를 하는 군터에게 혹시 가다가 헬렌 만나면 안부 좀 전해 달라고 부탁하고, 군터가 쉬던 곳에 돗자리를 깔고 나도 좀 쉰다. 오늘의 목표는 비야마요르 데 몬하르딘Villamayor de Monjardin. 가이드북을 보니 앞으로 한 시간쯤 걸으면 도착할 것 같아 여유롭게 휴식을 취한다.

다시 길을 나서서 한 시간 좀 못 걸었을 때 작은 마을이 나타난다. 흐음, 이곳이 몬하르딘인 모양이군 하고 생각했는데 어럽쇼, 집 몇 채만 달랑 있을 뿐 바 하나 없는 마을이다.

어리둥절해서 주변을 살펴보는데 마을 끝에 스테파니와 루페가 앉아 있다. 그들 역시 이 마을의 이름은 모르지만 몬하르딘이 아닌 게 분명하다고 한다. 배가 고파서 그들이 주는 초콜릿과 빵을 먹고는 길을 나선다. 어서 제대로 된 식사를 하고 싶다.

정말 열심히 걸었다. 그런데 이상하다. 거리로 따지면 이미 몬하르딘에 도착하고도 남을 시간인데…. 이정표를 제대로 못 봤나 하며 터널 안으로 들어섰는데 또 군터가 앉아 있다. "여기서 뭐해?" 하고 물으니 자신의 노트를 보여 준다. 그림도 그리고 글도 쓰고 그랬는데 뭐, 남 보여 줄 만큼 솜씨 좋은 그림은 아니다.

"몬하르딘이 어딘지 알아? 혹시 지난 건 아닐까?" 하고 묻는 내 말에 군터가 지도를 펴고 확신에 찬 말투로 열심히 설명한다. "나도 오늘 거기까지 갈 거야. 여기서 2킬로미터쯤 남은 거 같아." 아, 안심이다.

이번에는 내가 군터를 뒤로하고 먼저 움직인다. 그러나 계속 그늘 하나 없는 땡볕이 이어지고 아무리 걸어도 마을의 조짐이 안 보인다. 불길하다.

터덜터덜 걷고 있는데 갑자기 한구석에 쪼르르 앉아 있는 중년 아줌마 네 명이 보인다. 키 작은 나무가 만든 아주 작은 그늘에 다닥다닥 붙어 앉아 있는 아줌마들이 나를 부르며 햇볕이 많이 뜨거우니까 좀 쉬었다 가란다.

그래서 난 그늘 한쪽으로 들어가면서 "도대체 몬하르딘이 어딘지 아세요?" 하고 물었다. 그 순간 깜짝 놀라는 아줌마들. 몬하르딘은 지나도 한참 지났단다.

아아, 절망에 빠진 내 모습에 오히려 놀란 그 프랑스 아줌마들이 물이며 음식들을 내민다. "이거 먹고 기운 내. 물도 많이 마시고." 내가 너무 지쳐 보였나 보다.

아줌마들이 준 빵을 오물오물 먹고 있는데 군터의 모습이 보인다. 난 그가 나와 함께 이 상황을 슬퍼할 거라고 믿으며 "흐흑, 몬하르딘은 이미 지났대. 이젠 별 수 없이 로스 아르코스Los Arcos까지 가야만 해." 하고 군터에게 비보를 전했건만 둔하기 그지없는 군터는 내 말을 듣자마자 "그래? 잘됐네. 산티아고에 그만큼 가까워졌으니." 하며 아무렇지도 않은 듯 웃으며 내 옆에 털썩 주저앉는다.

흥, 자기는 하나도 안 힘들다 이거지? 얄미워서 남아 있던 비스킷을 권하지도 않고 나 혼자 야금야금 먹어 버렸다. 아줌마들과 파이

—

로스 아르코스로 가는 길. 이미 들어선 길, 이제 묵묵히 앞으로 나아가는 방법 외에는 별 도리가 없다. 중간 중간 스트레칭을 해 주는 센스도 필요.

팅을 외치고는 먼저 길을 나선다.

다리는 계속 지쳐간다. 이럴 때 차가 지나간다면 정말 앞뒤 생각 안 하고 그냥 그 차에 올라탈 것만 같다. 그러나 차는커녕 그 흔한 자전거 하나 지나가지 않는다. 배낭이라도 좀 맡기고 싶은 마음이 굴뚝 같다.

그늘 하나 없는 낮은 언덕을 하나 둘 넘어간다. 요번만 넘으면 혹시 마을이 보이지 않을까 하는 기대를 해 보지만 언덕의 정점에 서면 역시 좀 전과 똑같은 풍경이 나온다. 힘이 달려서 자꾸 쉬게 된다. 배낭을 멘 어깨도 떨어져 나가는 것 같고, 다리도 아프다. 스트레칭을 좀 해 주고 누워서 쉬고 있는데 누군가의 목소리가 들린다. 스테파니와 루페다. 이 둘도 지쳐서 얼굴이 벌겋다.

혼자 걸으면 더 지칠 것 같아 이 둘을 따라 걷기 시작한다. 이들도 나랑 생각이 비슷해서 언덕을 넘을 때마다 "이제 거의 다 왔을 거야."를 연발한다.

이제 마을이 보일 거라며 서로를 다독이며 오른 언덕에 '로스 아르코스까지 4킬로미터'라고 씌어 있는 이정표가 서 있다. 그 이정표를 보자마자 우리들은 누가 먼저랄 것도 없이 비명을 내지른다. 이제는 발로 걷는 게 아니라 '발'이라는 짐을 끌고 가는 심정이다.

도대체 나는 왜 굳이 걷기 위해 이곳까지 온 걸까? 그 물음이 처음으로 고개를 쳐든다. 그냥 내 방에 등 깔고 누워 만화책이나 읽으면 딱 좋겠다.

우린 지쳐서 그냥 묵묵히 걷기만 한다. 걷고 또 걸으면 언젠가는 로스 아르코스에 도착하겠지 하는 마음만 품은 채.

로스 아르코스에 도착하니, 시계는 무려 여섯 시를 가리키고 있다.

알베르게에 도착해서 배낭을 내려놓자마자 그때부터 팔이 따끔거리며 아프기 시작한다. 세상에 아주 새빨갛게 익어 버렸다. 걷는 데 지쳐서 선크림 바르는 걸 생략했더니 그 게으름의 결과가 아주 처참하다.

—

종탑 위에서 내려다본 로스 아르코스 마을 풍경. 옹기종기 모여 있는 집들의 지붕 빛깔이 예쁘다.

마침 알베르게 안에 공중전화가 있는 게 보여서 왠지 서러운 마음에 시차도 무시하고 집으로 전화를 건다. 전화를 받은 동생이 대체 지금 여기가 몇 신 줄 알고 전화하는 거냐고 대뜸 타박이다. 막상 걸고 나니 전화에 대고 우는 소리는 하기 싫어서 씩씩하게, "푸하하, 여기 너무 좋다. 부럽지?" 하며 호기를 떤다.

식당 앞 작은 공원에 얼굴이 벌겋게 익은 낯익은 얼굴들이 여럿 앉아 있다. 그 속에 헬렌도 있다. 다시는 못 보는 게 아닐까 생각했던 헬렌을 하루 만에 다시 만나게 됐다. 나는 엄살을 피우며 헬렌에게 팔뚝을 내민다. 그녀, 거의 경악한다.

가끔 길에서 만나 얘기 나누던 오스트레일리아 아이 조슈아가 자기가 스파게티를 해 주겠다고 같이 저녁 먹자고 한다. 나야 뭐 그럼 고맙지. 이 아이는 스무 살인데 나를 아무래도 자기 또래로 아는 것 같다. 그냥 고마운 마음에 내 나이에 대해선 아무 말도 안 한다.

이곳의 성당이 무척이나 아름답다고 해서 저녁을 먹기 전에 조슈아와 함께 구경을 간다. 종탑에도 올라갈 수 있었는데 대니(조슈아 친구)가 줄을 당겨 마구 종을 쳐 댄다. 아주 시끄럽다. 분명 마을 사람들은 "쯧쯧, 또 생각 없는 순례자가 하나 설치고 있군." 하고 생각할 것이다.

대니는 말을 할 때 입술은 거의 안 움직이고 우물거리기만 해서 도무지 뭐라고 하는지 알아듣기가 힘들었는데, 헬렌이 그게 오스트레일리아 특유의 영어인 오지 잉글리시란다. 날벌레들이 입에 들어가는 것을 방지하기 위해서 그렇게 말하게 되었다나 뭐라나.

비둘기 똥 가득한 탑 위에서 바라보는 마을의 모습이 아담하니 제법 예쁘다. 느긋한 기분으로 마을 구경을 하고 있으려니 아까 길에서 발을 질질 끌며 세상의 끝에 내몰리기라도 한 것처럼 울상이던 내가 벌써 까마득하게 느껴진다. 지금은 그저 마주쳐오는 바람이 한없이 시원할 뿐이다.

알베르게에는 제법 괜찮은 주방이 붙어 있어서 사람들이 요리

Mr. 스파게티 시드니 보이 조슈아

철학 전공인 조슈아. 주변에서 좀 더 실용적인 공부를 하라고 닥달을 해서 고민이다. 오스트레일리아라고 사람들 생각이 우리네와 다를 턱이 없다. 걷는 게 지루하다고 툭하면 배낭을 맨 채 겅중겅중 뛰고는 했는데, 과연 언제까지 그렇게 뛰어다닐 수 있을까?

하느라고 북새통이다. 그런데 호기 있게 말하던 품새와는 다르게 조슈아도 나만큼이나 요리를 할 줄 모르는 것이 분명하다. 주변에 있는 사람들을 괴롭히면서 겨우 스파게티 하나를 완성한다. 그래도 이라체에서 떠 온 와인을 반주 삼아 먹으니 꽤 그럴싸하다.

저녁 먹고 감자를 얇게 썰어서 팔에 감자 팩을 하는데 사람들이 다들 신기해한다. 열 빼는 데는 이게 최고라는 내 말에 고개를 갸우뚱거리는 사람들도 있고 그러면 안 된다고 뭔지 알 수 없는 약을 가져다주는 사람도 있다. 하지만 난 감자가 최고라고 주장하고 싶다!

너무 피곤해서 오늘은 비좁은 침대도, 코 고는 소리도, 사람들 냄새도 아무 문제 안 될 것 같다.

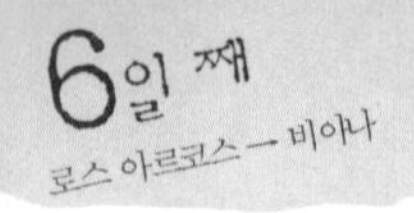

내 생애 가장 특별하고 별난 돈까스

옆 침대에서 자던 독일 애 마틴이 부스럭대는 소리에 잠이 깬다. 무심코 두리번거리다 팬티 하나 달랑 걸친 마틴이 눈에 들어와 다시 얼른 고개를 돌려 버린다. 저 애가 옷 갈아입는답시고 갑자기 팬티를 확 내려 버릴지도 모르니까. 그간 무심결에 보았던 엉덩이가 몇 개인지….

수십 명이 자는 도미토리에서 아무렇지도 않게 벗어젖히는 사람들에게 아무래도 적응이 되지 않는다. 벗는 내가 아무렇지도 않다는데 네가 무슨 상관이냐며 항변하겠지만 그것이 제법 타인에게 시각과 정서적으로 폐가 된다는 것을 알아주었으면 좋겠다. '부탁이야, 그러니 제발 홀딱 벗지는 말아 줘'.

발에 물집이 많이 잡히고 있어서 길을 떠나기 전에 밴드로 응급처방을 한다.

"처음에는 물집이 많이 생기지만 일주일만 걸으면 아무 문제도 안 된다."라는 사람들 말을 믿고 싶다. 일주일만 지나면 배낭 무게도 전혀 느껴지지 않는다고 자신이 겪은 것인지 혹은 누군가에게 들은 것인지, 아무튼 호기롭게 말하는 사람들도 여럿 보았는데 그들의 말 역시 굳게 믿고 싶은 심정이다.

헬렌과 떠나려고 하는데 사람들이 한곳에 잔뜩 모여 있다. 무슨

—

아직은 해가 힘을 발휘하기엔 이른 시간. 해보다 내가 먼저 움직인다는 생각에 왠지 기분이 좋아진다. 단지 조금 부지런하게 움직이는 것만으로도 내가 예전보다 훨씬 좋은 사람이 된 것만 같은 유쾌한 착각에 빠져들어 다리에 힘이 쑥쑥 들어간다. 발 걸음 하나하나, 내 입에서 뱉어지는 숨 하나하나가 내 의식 속으로 선명하게 들어온다. 지.금. 나.는. 이.곳.에. 있.다.

일인가 해서 가 보니 대니의 발을 치료하고 있다. 오스트레일리아에서 신고 온 등산화가 망가져서 팜플로나에서 새 신을 사더니만 역시 발에 탈이 생긴 모양이다. 발바닥의 툭 튀어나온 곳에 엄청나게 큰 물집이 잡혔다. 아, 보는 것만으로도 끔찍하다.

아직 여덟 시도 안 된 시간. 사방은 아직 어둠에 잠겨 있다. 날마다 이리도 일찍 일어나 길을 나서는 내가 너무 낯설어서 떠오르는 태양을 바라보며 내가 이렇게 살 수도 있다는 사실에 감동한다. 역시 인간의 환경적응력이란 놀랍기 그지없다.

해가 떠오르기 전 서서히 날이 밝아오는 것을 느낄 수 있는 이 시간이 걸으면서 가장 행복한 순간이다. 아직 발도 안 아프고 차가운 공기도 뭐라 설명할 수 없을 정도로 신선하고, 놀랍도록 부지런한 나 자신도 대견스럽고, 아직 땀에 젖지 않아 몸도 마음도 뽀송뽀송한 이 시간이.

두 시간 남짓 걸으니 작은 언덕에 자리 잡은 마을이 보인다. 난 흡사 파블로프의 개처럼 마을만 보면 커피와 의자를 떠올리며 입가에 웃음을 흘린다.

바에 들어가니 수비리 숙소에서 봤던 이탈리아 남자애가 있다. 그다지 유쾌한 기분을 주는 애가 아니라서 못 본 척했는데, 아니나 다를까 일부러 먼 테이블에 앉았는데도 쪼르르 다가온다. 와서는 계속 쓸데없는 소리를 하고 물으나마나 한 걸 계속 물어서 지치게 한다. 피곤해서 조용히 쉬고 싶다고 하니 그제서야 제 테이블로 돌아간다.

헬렌이 계란 모양의 초콜릿을 잔뜩 사온다. 오스트레일리아에도

—

올리브 나무들. 저리 작아도 수명은 무지 길다. 열매는 겨울에 수확한다. / 길에서 종종 만나는 작은 무덤들. 과연 무엇이 묻혀 있을까? 정녕 사람은 아닐진저.

많이 파는 거라며 한국에도 파냐고 묻는다. 아무리 사소한 것이라도 자신의 고향을 떠올리게 하는 것은 확실히 반가운 법인가 보다.

작은 올리브나무들이 줄맞춰 서 있는 모습이 귀엽다. 그리고 이어지는 숲길. 몸이 지치지 않았다면 소풍 길처럼 산뜻한 기분을 느낄 수 있었을 것이다.

넓은 들판이 나와 돗자리 깔고 퍼질러 앉는다. 발이 불편한 헬렌과 나는 누가 먼저랄 것도 없이 신발과 양말을 벗어 버린다. 으으으, 탱탱한 물집이 여러 개 잡혀 있다. 손가락으로 꼭꼭 눌러 보니 물이 가득 차서 제법 알차다.

헬렌이 붙여 보라며 '콤피드'를 준다. 아하, 이것이 바로 그 유명한 콤피드구나. 엘 카미노 공식 물집 치료제처럼 알려져 있는 바로 그것. 그냥 붙여만 주면 한동안 물집 위에 생겨난 또 다른 피부처럼 살아가다가 어느 순간에, 그러니까 샤워 같은 것을 하는 사이에 스윽 조용히 떨어져 나간다고 한다.

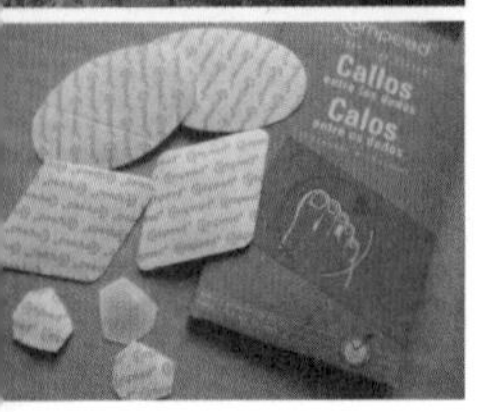

—

쉴 때마다 양말을 벗고 발을 살피는 것도 이젠 길에서의 중요한 일과가 되었다. 우아, 저 팔 탄 거 봐. 선크림은 필수. / J사의 콤피드. 엘 카미노에서 절찬리에 판매 중이다. 알베르게마다 홍보 포스터가 많이 나붙어 있다.

헬렌이 물집 위에 붙여 주기에 그렇게 붙여만 놓으면 물집이 치료가 되는 줄 알았는데, 나중에 알고 보니 이 녀석에겐 치료 능력 따위는 없다. 단지 물집을 단단히 감싸서 통증을 못 느끼게 해 줄 뿐이다. 그것도 모르고 나는 그 녀석이 물집 완전정복의 길을 열어 주는 줄 알고, 그날 바로 약국에 가서 크기 별로 구입했다가 결국 후회만 하고 말았다.

나중에 만난 물집의 권위자들은 모두 콤피드를 배격하고 있었다. 오히려 통풍이 안 돼서 치료만 더디게 한다는 것이다. 가격도 만만치 않은 놈들이었는데 결국 별로 써 보지도 못하고 배낭 속에서 숨죽이고 있다가 서울까지 따라왔다.

헬렌보다 앞서 절뚝거리며 비아나Viana에 들어선 나는 우선 성당 옆에 있는 알베르게를 찾아간다. (보통 성당 옆에 있는 알베르게가 협회나 지역에서 운영하는 무니시팔 알베르게Municipal Albergue다.) 스페인어로 '도네티보', 그러니까 기부금으로 내고 싶은 만큼만 내고 머물 수 있는 곳인데, 침대도 없이 매트리스만 바닥에 쭉 깔려 있다.

이 알베르게를 관리하는 자원봉사 아주머니의 부드러운 인상이 무척이나 마음을 끌고, 저녁미사 후에는 숙소의 사람들이 모여서 함께 저녁을 먹는다는 설명에 잠시 마음이 동했지만, 침대도 없는 곳에서는 자고 싶지 않아서 잠시 망설인 끝에 사설 알베르게를 찾아갔다.

하하, 그런데 여기는 이층침대도 아니고 무려 3층침대가 놓여 있다. 그리고 내가 배정받은 침대가 바로 3층. 한번 올라가면 내려오기 싫어질 게 뻔하기 때문에 모든 수면 준비가 끝났을 때만 올라가기로 굳게 마음먹는다.

샤워와 빨래를 하고 나서 헬렌과 여전히 절뚝거리며 식당을 찾아 나선다. 알베르게 근처의 식당과 바를 몇 군데 가 보았지만 제대로 식사할 수 있는 곳이 없다.

오래된 마을인 비아나는 길에 자갈이 깔려 있어서 보기에는 무척이나 예쁘지만 얇은 슬리퍼를 신은 내 발바닥에는 울퉁불퉁한 느낌이 그대로 전달되어서 가뜩이나 아픈 발을 더욱 아프게 콕콕 찌른다. 다리를 얻은 인어공주가 이렇게 아팠다지 아마?

그런 와중에 공중전화를 발견한 헬렌이 딸에게 전화를 걸어야겠다고 한다. 으으윽, 너무 싫지만 티를 내지는 못하고 전화기 옆에 불쌍한 모습으로 앉는다.

헬렌이 전화하는 걸 본 적이 있는데 그녀는 그 비싼 국제전화를 시내통화하듯 아주 오랫동안 한다. 그래서 쪼그려 앉은 것인데 역시나 그녀는 배가 고파서 기운이 없음에도 불구하고 이십 분이 지나도록 통화를 끝낼 기미를 보이지 않는다.

자포자기한 내 눈에 골목 한 모퉁이의 레스토랑이라는 글자가 들어온다. 아주 작아 보이는 식당이지만 혹시나 하는 마음으로 어기적거리며 다가간다. 실내는 전혀 들여다보이지 않고 밖에는 오로지 레스토랑이라는 글자뿐이다. 그러나 내 코끝에 살살 와 닿는 음식 냄새. 문을 살짝 당겨 보니 열린다.

난 헬렌에게 이 안으로 들어간다고 신호를 보내고는 식당 안으로 들어선다. 문을·열자 바로 보이는 건 좁은 복도뿐이다. 엉, 문을 잘못 열었나 하고 어리둥절해 있는 나에게 정장한 할아버지가 정중하게 인사하며 방향을 안내해 준다.

복도로 걸어 들어가니 아주 정갈하고 고급스럽게 정돈된 홀이 내 눈앞에 나타난다. 몇몇 테이블에는 식사 중인 사람들이 있다. 할아버지가 나에게 의자를 빼 주시는데 위엄 넘치는 모습에 주눅이 든다. 아, 뭔가 잘못 됐다.

이럴 수가, 메뉴판에는 뭐가 뭔지 알 수 없는 음식의 이름만 잔뜩 씌어 있는데 전채요리 하나만 시켜도 10유로가 넘을 지경이다. 이런, 난 싸구려 동네 식당에 들어온 줄 알았는데 이 작은 마을 비아나에서 가장 비싼 식당에 들어와 버린 것이다!

나갈까, 어떻게 할까 고민하는데 헬렌이 안으로 들어온다. 헬렌은 계속 원더풀을 연발한다. 너무 맘에 든다고, 잘 들어왔다고 나를 계속 칭찬한다. 메뉴판을 보고도 그런 말을 계속 할까 싶었는데 메뉴판을 들여다보는 헬렌의 표정은 흐뭇하기만 하다.

이런, 이제는 어쩔 수 없다. 가장 저렴하면서도 양이 많은 것을 찾아내야 한다!

메뉴에는 영어가 전혀 씌어 있지 않은 탓에 헬렌이 가지고 있는 『론리 플래닛 스페인 회화』 식당 편을 보면서 열심히 음식을 찾는다. 썩 맘에 드는 것이 없다. 그래서 무난하게 선택한 것이 돈까스다. 이

건 싸겠지 하고 주문했는데 좀 억울하기는 하다. 스테이크도 아닌 돈까스를 삼만 원 넘게 주고 먹어야 한다는 사실이.

난 다른 건 안 시키고 그거 하나만 달랑 주문했는데 다행히 이 집은 다른 식당처럼 딱딱하고 푸석한 바게트가 아닌 아주 맛난 참깨가 송송 박힌 빵이 나와서 신나게 먹었다. 빵 접시를 비울 때마다 할아버지가 계속 빵을 가져다 주셔서 그것만으로도 배가 찰 지경이었다.

그러나 메인 요리는 날 울렸다. 그러니까 포크커틀릿, 돼지고기 튀긴 게 분명 맞긴 한데 내가 생각한 돈까스는 아니었다. 돼지고기를 껍질까지 그대로 잘라 튀긴 그 요리는 느끼하기도 엄청 느끼했지만 돼지껍질에, 비계에 심지어 털까지도 그대로 보여서 살만 잘라 내 먹어야 했다. 겨우 이거 먹고 큰돈 낼 생각을 하니 속이 무척 쓰리다.

내 얼굴이 얼마나 퉁퉁 부어 있었을까? 커피와 와인(너무 느끼해서 안 마실 수가 없었다)으로 식사를 마치자 헬렌이 자기가 계산하겠다고 한다. 예상치 못한 그녀의 제안에 너무 놀란 나는 (물론 그녀의 제안이 좋기는 했지만) 그래도 워낙에 비싼 값이라 미안해서 그럴 수 없다고 했더니 헬렌은 "어제 너와 헤어져서 다른 사람들과 걸어 보니 네가 참 좋은 길동무였다는 것을 느꼈어. 너한테 많이 고맙더라. 그래서 너에게 꼭 대접하고 싶어."라고 말한다.

좀 미안하기는 했지만 이쯤에서 양보하기로 했다. 음, 나는 가난한 여행자 아닌가?

빨래 말리는 곳이 너무 좋다. 중세시대의 벽들로 둘러싸인 이곳은 흡사 성에 들어와 있는 듯한 느낌마저 준다. 그리고 그곳에서 보이는 비아나 주변 풍경도 무척이나 아름답다. 마른 옷에서 나는 향긋한 바람과 햇볕의 냄새를 맡으며 한참을 그곳에 서서 저물어 가는 해를 바라보았다. 역시 빨래를 걷으러 왔던 다른 사람들도 그 풍경에 마음을 빼앗겨 자리를 뜨지 못한다.

도미토리 발코니에 앉아 잠시 일기를 쓰고 있자니 사람들이 마구 몰려 들어온다. 죄다 독일 사람들이다. 흠, 좀 시끄럽겠는 걸 싶었는데 예상대로 무척이나 시끄럽다. 독일어로 떠드는 것을 듣고 있으면 뭔가 답답하기도 하고 꽤나 귀를 자극하는 것이 아무튼 내 귀를 틀어막거나 저들의 입을 막고만 싶어진다.

만약 내가 나의 친구들과 한국어로 마구 떠든다면 그들은 어떤 느낌을 받을까? 말로 사람 하나 잡으려는 줄 알겠지…. 그러나 아무리 역지사지의 정신을 발휘하려고 해도 괴로운 건 괴로운 거다. 결국 삼층침대로 힘들게 올라가 침낭 속으로 얼굴까지 파묻는다.

깊은 밤 알베르게 안에 코골이들의 합창이 울려 퍼진다. 잠들기가 힘들어서 자꾸 몸을 뒤척이는데, 혹시나 내 밑에 누운 헬렌이 내 소리에 잠 못 드는 건 아닐까 걱정된다.

일 째

나 → 나바레테

가난한 이를 당신의 테이블에 앉히세요

밤새 열심히 코를 골던 독일 아저씨들이 다섯 시쯤 되자 부리나케 준비를 하고 길을 떠난다. 그제야 비로소 조용해진 알베르게. 그 평온함에 겨우 잠이 들었는데 일곱 시가 되기도 전에 헬렌이 날 깨운다.

그냥 먼저 가라고 말하고 싶은 맘이 굴뚝같지만 어제 헬렌에게 과분한 대접을 받은 마당에 그럴 수도 없어서 가라앉는 몸을 침대에서 간신히 일으킨다.

오늘은 첼로라는 이름의 마드리드에서 온 스페인 아줌마도 우리와 동행하기로 한다. 첼로는 일 년에 일주일씩, 그래서 오 년 계획으로 엘 카미노를 걷고 있는데 오늘이 이틀째다. 그래서 그녀의 발걸음은 아주 빠르고 경쾌하다.

확실히 큰 도시로 다가가니 티가 난다. 산업화의 흔적들. 무엇을 만드는지 알 수 없는 수많은 공장들, 이런저런 간판들. 간혹 우리나라 브랜드를 만나면 반갑기 그지없다. 괜히 묻지도 않은 사람들에게 저게 우리나라 거라는 유치한 말을 하기도 하고. 그래도 "정말? 일본 건 줄 알았는데." 하고 대답하는 사람들이 있어서 간혹 보람을 느끼기도 한다.

—

외로이 서 있는 멋스러운 나무.
요런 나무가 보이면 주저 없이 그 아래 돗자리를 펴고 앉아 한숨 돌린다.

로그로뇨Logrono로 향하는 길에 포도밭이 많다. 밭 안으로 들어가 잘 익은 포도를 골라 따 걸어가면서 한 알씩 먹는다. 맛은 있는데 우리나라 것보다는 알이 많이 작아서 왠지 덜 익은 걸 먹는 기분이다.

로그로뇨에 거의 도착할 무렵 작은 집 앞에서 두 여인이 우리를 향해 손을 흔든다. 안에 들어와 좀 쉬었다 가라는 그들은 모녀 사이다. 그들은 순례자들을 위해 간단한 식사나 차를 제공하고 있었다. 물론 식대는 도네티보(기부금으로 내고 싶은 만큼 내는 것)다.

테이블에는 빵과 몇 종류의 비스켓, 치즈와 잼들이 놓여 있다. 아줌마가 빅맥 사이즈의 토르티야 파타타(Tortilla Patata, 감자 오믈렛)를 넣어 보카디요를 만들어 준다. 아아악, 입이 찢어지는 줄 알았다. 거친 바게트 빵을 먹다 보면 입가가 다 헐어 얼얼해진다.

나바레테Navarrete에 들어섰다. 워낙에 인기가 높은 알베르게인지라 침대가 없을까 봐 걱정했는데 아직까지는 문제없다. 크레덴시알에 스탬프를 받고 숙박부를 쓰는데 "한국인이 이곳에 묵는 건 처음이야, 환영해." 하며 자원봉사자가 환하게 웃는다.

역시 이곳은 소문대로 아주 깔끔하다. 주방도 그렇고 넓은 방임에도 이층침대가 겨우 세 개, 그리고 방 안에 욕실도 붙어 있다. 내가 묵는 방의 여섯 명 중 남자는 단 한 명이다. 체 게바라 스타일의 모자를 쓴 멕시코 아저씨. 오늘은 아마도 평화로운 밤이 될 것이다.

샤워를 하고 마을 구경을 나간다. 아주 한적하지만 정갈한 동네다. 흡사 금빛처럼 보이는 황토색 돌로 만든 건물들. 밖으로 돌출된

베란다에는 간혹 화분들이 보이기는 하지만 너무 을씨년스러워서 과연 사람들이 살고 있을까 하는 궁금증을 자아낸다. 초인종을 누르고 도망쳐 볼까 생각하다가 만다.

그런데 아래쪽의 현대식 건물이 들어서 있는 곳은 분위기가 사뭇 다르다. 사람들의 왕래도 많고 삼삼오오 모여 노는 청소년들도 보인다. 아까 빈집이 많아 보인다 했더니 나바레테 사람들은 이쪽 신시가에서 주로 생활하는 모양이다.

흠, 나라면 그 예쁜 집에서 살고 싶을 것 같은데…. 뭐, 살아 보지 않은 사람이 뭘 알겠는가? 뜨내기의 감상적인 생각일 뿐이지.

동양인이 낯설어서인지 아이들의 시선이 나한테서 도무지 안 떨어진다. 불량해 보이진 않았지만 불편해서 알베르게가 있는 구시가로 돌아온다. 하긴 론세스바예스에서 여기까지 오는 동안 나 역시 동양인은 단 한 명도 만나지 못했으니 그들의 호기심이 당연한 건지도 모르겠다.

맞은편 성당을 열심히 그리는 마드리드에서 온 첼로 아줌마.

광장 한구석 화단에 첼로 아줌마가 앉아 있기에 다가갔더니 스케치북에 그림을 그리고 있다. 멋진 솜씨다. 그림을 그린다는 건 정말 근사한 습관인 것 같다. 사진처럼 찰나의 시선이 아니라 끈덕지게 무언가를 오랫동안 응시할 수 있는 시간을 갖게 해 주니 말이다.

첼로가 슬리퍼 신은 내 발의 물집을

—

나바레테의 깔끔하지만 쓸쓸한 골목. 발코니에는 시든 꽃들이 간간이 보인다. 골목의 정적은 모두가 빈집이라고 말해 주는 것 같다.

보더니 알베르게로 데려간다. 그리고는 바늘을 찾아 그 모든 물집들을 다 따 준다. 발에 첼로가 꿰어 준 실들이 이리저리로 춤춘다. 물집 안의 물을 뺀 가벼운 발로 사뿐사뿐 성당 구경을 간다. 그런데 문을 아무리 당겨도 열리지 않는다. 스페인의 성당들은 대부분 보통 때는 문을 잠가 두고 미사시간에만 여는 모양이다.

오늘은 꼭 미사에 참석해야지 하는 생각에 시간 맞추어 성당을 다시 찾는다. 나와 같은 이방인들을 제외하고는 모두 노인들뿐이다. 반주도, 성가도, 복사도 없는 스페인 작은 성당의 미사는 초라하고 쓸

쓸하게 느껴진다. 알아들을 수는 없지만 무미건조하게 읊조리는 열정 없는 신부님의 목소리를 들으니 더욱 그러하다.

그래도 이제는 낡았지만 한때는 무척이나 풍성한 아름다움을 지녔을 듯한 성당 안을 돌아보고, 사람들과 입을 맞추거나 악수하며 서로에게 평화를 빌어 주는 시간이 있었기에 미사를 마치고 나오는 발걸음이 좀 가벼울 수 있었다.

나바레테는 도자기 생산으로 유명한 도시다. 그래서 광장에 뜬금없이 이런 동상이 서 있다. 그래도 가이드북을 통해 안면을 튼 동상이라 반가웠다.

알베르게로 돌아오니 주방 안에 사람들이 가득하다. 역시 시설이 잘 되어 있으니 사람들이 요리를 많이 해 먹는 모양이다. 테이블에는 포도가 한가득. 다들 걸어오면서 어지간히도 많이 따 왔다. 봉사자가 잘 씻어서 먹으라고 충고한다. 농약 뿌려서 키운다며 손으로 펌프질하는 시늉을 해 보인다. 이런, 난 길에서 그냥 막 따 먹었는데…. 뭐 괜찮다. 이미 내 몸은 농약에 충분히 내성이 생겼을 테니까.

헬렌이 파스타를 했다며 접시에 덜어 준다. 역시 채식주의자답게 야채만으로 만든 파스타인데 간장 소스 맛이 나서 맛있다.

말이 통하든 통하지 않든 기다란 테이블에 앉은 사람들은 이리저리 음식 접시를 돌리며 서로의 음식을 나눈다. 물론 종류는 다양하지 않지만 낯선 이들과 접시와 함께 주고받는 미소가 즐겁다. 요리를 못하는 나는 설거지로 대신 때운다.

사람들과 수다를 떠는데 식당 한쪽에 놓인 책장에 꽂힌 책들이 눈에 들어온다.

불현듯 내 책을 이곳에 두고 가고 싶다는 생각이 들어서 얼마 안 남은 『방드르디, 태평양의 끝』 뒷부분을 얼른 마저 읽고 책장에 꽂았다. 오로지 얇다는 이유로 내 여행에 동참하게 된 책. 언젠가 이곳에 묵게 될 또 다른 한국인이 한글로 된 이 책을 발견하면 아주 기뻐하리라는 생각에 벌써 가슴이 설렌다.

막강 코골이, 축제의 총포를 잠식하다

벤토사Ventosa라는 아주 작은 마을에 있는 바에 들렀다. '카페 콘 레체'를 주문하면서 "우유는 조금, 커피는 많이 넣어 주세요."라고 내가 아는 스페인어 형용사를 사용해서 주문했더니 아저씨가 고개를 끄덕거린다.

후후후, 내가 제대로 말한 모양이구나 하며 내심 흐뭇해 하는데, 옆에 앉아 있던 스페인 아주머니가 웃으면서 내 말을 고쳐 준다. 흠…. 다 틀렸다.

'조금'은 '작게', '많이'는 '크게'라고 했단다. 잘 외워서 다음에는 제대로 해야지.

그런데 옆에 있던 아저씨가 "너, 오스트레일리아에서 왔다며?" 한다. 이건 또 무슨 소리? "엄마랑 같이 온 거 아니야?" 한다. 이런, 헬렌이 우리 엄마인 줄 알았나 보다. 우리 엄만 지금 서울에서 주무시고 계실 거라구요. 저번에는 "너 캐나다 출신이라고 사람들이 그러더라." 하고 알려 주던 사람도 있더니만.

거참, 내가 쓰는 영어를 들었다면 그런 생각은 차마 못할 텐데. 아무래도 사람들은 설마

순례자들이여, 무엇이 당신을 이 길로 불러들였는가 하는 내용의 시. 나헤라로 가는 길목에서 순례자들의 발길을 잠시 멈추게 한다.

순례자들의 뒷모습. 예비용 등산화까지 챙겨 올 정도로 준비가 철저하다. 튼튼한 스포츠 샌들 강추! / 나헤라 알베르게 전경. 그림 속 중세시대의 순례자를 너무 멋쟁이로 그린 것은 아닌지? 펄럭이는 코트와 초록 바지가 멋스럽다.

저 애가 아시아에서 혼자 왔겠어 싶었나 보다.

오늘의 목적지 나헤라Najera까지 가는 길은 꽤 지친다. 하늘이 좀 우울해 보인다 했더니 비가 내리기 시작한다. 그다지 굵은 비는 아니지만 비 맞고 싶은 기분은 아니다. 마침 황토로 지은 이글루 같은 것이 보여, 그곳에서 비를 핑계 삼아 휴식을 취한다. 안내문을 대충 읽으니 예전에 적의 침입을 감시하는 참호였나 보다.

비가 그쳐 다시 길을 나선다. 오늘의 길은 걷기 수월한 평지들이 많지만 발가락이 너무 아파서 어서 쉬고 싶은 생각뿐이다. 그러다 마을이 보여서 이제 쉴 수 있겠지 하고 안도했는데 마을을 들어서고도 화살표가 한참 이어진다. 게다가 마을의 모습도 볼품없다. 이러면 기운이 더욱 쏙 빠진다. 중간에서 만나 동행한 아일랜드인 이다 아줌마도 "뭐 이렇게 동네가 크냐?" 하고 계속 투덜거린다.

다리를 건너자 마을 정경이 변한다. 구시가로 들어서나 보다. 어째서 신시가들은 구시가처럼 예쁘게 만들지 못하는 것일까? 시멘트라는 녀석을 쓰다 보면 미관이라는 것을 고려한다는 것이 가당치도 않게 되는 걸까?

쓸데없는 생각을 하며 묵묵히 걷다 보니 알베르게 도착. 그런데 우리보다 훨씬 뒤에 걸어오던 캐나다인 부부가 벌써 도착해 있다. 이들은 화살표를 무시하고 지도를 보고 빠른 길로 온 것이다. 이다 아줌마는 지름길이 있었냐고 무척이나 억울해 한다.

알베르게는 아직 문을 열지 않았다. 가방으로 줄을 세워 놓고 잠시 주변을 둘러보기로 하는데 길에 사람들이 무척이나 많다.

나헤라는 지금 축제 중이다. 이 도시의 상징이라고도 할 수 있는 산타마리아 라 레알 수도원의 이름을 그대로 딴 축제다. 축제를 구경하고 싶은 마음은 그득했지만 문 여는 시간에 맞춰 알베르게로 돌아갔다. 이곳의 숙박비는 도네티보. 알베르게는 무척이나 크다. 내가 묵은 곳 중 론세스바예스 다음으로 큰 것 같다.

숙소에는 이층침대가 네 줄로 쭉 늘어서 있는데 두 개씩 붙어 있다. 다행히 난 맨 끝 침대라 옆에 붙은 침대가 없다. 헬렌은 두 개씩 붙은 침대를 지정 받았다. 내가 잘생긴 총각이 옆에 걸리기를 바란다고 기원해 주었건만, 예쁘장하게 생긴 스페인 여자가 걸렸다. 농담이었지만 헬렌도 좀 아쉬워하는 눈치고 해서, 코 고는 아저씨 아닌 걸로 만족하라고 헬렌을 위로해 준다.

광장에 있는 타파스(Tapas, 소량의 전채요리) 바(진열장에 일품 안주들이 쭉 나열되어 있다)는 사람들로 넘쳐나서 들어갈 엄두가 안 난다. 공연을 잠시 보다가 헬렌과 함께 알베르게 자원봉사자가 추천해 준 레스토랑을 찾아갔다. 와우, '메뉴 데 페레그리노'에 바비큐 립이 있

공연을 구경하는 사람들. 무대에서 한 여인이 노래를 불렀는데 반응이 영 썰렁하다.

다. 이 가격에 립을 먹을 수 있다니 횡재한 기분이다. 와인과 함께 맛있게 먹고 나니 기분 좋게 취한다.

헬렌과 이런저런 얘기들을 나누며 유쾌한 시간을 보낸다. 그녀가 사는 멜버른이나 내가 사는 서울이 별 차이가 없음을 느낀다. 세상은 점점 좁아지고 비슷해진다. (이 저녁이 그녀와 함께 하는 마지막 식사가 될 줄 알았다면 그간 그녀에게 느낀 고마움을 꼭 표현했을 텐데.)

축제로 떠들썩해진 골목들을 걸으니 기분이 아주 좋다. 마침 광장 바의 테라스에 빈자리가 보여서 냉큼 앉아 엄마에게 처음으로 엽서를 쓴다. 쓰고 보니 너무 감상적이어서 얼굴이 확 달아오른다. 누가 볼까 무서워 가방 안으로 쑥 집어넣는다. 바보. 어차피 아무도 못 읽는데. (그 엽서는 결국 부치지 못했다. 그 간지러운 감상들이 그간 내 어디에 숨어 있었던 걸까. 아, 부끄럽다.)

날이 어두워진 후, 알베르게에 돌아오니 동양 여자가 하나 보인다. 너무 반가워 다가가 보니 일본인이다. 같은 동양인을 만나니 괜히 마음이 든든해진다.

내 침대는 창 바로 옆. 밖에선 불꽃놀이가 한창이다. 창밖이 계속 요란하게 번쩍거린다. 밖으로 나가 축제의 활력을 즐기고 싶은 마음은 굴뚝같지만 천근만근인 몸은 전혀 움직일 생각을 안 한다.

햇볕에 화상 입은 팔이 아직까지도 많이 화끈거린다. 손으로 만져 보니 아주 뜨겁다. 팔의 열을 식히려고 침낭 밖으로 팔을 쑥 내밀고 잠을 청한다. (이 날 결국 모기에게 팔뚝을 단단히 물렸는데, 물린 자국이 점점 커다란 퍼런 멍으로 변해서 한동안 날 공포에 몰아넣기도 했다. 어지간히 독한 모기들!)

아래 침대 아저씨의 코 고는 소리가 장난이 아니라서 오늘밤은 아무래도 잠들기가 쉽지는 않을 것 같다.

여자가 한을 품으면 오뉴월에도 서리가 내린다잖아

마을을 떠나자마자 또 다시 산이 턱 하니 나타난다. 나헤라는 '바위 사이에 있는 곳'이라는 뜻의 아라비아 말에서 왔다더니만 경사가 제법 가파르다. 종종걸음 치며 산에 오른다.

헬렌은 오늘 휴가다. 그녀의 다리는 휴식이 필요하다. 오래간만에 혼자 걸으니 고즈넉하니 좋기도 하고 조금 외롭기도 하다. 고요히 풍경 속의 한 점으로 녹아드는 듯한 기분에 마음이 평안해진다.

추수가 끝난 밀밭, 구름이 한가로이 떠다니는 파란 하늘. 평화롭다는 단어가 머릿속에 가득 밀려온다.

동네 뒷산 하나 오르는 것도 버거워하던 내가 어쩌다 이 길에 이토록 매혹된 것일까? 엘 카미노에 관한 다큐멘터리를 우연히 텔레비전에서 본 순간, 반드시 저곳에 가야겠다고 생각했다.

나이를 먹으면 신체에 변화가 생기듯 머릿속도 가슴속도 시간의 흐름에 따라 저절로 성숙하는 줄 알았다. 나도 언젠가는 세상만사를 깨닫고 현명해지리라고.

그러나 나는 여전히 미성숙한 정신을 지닌 애어른일 뿐이었고, 그런 나에게 불만을 품고 있었으니, "엘 카미노를 걷고 나면 인생이 변한다."라는 말에 홀딱 넘어간 건 어쩌면 너무도 당연한 일이다. 이 길이 나에게 성장할 수 있는 기회를 만들어 줄 것이라는 기대감이 내 머릿속에서 이스트 먹은 반죽처럼 마구 부풀어 오른 것이다.

그런데 이제 와 생각해 보니 사람이 어떤 계기를 통해 크게 변모할 수 있다는 상투적인 이야기를 실전에 도입하는 나는 역시 제대로 유치한 사람이라는 생각이 들어 슬며시 웃음이 나왔다. 이것 참, 아무도 모른다고 해도 좀 창피하구나.

하지만 계기가 무엇이든 지금 이 길을 걷고 있는 이 순간이 즐겁고 행복하니 유치한 것도 썩 괜찮은 일이다.

중구난방으로 뻗어 나가는 생각들과 함께 걷다 보니 어느덧 산토 도밍고 데 라 칼사다Santo Domingo de la Calzada에 들어섰다. 유명한 전설이 있는 마을이다.

옛날에 독일에서 온 한 부부와 아들이 이 길을 걸으면서 여관에 머물렀다. 그 아들의 외모가 아주 출중한지라 여관 관리인 딸이 마음을 빼앗겼다. 그녀는 아들에게 자신이 연모하고 있음을 고백하며 대답해 주기를 원했으나 그는 단호하게 거절했다. 수치심에 빠진 그녀는 돈을 그의 짐 속에 몰래 넣고는 그가 훔쳐갔다고 고해 바쳤다.

그의 아들은 그 사건으로 교수형에 처해졌고(무섭다. 절도에 사형이라니) 아들의 죽음을 슬퍼하며 다시 순례를 떠났던 부모는 돌아오는 길에 죽은 줄 알았던 그의 아들이 여전히 목숨이 붙어 있는 채로

—

쭉 뻗은 길. 시원한 이 길로 나를 부른 것은 과연 무엇일까?

교수대에 매달려 있는 것을 알게 된다. 그 즉시 영주에게 달려가 자신의 아들은 결백한 것이 분명하다고, 그래서 아직 살아 있는 것이니 이젠 그를 놓아 달라고 청하였다.

그러자 닭 요리를 먹고 있던 영주는 코웃음 치며 대답했다.

"허어, 그 아들이 아직 살아있다는 것은 지금 내가 먹고 있는 이 닭이 살아 있다는 것과 같은 말 아니냐? 말이 되는 소리를 하거라."

그 순간 요리된 닭이 꼬끼오 하고 울더라는 이야기다.

그래서 이곳 성당 안에는 살아 있는 닭을 모셔 놓았다고 한다. 재미난 전설이기는 하지만, 역시 동서양을 막론하고 여자가 한을 품으면 무섭다는 것을 새삼 깨닫게 해 주는 이야기이기도 하다.

내 앞에서 걷는 여자가 알베르게가 보이는데도 그냥 지나쳐간다. 뭔가 찜찜한 기분이 들어 알베르게 안으로 들어가려다 말고 가이드북을 보니 이곳에는 두 개의 알베르게가 있단다. 지금 이곳은 수녀원에서 운영하고 다른 곳은 협회에서 운영한단다. 아무래도 그곳이 더 좋은가 보다 싶어서 그녀 뒤를 계속 따라갔더니 역시 다른 곳으로 들어간다.

이곳도 도네티보. 기부금 조금 내고 배정받은 침대로 갔다. 매트리스는 역시 좋지 않지만 그래도 이층침대는 아니다. 낮은 칸막이 사이로 네 개의 침대가 놓여 있는데, 내가 배정받은 곳엔 독일 여자 하나와 오스트리아 아저씨 한 명, 그리고 스페인 할아버지 한 명이 있다.

보통 '나노'라고 부르는 스페인 할아버지 빅토리아노가 오스트리아 아저씨(안소니 홉킨스랑 똑같이 생겼다)의 발의 물집을 살펴보고는 나에게도 괜찮냐고 물어 본다.

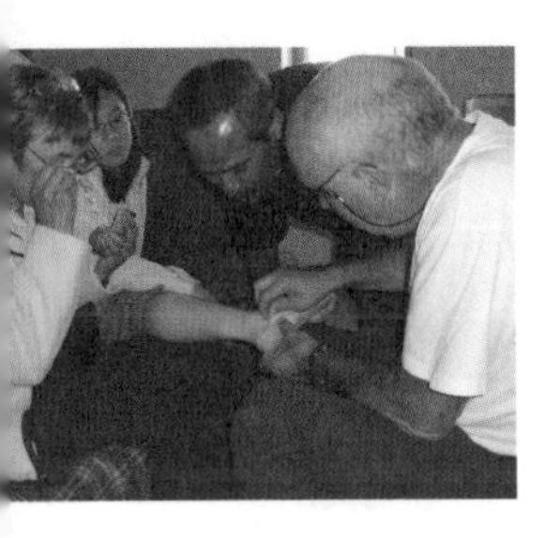

—

갤러리들이 지켜보는 가운데 바늘에 찔린 나의 왕물집이 쪼그라들며 사라지고 있다. 어느덧 사람들에게 더러운 발 보이는 것에 전혀 개의치 않게 돼 버렸다.

물론 내 발은 괜찮지 않았다. 전체 물집 숫자는 무려 여덟 개! 그 중 하나는 어마어마하게 크다. 나노 할아버지가 세 개의 물집이 하나로 뭉쳤다고 아주 놀란다. 사람들이 모여들며 내 물집을 구경한다. 자랑스러운 기분마저 든다.

나노는 “스페인 사람들은 물집이 안 생기는데 외국인들만 물집이 생긴다.”라며 놀린다. 치료를 해 주시고는 물집 관리 요령을 하나하나 설명해 주신다. 콤피드는 소용없다고 쓰지 말라는 충고도 하신다. 네, 알겠습니다.

역시 물을 빼고 나니 발이 가벼워지는 것 같다. 내일은 걷기가 좀 편할 것이다.

알베르게에서 또 다른 동양 여자를 만나 인사했는데 역시 일본인이다. 어제 만난 사람과는 다르게 그다지 느낌이 좋지 않다. 피레네 산맥을 넘자마자 몸이 안 좋아서 병원 신세를 졌단다. 멀리 혼자 와서 병원에 누워 있었다는 말을 들으니 내 가슴이 다 아리다. 나는 결코 아프지 말아야지 하는 결심도 한다.

알베르게 안에 전화가 보여서 집에 전화했더니 엄마가 “오늘 추석이야.” 하신다. 그 말을 들으니 기분이 아득해지면서 왠지 울적해진다. 별로 좋아하지도 않던 송편 녀석이 무척이나 먹고 싶다.

Anthony Hopkins

가라앉은 기분을 풀 수 있을까 싶어 혼자 마을 구경을 나갔는데 어제 만난 일본 여자를 다시 만났다. 자기는 수녀원에서 운영하는 알베르게에 묵었는데 별로 안 좋단다. 그 말을 듣자 앞에 걷던 사람을 따라가길 잘했다 싶어 기분이 풀린다.

잠시 그녀와 같이 거리 구경을 하고는 이다 아줌마랑 독일에서 온 바바라 아줌마, 독일 애 마르가리타랑 저녁으로 파에야(Paella, 스페인식 볶음밥)를 먹으러 갔다.

나는 허리색sack을 하는 것이 싫어서 항상 보조가방을 메고 다니는데, 내가 어깨에 대충 멘 가방이 아무래도 불안해 보였는지 마르가리타가 가방 조심하라는 말을 몇 번이나 한다. 관광지도 아닌 이런 조그만 마을에서 별 걱정을 다 하네 싶다.

유럽 사람들은 스페인의 치안 상태를 어지간히도 못 믿는다. 독일이나 프랑스 사람들은 유럽 통합 이후 자기들 덕에 스페인이 이만큼 성장할 수 있게 된 거라고 잘난 척도 꽤 한다.

식사를 마치고 종업원이 준 계산서를 보고 바바라 아줌마가 아주 분개한다. 항목별로 정확히 나와 있지 않다면서 자신은 "이런 계산서를 믿고 돈을 낼 수는 없다."라며 흥분한다. 독일 사람은 역시 정확한 것을 좋아하나 보다라고 생각했는데, 같은 독일 사람인 마르가리타는 그런 바바라 아줌마를 좀 창피해 하는 것 같다. 짜증난 종업원이 우리 테이블로 와서 조목조목 항목별로 적어 주고는 획 가 버린다.

텔레비전에서 하는 축구중계를 더 보겠다는 마르가리타만 남겨두고 우리는 성당으로 갔다. 일요일이고 피에스타(Fiesta, 축제) 기간임에도 불구하고 미사는 무척이나 형식적일 뿐 열정도 성스러움도 느낄 수 없다. 스페인식 썰렁한 미사에 적응이 되지 않는다.

미사를 마치고 성당을 구경했다. 이 마을 이름이 된 산토 도밍고의 무덤도 보고, 성당 한쪽 높은 곳에 있는 그 유명한 닭들도 봤다. 성당 안에서 살아 있는 닭을 보는 것이 재미있어서 좀 더 보고 싶은데, 미사 오 분 전쯤에 와서 성당 문을 열었던 신부님이 서둘러 퇴근하고 싶은지 금방 옷을 갈아입고 나와서 성당을 구경하는 우리들에게 어서 나가라고 눈빛으로 막 재촉한다.

우리가 나서자마자 신부님은 열쇠로 성당 문을 재빠르게 잠그고 사라진다. 신부님이 미사를 어쩔 수 없이 해야 하는 '일'로 여기는 것 같아 씁쓸하다.

아줌마들이랑 와인 한 병을 사서 알베르게에 와 함께 마신다. 식탁으로 사람들이 한 명 두 명 모여들어서 꽤 여럿이 이런저런 얘기를 나누게 되었다. 주로 어찌하여 지금 이곳에 있게 되었나 하는 이야기들.

이다 아줌마는 사실 남편, 여동생과 함께 스페인에 왔는데 자기는 엘 카미노를 걷는 게 오랜 소원이라서 머리도 짧게 자르고 이곳에 왔건만, 남편과 여동생은 걷는 게 싫다고 지금 둘이서만 스페인 유람 중이라고 투덜거린다.

유럽에서 엘 카미노는 친숙한 곳이어서 휴가 삼아 짧게라도 오는 사람들이 꽤 많은 것 같다. 국경 개념이 별로 없는 유럽 사람들을 보니 좀 부럽다.

그사이 프랑스 아저씨 다니엘이 끼어들어서 이런저런 유머를 구사하는데 난 하나도 재미없다. 우리와 유머 코드가 참 다르구나 싶지만 그래도 조금은 재미있는 척해야 할 것 같아 어색하게 입술을 당겨 미소를 지으며 상냥한 한국인으로서의 이미지를 유지한다. 그런데 잠시 후 다들 내일을 위해 이젠 자야 되지 않겠냐고 이구동성으로 얘기하는 것을 보니 나만 재미없어 한 것도 아닌 것 같다.

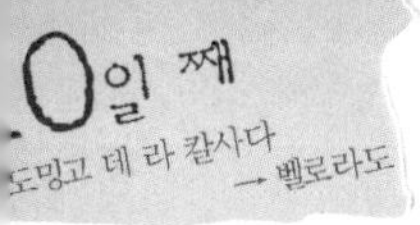

마음의 무게란 어떻게 측정하는 것일까

어제 물집 치료도 화끈하게 했고 조금은 산뜻해진 발걸음으로 길을 서두르는데 다들 내 옷차림을 보고 한마디씩 한다. 바람이 무지 매서워서 두꺼운 옷을 입어야 한단다.

이다 아줌마가 걱정스런 눈초리로 자기 외투를 입겠냐고 묻는다. 자신은 두꺼운 외투가 한 벌 더 있다며. 난 잠시 고민하다가 아직까지 헬렌이 준 스웨터도 한 번도 안 입었기에 괜찮다고, 가방 안에 스웨터가 있다고 자신만만하게 웃으며 길을 나선다. 바람이 아무리 매워서 봤자 아직은 9월이지 않은가?

이미 지독한 감기에 걸린 스테파니가 콧물을 훌쩍이며 "정말 감기 조심해야 해." 당부에 또 당부를 한다. 걱정 말라고 함박 웃어 주며 밖으로 나왔는데 아니, 나를 휘감는 지독한 바람은 도대체 무어란 말인가?

조금 걸어가다 결국에는 추위를 견디지 못하고 길가에 배낭을 내려놓고 주섬주섬 스웨터를 꺼내 입는다. 주머니에 손을 깊숙이 끼워 넣고 종종걸음으로 걷기 시작했다. 처음에는 괜찮은 듯싶더니 다시 점점 추워지기 시작한다. 이다 아줌마 점퍼를 빌려 입지 않은 게 뼈저리게 후회된다. 난 정말 추위 앞에서는 취약인데.

다시 알베르게로 돌아가 점퍼를 얻어 입을까 고민하는데 뒤에서 누군가가 아주 묘한 발음으로 내 이름을 부른다. 돌아보니 나노와 안소니 홉킨스 아저씨다. 아까 나가더니 이제 겨우 여기 가냐고 느림보라고 놀린다.

그 뒤로 오던 아저씨가 날 힐끔 보더니 춥지 않냐고 묻는다. 무슨 말씀을, 물론 춥고말고요. 배낭에서 두꺼운 점퍼를 하나 빼서 준다. 나에겐 너무 커서 보기에 흉하지만 지금 그런 걸 따질 상황이 아니다. 오로지 감사할 따름이다.

점퍼의 주인 토마스는 카나리아 제도에서 왔단다. 이번이 두 번째라며, 지난번 여정 때 받은 크레덴시알을 보여 준다. 내가 도로 건네주자, 토마스는 스탬프가 빽빽하게 찍힌 코팅한 크레덴시알을 보물 다루듯 조심스레 다시 접어 가방 한구석에 넣는다.

어디서 왔냐고 묻기에 한국에서 왔다고 했더니 이 사람 대뜸 "아, 프웅양!" 한다. 처음엔 무슨 소린가 싶었는데 거듭 들어 보니 평양이다.

토마스뿐 아니라 남한과 북한을 구별 못하는 사람들을 꽤 많이 만난다. 역시 둘 중 하나를 고르는 ○× 문제가 가장 어려운 것처럼 남한과 북한이 꽤 헷갈리는 모양이다.

—

토마스와 시즈요. 현재 위치에서 산티아고까지의 여정이 표시된 거대한 지도 앞에 서 있다.

북한이 아니라 남한, 한국에서 왔다고 한껏 항변했지만 결국 한 나라이기에 씁쓸한 기분이 드는 것 또한 어쩔 수 없다.

정오가 가까워지자 날이 더워지기 시작한다. 이젠 토마스의 점퍼에 스웨터, 내 얇은 점퍼와 긴 팔 티셔츠를 허물 벗듯 하나씩 벗다가 결국 반팔 티셔츠 하나만 달랑 입고 걷는다. 거참, 아침은 겨울이더니 낮에는 팔에 화상 입을까 걱정하며 선크림을 발라야 하다니, 일 년이 아니라 하루에 사계절이 있는 스페인이다.

토마스와 바에 앉아 크루아상에 커피를 마시며 쉬는데 반가운 일본 여자의 모습이 보인다. 손을 흔드니 그쪽도 무척 반가워하며 다가온다.

그녀의 이름은 시즈요. 로그로뇨의 알베르게에서 토마스와는 안면을 튼 사이다.

셋이서 엉성한 영어와 스페인어로 얘기를 하는데 시즈요는 오로지 스페인과 남미를 여행하고 싶다는 생각으로 현재 스페인 살라망카Salamanca에서 일 년 반째 어학연수 중이란다. 연수하며 스페인 여행을 다녔고 엘 카미노가 그녀의 스페인 여행의 마지막 코스. 이 여정을 마치면 살라망카에 가서 그간의 생활을 정리하고 남미의 과테말라로 갈 거라고 한다.

오오, 늘 남미여행을 꿈꿔 왔던 나는 그녀의 얘기에 입에서 침이 질질 흐를 것만 같다. 겨울에는 남미에 있을 거라는 그녀가 어찌 부럽지 않겠는가? 스페인어도 못하면서 혼자 온 나에게 "너 참 용감하

과연 화살표가 저 멀리 보이는 작은 마을로도 연결되어 있을지 궁금하다.

구나."라며 칭찬해 주지만, 나 역시 남미에 가기 전에는 반드시 스페인어 공부를 하리라 굳게 마음먹는다.

오키나와 출신이라는 그녀는 자신의 친구가 한국 남자랑 결혼했는데 친구가 입은 '치마저고리'가 참으로 예뻤다고 한다. 한복을 '치마저고리'라고 부르는 그녀의 발음이 너무 귀여워서 그녀가 한순간에 좋아져 버린다.

토마스와 시즈요는 나보다 훨씬 잘 걷는 사람들이라 그들의 페이스에 맞추다 보니 막판에는 결국 너무 지쳐 버리고 말았다. 역시 난 한 시간 정도 걸으면 바닥에 털썩 주저앉아 쉬어 주어야 하는 사람인 것이다.

내가 너무 힘들어하니까 토마스가 배낭을 들어 주겠다고 한다. 토마스의 배낭은 내 것보다 훨씬 커서 싫다고 했는데, 한사코 자신이 들겠단다. 실랑이 끝에 결국 맡기기는 했는데 잠시 후 토마스의 모습이란…. 정말 힘들어 보인다. 너무 미안해서 도로 달라고 하는데도 안 준다.

앞으로는 결코 배낭을 다른 누구에게 맡기지 말아야겠다고 결심한다. 몸보다 심적인 부담감이 훨씬 무겁고 불편하다.

벨로라도Belorado에 도착. 사설 알베르게를 지나쳐 성당 옆 무니시팔 알베르게로 간다. 휴, 배낭을 내려놓는 토마스의 모습을 보니 내 입에서 안도의 한숨이 절로 나온다.

샤워를 마치고 알베르게 뒤에 있는 빨래터에 가서 빨래하고 나니 허기가 밀려온다. 그러나 지금은 시에스타 시간. 문을 연 식당이 있을까 걱정하는데 마르가리타가 문을 연 파나데리아(Panaderia, 말 그대로 빵 가게. 주식이 되는 빵과 치즈, 통조림 같은 것만 판다)가 있다고 알려 준다. 자기도 거기서 빵을 사 왔다고 보여 주는데 맛없게 생긴 커다란 빵 한 덩이가 치즈와 함께 들어 있다.

그런데 토마스가 지금 식사가 가능한 레스토랑을 알아 왔다. 신이 나서 시즈요랑 셋이서 식당을 찾아간다. 코미다(Comida, 스페인의 레스토랑들은 보통 간단한 요기와 술을 즐기는 곳과 식사를 할 수 있는 곳의 공간을 분리해 두고 있다. 보통 코미다는 닫았다가 정해진 식사 시간에만 문을 연다)에는 꽤 많은 사람들이 식사하고 있다. 어제 만난 비사교적인 일본 여자가 혼자 앉아 있어서 시즈요가 우리 자리로 부른다.

그녀는 영어도 꽤 잘하면서 계속 일본어로만 얘기하려고 한다. 시즈요는 그때마다 미안한 표정으로 스페인어나 영어로 통역해 주려고 애를 쓴다. 비사교적인 그녀는 일본에서 쌀을 많이 가져와서 배낭이 무척 무거운데 밥해 먹기가 너무 힘들어서 걱정이다, 뭐 그런 얘기를 하더니 식사가 나오자 얼른 먹고는 자리에서 일어나 버린다. 인사도 대충 하면서. 그녀의 태도에 시즈요가 당황해 한다.

저 여자, 첫 인상부터 마지막까지 제법 한결 같으니 칭찬해 줘야 하나? 산티아고까지 철저히 혼자이고 싶다는 것을 온몸으로 표현하는 그녀. 자신의 의지를 관철시키는 것도 좋지만 타인의 기분도 조금은 배려한다면 그녀의 카미노도 더욱 즐거워지지 않을까 싶다.

식당에서 나와 마을 구경을 한다. 햇볕이 너무 좋다. 아침에 그리도 추웠던 게 거짓말인 것만 같다. 시에스타를 마치고 문을 연 슈퍼

우리들의 행복한 시간

스페인 식당들은 대부분 정해진 시간에만 식사를 할 수 있다. 그래서 이렇게 예외적인 시간에 제대로 된 음식을 제공하는 식당을 만나면 너무 고마워서 눈물이 핑 돌 지경이다.

에 가서 이것저것 필요한 것들을 산다. 시즈요가 하몽과 로모 같은 말린 고기들을 사며 맛있다며 먹어 보라고 주는데 난 이미 하몽이 싫어졌기에 거절한다. 맛있는데 왜 그러느냐고 자꾸 권한다. 어쩜 내가 처음 먹은 하몽이 유독 날고기처럼 느껴졌을 뿐이지 다른 하몽은 괜찮을지도 모른다는 생각이 든다. (많이는 아니어도 나중에는 제법 먹게 됐다.)

동네 구경도 하다가 알베르게로 돌아와 시즈요가 타 준 차를 마시는데 누군가 내 이름을 부른다.

문가에 서서 손을 흔들고 있는 헬렌. 빌바오(Bilbao, 휴식 삼아 구겐하임에 다녀왔다)에서 돌아왔단다. 너무 반가워서 헬렌과 깊은 포옹을 한다. 이다와 바바라 아줌마와 같이 온 헬렌은 사설 알베르게에 묵었다며, 혹시 내가 여기 있을까 싶어서 와 봤단다. 같이 밥 먹으러 가자는 헬렌. 그러나 난 이미 배 터지게 밥을 먹은 후였으니.

테이블에 앉아 있는 시즈요와 토마스를 힐끗 바라본 헬렌이 친구들이냐고 묻고는 아쉽지만 그럼 내일 만나자며 다시 한 번 포옹하고 헤어진다.

기분이 약간 복잡해진다. 어째서 돌아가는 헬렌에게 미안한 마음이 드는 것일까?

11일째

벨로라도→ 산 후안 데 오르테가

도대체 저녁을 언제 먹을 수 있느냐, 그것이 문제로다

길 떠날 준비를 마치고 아래로 내려오니 시즈요가 아침식사 준비를 해 놓았다. 어제 슈퍼에서 산 하몽과 빵, 치즈로 샌드위치를 만들었다. 거기다 샐러드까지.

어제 저녁에 이어 계속된 시즈요의 식사 준비에 미안하고 고마운 마음을 동시에 품으며 맛나게 아침을 먹는다. 항상 아침은 한두 시간쯤 걸은 후 처음 나오는 바에서 크루아상과 커피로 해결하는데 이렇게 먹으니 마치 엄마가 차려 준 아침상을 받는 기분이다. 하나도 안 남기고 깨끗하게 싹싹 먹어 치운다.

두 번째 마을 비야프랑카 몬테스 데 오카Villafranca Montes de Oca를 지나니 평원은 안녕이고 크고 작은 산 고개들이 꾸역꾸역 계속해서 나온다. 점점 지쳐 가지만 쉬기에 적당한 곳이 눈에 들어오지 않아 멈추지 못한다.

나와 달리 토마스와 시즈요는 잘만 걷는다. 홀로 외로이 힘든 나는 어서 멋진 휴식 포인트가 나타나 주기를 바랄 뿐이다.

지금까지 오면서 사람들이 쌓아 놓은 돌무더기를 종종 보기는 했지만 이곳에는 유독 많다. 돌무더기로 만든 화살표도 여럿 있다. 아마도 이 길이 유난히 지루해서 생긴 작품들이 아닐까 싶다. 아니면

돌로 만든 화살표. 이런 모습의 화살표가 줄지어 나타난다.

다른 곳보다 표식이 적어서 뒤에 오는 사람들을 위한 선행자先行子들의 친절한 배려인 걸까? 나도 길에서 맘에 드는 돌을 집어 돌화살 위에 살짝 보탠다.

얼마나 걸었을까, 이젠 휴식 포인트건 뭐건 대충 아무 데서나 쉬어야겠다고 맘을 먹는데 마침 하얀 캠핑카가 하나 보인다. 그 안에서 어떤 할아버지가 고개를 내밀며 지나가는 사람들에게 커피 한 잔 마시고 가라며 부른다.

역시 난 그냥 지나치지 않는다. 낚시의자에 앉아 할아버지가 주는 커피를 마신다. 컵이 많이 더럽다. 제대로 안 씻으며 살아온 티가 팍팍 난다. 그간 얼마나 많은 사람들이 이 컵으로 커피를 마셨을까?

한 무리의 자전거 쫄쫄이 군단이 지나간다. 캠핑카 안의 할아버지가 바퀴 소리에 고개를 밖으로 불쑥 내밀고는 역시 "커피 한 잔 하고 가!" 하고 외친다. 그러나 멈추는 자전거는 한 대도 없다. "부엔 카미노(Buen Camino, 즐거운 길 되길! 엘 카미노에서 가장 많이 나누는 인삿말)!" 우렁찬 그들의 외침만이 우리와 함께 남아 커피를 마신다.

뭐, 이 커피가 공짜는 아니다. 엘 카미노를 위한 기부금이라는 이름으로 할아버지가 한 잔에 1유로씩 꼬박꼬박 받는다(사실 상술이 아닐까 의심이 가기도 한다).

오르테가의 전경. 성당, 알베르게, 바 그리고 재활용 쓰레기통.

어쨌든 그 할아버지 덕에 제대로 쉬는 기분을 맛볼 수 있었으니 그것만으로도 감사할 따름이다.

원기충전하고 산을 내려오니 마을이 보인다. 산 후안 데 오르테가San Juan de Ortega에 도착한 것이다. 이곳에는 무척이나 유명한 성당이 있다.

가이드북에서 본 성당의 모습이 근사해서 걸어오는 내내 이곳 성당을 어서 보게 되기를 기대했는데, 이럴 수가 공사 중이다. 정문 앞에 커다란 철제 구조가 설치되어 있어 성당의 외관을 거의 가리다시피 했다. 실망이다. 그나마 성당 안은 들어가 볼 수 있어서 다행이다.

성당 안에는 산 후안 데 오르테가의 무덤이 있다. 그는 수많은 교회를 비롯한 여러 건축물을 지은 건축가라고 한다. 원래 죽음이란 인간의 삶과 뗄 수 없는 것이지만 죽은 자의 자리를 멀리 격리시키는 나라에 사는 나로서는 산 자들의 생활 가까이에 자리 잡은 무덤을 볼 때마다 조금 으스스한 기분이 들기도 한다.

이 마을에는 오로지 이 성당뿐이다. 폐허가 된 건물들이 하나 둘 보이기는 하지만 그것이 전부다. 이 성당과 성당 바로 옆의 알베르게, 그리고 그 옆에 바가 하나 있을 뿐이다. 굳이 추가한다면 커다란 재활용 쓰레기통 정도를 들 수 있겠다.

이곳 알베르게는 아주 형편없다. 심지어 샤워실에 따뜻한 물도 안 나온다. 오후 여섯 시에 잠깐 나온다고 하는데 어서 씻고 싶어서 기다릴 수가 없었다. (시즈요는 기다렸는데 정말 나왔다가 금방 끊겼다고 한다. 결국 찬물로 마무리했다고.) 여기저기서 터져 나오는 비명을 들으며 샤워한다. 아무리 땀범벅으로 더위 속을 걸었다고 해도 찬물 샤워는 항상 괴로운 법이다.

빨래를 하고 야외에 마련된 테이블에 앉아 우리에게 있는 음식물들을 모두 꺼내 놓고 먹었지만 그래도 아쉬워서 바를 찾아갔으나 역시 먹을 수 있는 건 보카디요밖에 없다. 아침부터 내내 샌드위치를 먹었는데 또 다시 보카디요를 먹고 싶지는 않다.

바의 저녁식사 시간인 일곱 시까지 참는 수밖에. 날이 갈수록 저녁을 언제 먹을 수 있느냐 하는 것이 거의 하루의 가장 중요한 문제로 자리 잡아 가고 있음을 느낀다.

헬렌이 조만간 도착하지 않을까 싶어 사람들의 기척이 느껴질 때마다 관심을 갖고 책에서 눈을 돌렸는데 헬렌의 모습은 나타나지 않는다. 그녀를 못 만나서 아쉽기도 하고 그녀의 발이 걱정스럽기도 하다. 헬렌이 무사히 산티아고까지 걸어갈 수 있기만을 바랄 뿐이다.

십 분 전 일곱 시, 난 시즈요와 토마스를 재촉하여 바로 간다. 일

—

사람 무서운 줄 모르는 새. 테이블에 앉아 저녁 먹을 시간만 기다리는 나와 한참 놀았다.

곱 시가 되자 바 안이 시끌벅적해지더니 아까 알베르게를 떠들썩하게 만든 독일 쫄쫄이 군단이 우르르 들어온다.

우리가 앉은 테이블을 제외하고는 그 쫄쫄이 군단들이 다 차지해 버린다. 한 순간 독일어 폭풍이 몰려온다. 아, 정신 사납다. 인원수가 많으니 목소리들도 엄청 크다.

다른 사람들이 식당에 들어왔다가 자리가 꽉 찬 것을 보고 깜짝 놀라 밖으로 나간다. 그들은 자리가 날 때까지 밖에서 기다리는 수밖에 없다. 다른 식당은 하나도 없으니까. 왠지 안 됐다. 빨리 먹고 자리 비워 줘야지.

주문 받으러 온 총각이 문 가까이 있는 테이블부터 주문을 받는다. 에잉, 우리가 제일 먼저 왔는데. (따질까 하다가 관뒀다. 잊지 말자, 국가 이미지.)

사람들이 많이 시키는 걸로 주문했는데, 푸짐하고 맛도 꽤 괜찮다. 그날 처음 먹은 음식인 모르시야Morcilla라는 소시지는 우리나라 순대하고 생김새가 똑같다. 하지만 안에 당면이 아니라 쌀이 들어 있고 튀겨 먹는다. 원래 순대를 무척이나 좋아하기 때문에 반가운 마음으로 열심히 먹는다.

일찍 자리를 비워 주어야지 하는 마음과는 다르게 와인을 마시며 떠들고 후식까지 먹다 보니 결국 두 시간이나 앉아 있었다. 물론 우리가 일어날 때까지 쫄쫄이 군단도 일어나지 않는다.

그간 토마스가 워낙에 계산을 많이 해서 오늘은 나와 시즈요가 토마스에게 대접하기로 한다. 그간 너무 얻어먹어서 미안했기에 대접하는 우리도 기분이 좋고 토마스도 유쾌해 보인다.

밖으로 나오니 아직도 자리가 나기를 기다리는 사람도 있고 어떤 사람들은 알베르게 앞의 야외 테이블에서 식사하고 있다. 꽤 쌀쌀하기는 하지만 그 모습도 운치 있어 보여서 좋다.

아, 그런데 이제 아홉 시도 넘은 시간. 도미토리는 아홉 시가 되면 소등한다. 그 시간이면 이미 잠자리에 든 사람들이 제법 되기 때문이다.

아직 자고 싶지 않을 때 쉴 공간이 따로 없는 이런 알베르게는 무척이나 곤혹스럽다. 밖은 너무 춥고, 아직 침대에 눕고 싶지는 않고. 부른 배를 꺼뜨리기 위해 잠시 산보를 하지만 워낙 작은 마을이라 걸은 것 같지도 않다.

결국 여전히 불룩한 배로 알베르게로 돌아오니 쫄쫄이 군단 중 하나가 어두운 계단에 앉아 랜턴 불빛에 의지해 책을 읽고 있다. 역시 갈 곳이 너무 없다. 그와 잠시 이 상황에 대해 투정을 나누고는 도미토리 안으로 들어간다.

창밖으로 비추는 옅은 달빛만이 고즈넉한 도미토리 안을 떠다닌다.

어쩔 수 없이 침낭 안으로 파고든다. 아무리 날마다 걷는다 해도 난 결국 살이 빠지기는커녕 더 찌고 말 것이라는 불길한 예감 속으로 빠져 들며.

12일째
산 후안 데 오르테가 → 부르고스

그들만의 세상, 안개 속의 풍경

찬물에 세수하는데 정신이 번쩍 들게 춥다. 덜덜 떨며 침낭을 접는데 토마스가 1층으로 가자고 부른다. 봉사자들이 커피와 비스킷을 준비해 놓았단다. 무척 반가운 소리다. 그렇지 않아도 추워서 따스한 커피 한 잔 마시고 싶다는 생각이 간절했는데.

작은 테이블에 의자가 몇 개 없다. 사람들이 부지런히 커피를 마시며 새로 온 사람들에게 의자를 내어주기에 바쁘다. 우유를 듬뿍 넣은 커피를 입 안으로 넘기니 따스한 기운이 온몸으로 퍼져 나가 뻣뻣한 몸을 풀어 준다.

오늘의 목표는 부르고스Burgos. 톨레도Toledo, 세비야Sevilla와 더불어 스페인 3대 성당 중 하나가 있는 곳. 엘 카미노에 관심이 있기 전까지는 몰랐지만 부르고스는 스페인 북부에서 가장 큰 도시 중 하나며 아름다운 구시가로 유명한 곳이라고 한다.

부르고스에 가면 짧은 휴가가 기다리고 있기에 오늘 내 발걸음은 가볍기만 하다.

보통 가이드북에서는 부르고스와 레온Leon에서 하루 정도 머무르면서 도시를 둘러볼 것을 권유한다. 나 역시 그렇게 할 참이고, 부르고스에서는 버스를 타고 북부에 있는 산티야나 델 마르Santillana del

Mar에도 이틀 정도 다녀올 생각이다.

토마스, 시즈요와 헤어지는 것이 못내 아쉬워 가지 말고 그냥 계속 걸을까 잠시 갈등도 했지만, 역시 가기로 결정한다. 내가 언제 또 스페인에 올 줄 알고 기회를 다음으로 미루겠는가?

어쨌든 그런 잡다한 생각들과 함께 길을 나서는데 오늘은 지금까지 봐 왔던 어느 아침보다도 아름답다.

넓은 평원이 안개 속에 잠겨 있다. 그 속에서 듬성듬성 흐릿하게 보이는 작은 나무들, 앞서 걸어가는 사람들의 모습이 안개 속으로 잠기며 흔적도 없이 사라진다.

흡사 테오 앙겔로폴로스(Theo Angelopoulos, 그리스 영화 감독)의 영화 「안개 속의 풍경Topio stin omichi」에 내가 들어와 있는 듯하다. 나무만 남은 안개 속에서 총소리와 함께 사라졌던 그 남매가 다시 나타날 것만 같다.

"태초에 어둠이 있었어. 그리고 빛이 생겼지." 하는 소녀의 목소리가 내 귀에 들리는 듯한 환청에 빠져든다. (그리스 소녀가 한국말을 한다.)

길 양쪽으로 늘어선 소들 사이로 걸어가니 흡사 소들의 응원을 받으며 산티아고로 걸어가는 것만 같다. 소들이 일제히 목에 걸린 방울이라도 흔들어 주었다면 그 기분을 더욱 만끽할 수 있었을 텐데…. 다들 수면 중인 게 너무 아쉽다. 그래도 좁은 외양간이 아니라 널따란 들판에서 생활하는 소들의 유유자적한 모습에 나까지도 숨이 환하게 트인다. 그런데 만약 투우용 소들이 이렇게 몰려 있었다면? 오오, 생각만으로도 아찔하다.

그런 몽환적인 길을 계속 걷는데 안개 속으로 뭔가가 언뜻언뜻 보인다. 정말 누가 있나 싶어 가슴이 설렌다.

정체를 알 수 없어 두근거리는 맘으로 한참을 바라봤더니 소들이다. 좁은 길 양옆으로 수십 마리의 소들이 잠에 빠져 있다. 방울 소리 하나 들리지 않는다.

기묘한 풍경이다. 흡사 달리Salvador Dali의 그림이나 합성사진 같은 느낌이 들 정도로 현실감이 느껴지지 않는다. '너 말이야, 실수로 다른 차원으로 들어섰어. 여긴 평행 우주야.'라고 누군가가 얘기해 줘도, 역시 그랬군, 하고 납득할 것만 같다.

무지갯빛으로 물든 지평선에 정신을 홀딱 빼앗겨 버렸다. 마음이 두둥실 떠서 어떻게 걸었는지도 모른다.

혹시 소들의 단잠을 깨우기라도 할까 봐 내 발걸음이 아주 조심스러워진다. 일출을 맞은 지평선이 무지갯빛으로 물들어 있다. 그 절경에 입이 헤 벌어진다.

오늘 아헤스Ages로 향하는 이 길은 말 그대로 환상이다. 십 년이 지난다 해도 이 아침에 느꼈던 기분을 결코 잊지 못할 것이다.

비야프리아Villafria까지는 괜찮았다. 한적한 길을 따라 길가에 있는 아직은 설익은 나무 열매를 따 먹기도 했고, 리오피코Riopico의 바 앞에 있는 현대의 순례자를 풍자한 그림

지나치게 준비성 많은 현대의 순례자들을 비꼬는 그림. 링클프리 옷감이 흔한 요즘 세상에 설마 누가 다리미까지 들고 다니겠는가.

을 흉내 내며 사진 찍으며 놀 때는 즐거웠다.

지팡이와 물을 담는 호리병만을 들고 길을 떠났던 예전 사람들과는 달리 그림 속의 순례자는 다리미에 헤어드라이어, 간이 매트리스까지 엄청난 가방을 메고는 안락한 자신의 방을 꿈꾸며 혀를 빼고 헉헉댄다. 그 모습을 보고 가슴 한구석이 콕콕 찔리는 사람들이 꽤나 많을 것이다.

그러나 비야프리아를 지나니 길이 아주 끔찍해진다. 정비소처럼 생긴 공장들이 늘어서 있는 보도블록을 따라 한참을 걸어야 한다. 정말 죽을 맛이다. 대도시로 들어가는 길이라는 티를 너무 낸다. 간간이 만나게 되는 우리나라 자동차 상표들을 봐도 하나도 반갑지 않다.

한참을 걸으니 이제 제법 시내로 들어서는지 사람도, 차도 무척이나 많다. 동양인인 나와 시즈요를 힐끔거리며 지나가는 사람들.

시골 동네에서는 마주치는 주민들과 항상 인사를 나누었는데, 역시 도시에서는 그렇게 되지 않는다. 하긴 당연하지. 저 많은 사람들과 다 인사하려면 그날로 목이 다 쉬어 버릴 테니까.

저들은 바다 건너 멀리서 오로지 산티아고까지 걷기 위해 온 우리들을 보며 어떤 생각을 할까? 자기네 나라 땅 놔두고, 비싼 비행기삯 들여 가며 오로지 걷겠다고 여기까지 온 사람들이 어리석어 보일까? 혹은 세상 여기저기 멀리서 온 사람들을 바라보며 그들도 어디론가 떠나고 싶다는 생각을 할까?

은행으로 돈 찾으러 간 토마스를 기다리며 길가 벤치에 앉아 있는데 한 할머니가 우리에게 다가온다. 이런저런 것을 물어 보는 할머니. 난 당연히 스페인어를 모르니 시즈요가 대답한다. 그런데 할머니 표정에 당신이 하시는 말이 다 드러난다. 너희들 축복 받을 거야, 이런 식의 말을 되풀이하시며 나와 시즈요를 안아 주고 볼에 뽀뽀까지 해 주신다. 축복 포인트가 쑥쑥 올라간다. 나도 사람들에게 마구 퍼 주어야지.

부르고스 외곽을 걸으면서 너무 지쳐 버렸다. 목적지에 도달하면 항상 알베르게에 가서 짐을 내려놓는 것이 1순위였는데 오늘은 밥을 먼저 먹기로 한다. 이미 이 길을 걸은 적이 있는 토마스가 괜찮은 식당을 물색하고 나선다. 시간이 애매해서 좀 걱정했는데 괜찮은 식당을 찾아냈다.

역시 배가 부르니 기분이 한결 나아진다. 토마스가 이제 나와는 이별이라고 내 밥값을 대신 내준다. 토마스한테는 이래저래 신세를 많이 져서 미안하다. 사실 토마스가 좀 답답한 구석이 있어서 내가 짜증도 막 내고 그랬었는데…. 흑, 내가 부렸던 짜증들을 느꼈을라나. 못 느꼈으면 좋으련만.

지친 발걸음을 질질 끌고 가는데 어느 순간 도시의 풍경이 확 바뀌어 버린다. 한순간에 시대를 거슬러 올라가는 기분이다. 그러자 무겁던 발에 힘이 생긴다. 와, 이곳이 진정 부르고스구나. 구시가가 그리도 아름답다는 부르고스.

주변을 두리번거리며 화살표를 좇아 알베르게를 찾으며 걸어가는데 어제 내 윗침대를 쓴 남자와 그의 여자 친구를 만났다. 그가 굳은 표정으로 알베르게에 빈 침대가 없다고 한다. 그리고 저렴한 호스텔들의 상황도 비슷하다면서, 역시 부르고스에서부터 걷기 시작하는 사람들이 많은 모양이라고 인상을 팍팍 쓴다.

어찌해야 할까 잠시 고민하다가 어쨌든 계속 길을 따라 걷는데 카테드랄(Catedral, 대성당)의 모습이 보인다. 스페인 3대 성당 안에 든다더니 역시 그 위용이 대단하다. 성당 앞 광장은 사람들로 가득하고, 단체 관광객들의 모습도 많이 보인다. 성당으로 들어가는 줄도 무척이나 길다.

나는 몰랐지만 역시 부르고스는 꽤 유명한 도시인 모양이다. 감탄하며 성당을 바라보는데 "헤이, 코레아나!" 하고 누군가 부른다. 나노와 안소니 홉킨스 아저씨가 잔디밭에 앉아 손을 흔든다. 여기서 뭐하냐고 물으니 알베르게에 침대가 없어서 고민 중이라고 한다. 자기들은 그냥 여기서 버스를 타고 다음 도시의 알베르게로 갈까 한다고.

흠, 역시 대도시라 다르군. 나와 시즈요와 토마스는 작전회의에 들어간다. 우리는 어찌하는 게 좋을까 생각하며 가이드북을 보는데 무니시팔 알베르게는 도시가 끝나는 지점에 있다고 씌어 있다.

나노에게 그곳에 가 보았냐고 물으니 아직 안 가 봤지만 아마도 침대가 없을 거라고 한다. 내 생각에는 그 두 사람이 너무 지쳐 더 이상 걷고 싶지 않아 그렇게 믿고 싶은 것 같다. 도시 중심인 이곳까지도 꽤 많이 걸어야 했으니 아마 도시가 끝나는 지점까지도 만만치 않은 거리일 게 분명하니까.

밥도 이미 든든하게 먹은 우리는 천천히 화살표를 따라 다시 걷기 시작한다. 어쨌든 우리는 아직 버스를 타고 싶은 맘이 없으니까.

수많은 성당과 수도원, 그리고 오랜 역사를 간직한 건물들을 지나고 또 지나서 계속 걷는다. 도시를 가로지르는 긴 강을 따라 하염없이 걸으니 가이드북에 나와 있는 공원이 모습을 드러낸다.

공원 끝에 자리 잡은 알베르게는 흡사 커다란 통나무집 같다. 다행히도 침대가 아주 많이 남아 있다. 역시 사람들은 여기까지는 안 오고 카테드랄 근처에 있는 수녀원에서 운영하는 알베르게에만 가는 모양들이다. 야전 병영처럼 침대가 이리저리 놓여 있어 답답해 보이지만 이미 마음고생을 한 후라 이런 침대에도 감지덕지한다.

야외 빨래터에서 빨래하는데 시즈요가 달려온다. 도시를 한 바퀴 빙 둘러보는 관광열차가 곧 출발할 거란다. 시계를 보니 곧 여섯 시다. 우와, 시간을 완전히 잊고 있었다. 시즈요와 같이 서둘러 빨래를 널고 열차가 있는 곳으로 달려간다.

숙박비인 3유로를 낼 때 이 열차표를 주었는데 사실 그 3유로가

숙박비가 아니고 이 열차표 값이었는지도 모른다.

천천히 달리는 관광열차(사실 레일이 아니라 길 위를 다니는 버스인데, 모양이 열차처럼 생겨서 그냥 이렇게 부른다)를 타고 있으려니 관광객 기분이 절로 난다.

천천히 구시가를 달리던 열차가 카테드랄 앞 광장에 멈추어 선다. 십 분을 줄 테니 구경들 하고 오란다. 세상에 십 분으로 무엇을 볼 수 있다고. 그래도 열심히 카테드랄로 달려가는 사람들이 있다.

이미 부르고스에 와 본 적이 있는 토마스와 시즈요, 그리고 산티야나 델 마르에서의 휴식 후에 부르고스 관광을 계획 중인 나는 광장을 서성이며 간만에 만난 떠들석한 관광지의 분위기만 즐긴다. 이렇게 아름답고 역사적인 도시를 이름조차 몰랐다니…. 스페인 북부지방은 확실히 중·남부 지역에 비해 유명세에 있어선 지나치게 평가절하된 게 아닌가 싶다. (스페인 여행 오시는 분들, 너무 마드리드 아래로만 돌지 마시고 윗지방에도 눈길 좀 주세요.)

숙소에 인터넷을 할 수 있는 컴퓨터가 있어서 입이 헤 벌어진다. 지금까지 열이틀을 걸어오는 동안 처음으로 만난 컴퓨터다. 거기다 무려 두 대나 있다. 비록 쓸 수는 없어도 한글을 읽을 수는 있으니 기쁨은 가히 하늘에 닿을 지경이다.

친구들이 보낸 메일을 읽고, (영어로 써야 했으므로) 아주 짧은 답장을 쓴다. 혹시 사람들이 형편없는 내 영어 문장을 볼까 두려워 모니터를 가리면서 써야 했기에 그 피로는 엄청났다.

도미토리 안은 퍽이나 시끄럽다. 역시 쫄쫄이 군단이 여럿이다. 자전거로 엘 카미노를 질주하는 이 군단들은 길에서는 "부엔 카미노!"란 목청 좋은 인사와 함께 엄청난 먼지를 풀풀 날리기 일쑤고, 숙소에서는 숫자가 많으니 아주 시끄럽기 그지없다.

그 중에서도 오늘이 최강이다. 소등한 이후에도 계속 서로에게 장난 치며 여기저기로 말들을 던져 댄다(스페인어와 이탈리어였기에 무슨 말인지는 하나도 모르겠지만 누군가를 계속 놀리는 모양이다). 이제 길을 나선 그들의 들뜬 마음이 그들의 커다란 목소리에 묻어 알베르게 안을 붕붕 떠다닌다.

이렇게 사람이 많이 자는 곳에는 분명 엄청난 코골이가 있어 수면을 방해할 것이 분명하지만 오늘은 너무나 피곤해서 아무런 문제 없이 잠에 곯아떨어져 버린다.

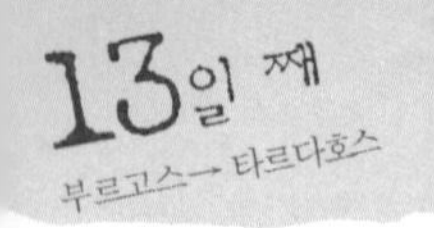

13일째

부르고스 → 타르다호스

작은 알베르게에는 뭔가 특별한 것이 있다

초록 나무와 정겨운 시골집 그리고 아름다운 골목이 있는 산티야나 델 마르를 뒤로하고 다시 부르고스로 돌아왔다. 산티야나 델 마르에서 아늑한 침대에 누워 폭신한 이불 속에서 밤을 보내고, 반신욕에 때까지 벗기고 났더니 그야말로 몸이 아주 가뿐하다.

버스에서 내리자마자 카테드랄로 간다. 13세기부터 3세기 동안에 걸쳐 완성된 성당의 뾰족한 고딕식 첨탑이 멀리서도 한눈에 들어

반지르한 돌로 만든 집들과 길들이 인상적인 산티아나 델 마르의 작은 광장에 중세풍 우물이 여전히 남아 있어 운치를 더한다. 길의 돌은 오랜 시간 사람들 발길로 닦여 황금처럼 반짝거리고 미끄러져 넘어지는 게 아닐까 싶을 정도로 매끄럽다.

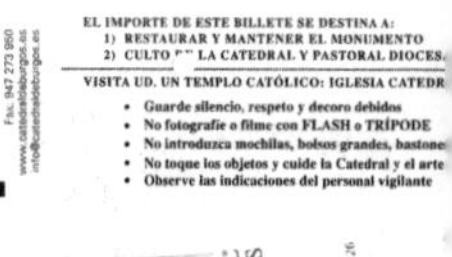

—

페레그리노는 1유로라고 찍혀 있다. 내 뒤로 줄 서 있던 관광객들이 나의 크레덴시알을 목을 빼며 구경해서 잠시 의기양양했다.

온다. 역시 입구에 줄이 길게 늘어서 있다. 순례자들에게는 할인요금이 적용된다. 일반은 3유로, 순례자는 1유로, 일요일은 공짜. 크레덴시알에 (내가 좋아하는) 스탬프를 찍어 준다.

성당이든 수도원이든 혹은 절이든 입장료를 받으면 더러 기분이 안 좋다. 청렴해야 할 종교가 얍삽하게 경제적인 잇속을 차리는 듯한 느낌을 지울 수 없기 때문이다. 그런데 부르고스 대성당에서는 그다지 그런 기분이 들지 않는다. 뭐, 입장료가 저렴해서도 그렇지만 성당이라기보다는 박물관에 가깝고, 소장품 보존을 비롯해서 관리운용시스템들이 꽤 잘되어 있다는 인상을 받았기 때문이다.

예전에 교회가 부자였고 신도가 많아 헌금이나 기부금이 많았을 때는 성당을 유지하는 것에 어려움이 없었겠지만, 그간 참여한 미사로 보아 이제 신도들의 헌금만으로 성당을 운영하기란 아주 어려운 일일 것 같다. 유지하기 힘들어서 더 이상 훼손되는 것을 막기 위해 성당을 폐쇄하여 사람들이 볼 수 없는 것보다는 그래도 얼마의 입장료를 내고 그것을 관람할 수 있는 것이 더 좋지 않을까?

이 길에서 만난 성당들 중 몇 백 년의 역사를 지녔지만 관리할 능력이 없어서 철창으로 가리고 폐쇄한 성당들을 여럿 만났다. 사람들과의 접촉이 끊긴 죽어 버린 성당을 만날 때마다 얼마나 안타까웠는지 모른다.

커다란 별 모양의 둥근 천장. 예언자와 성인들의 모습으로 장식해 놓았다. 연관이 없을지도 모르지만 왠지 이슬람의 아라베스크 문양을 떠오르게 한다.

성당 안은 이미 방문객들로 가득 차 있다. 학생들을 비롯한 단체 방문객들도 꽤 된다. 수많은 성화들과 조각들로 장식된 소성당들을 하나하나 보는 것만으로도 많은 시간이 걸린다. 가장 마음에 드는 소성당에 앉아 기도를 올린다. 제대祭臺 뒤에 있는 부조가 무척이나 아름다운 곳이다.

이 성당에는 스페인 영웅서사시로 유명한(사실 나는 영화로만 기억하고 있는) 엘 시드(El cid, 스페인의 전설적인 영웅)의 무덤을 비롯한 카스티야castilla 지방의 수많은 위인(?) 무덤이 있다.

성당 중앙 천장에 커다란 별 모양 서까래가 있다. 성인들과 예언자들의 모습을 조각장식해 놓은 것이라고 하는데, 흡사 무데하르(mudéjar, 기독교도에게 정복당한 스페인의 이슬람교도 또는 그들의 건축양식) 양식처럼 보인다. 스페인 남부는 물론이고 북부에도 이슬람 영향이 남아 있나 보다.

부르고스에서 봐야 한다는 몇몇 건축물(역시 성당과 수도원이다)을 대충 둘러보고는 사흘 전에 묵었던 알베르게로 다시 갔다. 지금까지는 알베르게에 가면 항상 아는 얼굴들을 만날 수 있었다. 그런데 지금은 아는 얼굴이 하나도 없다. 당연한 일이지만 묘한 상실감이 들어서 그곳에 앉아 있기가 싫다. 그래서인지 그 야전 병영 같은 곳에서 자야 한다는 것도 맘에 들지 않는다.

가이드북을 보니 8킬로미터만 걸으면 다음 알베르게가 나온다. 거의 모든 사람들이 부르고스에서 발길을 멈추니, 그곳을 찾는 사람들은 얼마 되지 않을 거라는 생각이 든다. 좋아, 조금만 더 걸어가자는 생각으로 배낭을 고쳐 멘다.

이틀을 놀고 나서 그런지 가방은 더욱 무겁게 느껴지고 무릎의 통증도 생생하게 전해 온다.

길에는 개미 한 마리 안 보인다. 그나마 나무가 쭉 늘어선 고적한 길을 걸을 때는 좋았는데 갑자기 삭막한 길이 나타나고 공사장도 보인다. 내가 가장 싫어하는 국도를 따라 걷는 길까지 나온다. 에이, 짜증 제대로다.

부르고스 대성당. 스페인의 3대 성당 중 하나. 특이하게 경사진 바닥에 자리를 잡았다.

짜증이 내 모습에서도 나타나는 걸까? 지나가는 차들이 힘을 내라고 리듬에 맞춰 경적을 울리며 지나친다. 난 기운을 짜내며 그들에게 손을 흔든다.

이윽고 나타나는 타르다호스Tardajos. 작은 마을이다. 알베르게에 들어서니 여기까지 오기를 잘했다는 생각이 번쩍

든다.

작은 방이 두 개, 방 하나에 이층침대가 각각 세 개, 두 개다. 청결해서 아주 마음에 든다. 지금 이곳에는 자원봉사자 마리아 로사와 프랑스인 알랭뿐이다. 기다리는 사람이 없으니 깔끔한 욕실에서 마음 편히 샤워한다.

알랭이 티타임을 제안한다. 난 배가 고파서 차보다는 뭘 먹어야겠다고 했더니 알랭은 케이크를, 마리아 로사는 자신이 만들어 놓은 게 있다며 파에야를 가져온다.

내 입맛에는 조금 짜지만 배고픈 나머지 파에야를 허겁지겁 먹고 있는데 웬 양복 차림의 멋쟁이 신사가 온다. 손가방 하나 없는 차림이 무척이나 낯설다. 이탈리아인인 그 아저씨는 크레덴시알에 스탬프만 받으려고 온 사람이다. 아마도 차로 다니면서 스탬프만 모으는 모양이다.

내가 먹는 파에야를 보며 "아, 리조토!" 한다. 수다쟁이 알랭이 말을 건네자 아저씨 얼굴이 환해지며 갑자기 사진을 찍자며 알랭에게 어깨동무하는 아저씨. 나는 알지도 못하는 사람의 사진에 찍히기 싫어서 파에야 그릇에 얼굴을 파묻기라도 할 것처럼 고개를 푹 숙인다.

자신의 전리품에 만족스러운 듯 웃음을 날리며 아저씨가 사라지자 알랭과 마리아 로사가 입을 삐죽거리기 시작한다. 알랭이 "지가 뭐 바티칸 칙사야, 뭐야?" 하고 비아냥거린다.

알랭은 프랑스 모이삭에서부터 걸어왔다는데 엄청난 수다쟁이다. 도무지 입을 다물지 않는다. 파리의 사이버 수사대에서 근무했는데, 파리도 자신의 일도 이제는 너무 신물이 나 긴 휴가를 내고 생각할 시간을 갖기 위해 여기에 왔단다.

저렇게 떠들어 대다가는 지쳐서 머릿속에 남아나는 생각이 없을 것만 같은데, 흠.

바티칸 칙사가 떠난 후 또 다른 이탈리아인이 숙소를 찾는다. 이 사람은 아주 조용한 성격으로 대번에 알랭의 캐릭터를 파악하고는 어디론가 휙 사라져 버린다.

나도 슬그머니 책을 들고 알랭 주변을 떠난다. 그런데 동네가 너무 작다. 벤치를 하나 발견해서 그리로 가려고 하니 조용한 이탈리아인이 앉아 책을 보고 있다. 방해하고 싶지 않아 다른 쪽으로 가는데 마침 성당의 지붕이 보인다.

볼거리가 생긴 게 신이 나서 성당으로 향했는데 이런, 닫혀 있다. 아쉬운 마음을 달래며 그 앞에 있는 의자에 앉아 책을 읽는다.

잠시 후 삐걱거리는 소리가 들려 고개를 들었다. 한 다섯 살 정도 먹은 사내아이가 앉은뱅이 자전거에 앉아 나를 바라보고 있다. 아이는 내 앞까지 와서 날 한참 바라보고는 다시 골목으로 사라졌다가 다시 나타나기를 반복한다. 알은체를 좀 해 줘야 하나 싶어, “올라 Hola!” 하며 인사했더니 깜짝 놀라더니, 자기도 “올라!” 하며 까르르 웃는다. 아이들 다루는 법도 좀 연마해 왔으면 좋았으리라는 생각이 든다. 세상엔 필요한 기술이 참으로 많다.

알베르게로 돌아가니 그간 새로 온 사람들이 여럿 보인다. 덴마크에서 온 젊은 여자 둘과 자전거를 타고 산티아고로 향하는 스페인 가족. 열다섯하고 열둘

착한 막내와 말썽꾸러기 고양이

말 잘 듣고 착한 자전거 가족 막내와 어지간히 말 안 듣던 알베르게의 고양이. (야옹아, 니들은 세계 공통어를 쓰지 않니?)

쯤 먹은 두 아들과 같이 온 가족이 함께하는 여행이 보기 좋다.

덴마크에서 온 두 여인 중 화가라는 나타샤는 그새 알랭의 수다에 지친 모양이다. 저 사람 꽤나 시끄럽다는 눈빛을 나에게 보내며 자리에서 일어난다.

알랭이 한글로 자신의 이름을 써 달라고 하고 한국어도 가르쳐 달라고 조른다.

알랭은 잘 못 따라하지만 배우라고 하는 잉게는 억양이 없는 우리말을 무척이나 잘 따라한다. 대단하다고 했더니 학교에서 소수민족 언어에 대해서 좀 배운 적이 있는데 우리말 억양이 그와 비슷한 거 같다고 한다.

알랭이 이번에는 발 마사지를 해 주겠단다. 난 단번에 거절했지만 잉게는 흔쾌히 자신의 발을 내민다.

후후후, 그런데 안에서 나오던 마리아 로사가 그 모습을 보고는 눈살을 찌푸린다. 알랭이 모든 여자에게 친절한 것이 아무래도 마음에 안 드는 모양이다. 재미있어서 한참 동안 마리아 로사의 반응을 구경한다.

방 안으로 들어가니까 열다섯 먹은 큰아들은 휴대폰으로 문자를 보내기에 정신이 없다. 역시 전 세계 모든 청소년들의 모습은 똑같다.

내가 "불 켜도 되겠니?" 했더니 커다란 목소리로 "예, 예, 예." 한다. 불을 켜려다 왠지 장난을 치고 싶어서 "불 안 켜도 되니?" 했더니 또 "예, 예, 예." 한다. 귀여운 녀석. 순 말썽쟁이 사고뭉치처럼 생겼는데 엄마 말도 아주 잘 듣고 착하기 이를 데 없다. 이젠 아득히 멀어진 나의 십대 시절이 그립다. 나도 귀여운 십대소녀였으면 좋았을

걸. 그땐 왜그리 어른처럼 보이고 싶어 했을까?

우리 방에는 나와 덴마크 여자들, 그리고 스페인 가족이 묵는다. 내 위 침대에 누워 있던 동생이 형에게 뭐라고 속닥거리자 엄마가 주의를 준다.

"녀석들아, 조용히 해. 코레아나 자고 있잖니?"

창가 옆 침대를 택한 나는 창밖의 별을 구경하고 있었는데 아줌마 말을 들으니 활기찬 내일을 위해 정말 자야겠다는 생각이 든다.

얼렁뚱땅 급조된 미사의 은밀한 매력

어제 마리아 로사가 직접 아침 준비를 해 준다며 먹고 가라고 해서 1층 테이블이 있는 방으로 향한다. 거실이라고 부르기에는 뭔가 좀 쑥스러운 방이다.

식탁에는 알랭과 어제는 보지 못한 젊은 독일인 커플이 앉아 있다. 밤늦게 도착한 모양이다. 난 단조로운 식탁을 예상했는데 마리아 로사는 여러 종류의 빵과 음료를 준비해 놓았다. 내가 무척이나 좋아하는 소바오sobao까지 있다.

소바오. 이름은 낯설지만 사실 이건 바로 우리에게 아주 익숙한 빵인 카스테라의 원래 이름이다. 스페인 카스티야 지방 사람들이 주로 먹는 빵이어서 포르투갈 사람들이 카스티야라고 부른 것이 일본을 거쳐 우리에게 카스테라라고 알려지게 된 것이란다.

난 혹시라도 알랭과 오늘의 첫걸음을 같이 하게 될까 두려워 아주 천천히 아침을 먹는다. 다행히 그는 금방 자리를 뜬다. 난 기쁜 맘으로 그를 배웅한다.

맛있어서 이것저것 많이 먹었더니 자리에서 일어나자마자 배가 거북해서 걷기가 부담스럽다. 난 왜 이렇게 항상 미련하게 먹는 걸까? 음식을 앞에 두고 절제할 줄 아는 멋진 사람이 되고 싶다는 바람은 나에겐 역시 이룰 수 없는 꿈, 절제의 로망인 것일까?

—

일요일 아침, 나의 발걸음 소리만이 느긋하고 은밀하게 마을을 떠돈다. / 마을 밖에 수줍은 듯 외로이 서 있는 작은 성당.

그래도 너무도 만족스러운 식사여서 기분 좋게 기부함에 돈을 넣고 길을 나선다.

오늘은 일요일. 가이드북에 오늘의 목표인 온타나스hontanas의 성당 사진이 있다. 돌로 지은, 그러나 이젠 다 허물어져 가는 모양새가 제법 멋지다. 오늘의 마무리는 이 성당에서 주일미사를 드리는 것으로 하자고 마음먹으니 오늘 하루가 꽤 근사할 것만 같은 예감이 든다.

이른 아침. 아직 해보다는 달과 친한 하늘은 짙은 푸른빛을 발하고 거리에는 아무도 없다. 어떠한 소리도 들리지 않는다. 오로지 들리는 건 지팡이와 내 발자국 소리뿐이다. 온전히 혼자지만 조금도 외롭지 않은 충만한 마음으로 천천히 걷는다. 한 걸음 한 걸음 음미하면서.

뒤를 돌아본다. 내가 떠나온 작은 마을이 풍경화의 아주 작은 부분처럼 어둡고도 조용하게 놓여 있다. 피어오르는 생각에 나를 내맡기고 걷는데 나만의 세상에 불현듯 소음이 끼어든다.

자전거 가족이 뒤에서 날 부르며 금방 다가온다. 가족 모두가 활짝 웃으며 손을 흔든다. 하루를 같이 지낸 인연으로 그들의 미소가 반갑고 그들이 만들어 내는 먼지도 밉지가 않다.

지금 내가 걷는 곳은 카스티야 이 레온Castilla y Leon이라는 지방이다. 밀밭이 끝없이 펼쳐진 곳으로 메세타meseta라고 부른다고 한다.

많은 사람들은 이 풍경이 지루하다고 부르고스에서 레온까지 버스를 타고 휙 지나가 버리기도 한다. 부르고스 버스정류장에서 산티야나 델 마르로 가기 위한 버스를 기다리며 카페에 앉아 있을 때 커다란 배낭을 멘 사람들은 대부분 레온행 버스를 기다리고 있었다.

그러나 난 지금 이 길이 너무 좋다. 내 시야를 가로막는 것이 하나도 없는 이곳. 어쩌면 저 지평선 너머엔 바다가 있을 것만 같은 평야와 그 지평선과 맞닿아 내 눈에는 바다처럼 보이는 하늘이 끝도 없이 펼쳐져 있는 이 길이.

멀리 스카우트 단원처럼 옷을 입은 한 쌍의 남녀 모습이 보인다. 분명 중년 부부일 것이다. 보조를 맞춰 천천히 걸어가는 그네들의 모습이 아름답다. 그들과 나와의 간격이 점점 좁아진다. 오래간만에 만나는 나보다 느린 사람들이다.

내가 그들을 추월할 무렵이 되어서야 알았다. 그들이 그리도 느렸던 이유를.

아저씨의 움직임이 많이 어색하다. 관절이 더는 제 역할을 못하는 듯한 걸음걸이. 스쳐 지나가며 인사를 나눌 때 보니 아저씨는 얼굴도

—

하나 둘, 하나 둘. 작은 보폭으로 발맞추며 조금씩 앞으로 나아가는 그들이 무사히 그들만의 길을 완성할 수 있기를.

많이 굳어 있다. 아마도 중풍을 앓으시는 듯하다. 배낭에 붙어 있는 캐나다 국기.

아픈 몸을 이끌고 이 먼 곳에 온 그들의 걸음 하나하나가 희망을, 그들의 간절한 소망을 담고 있는 것이리라. 코끝이 찡해진다. 그들에게 이 여정이 아름다운 기억으로 남았으면 좋겠다. 정말.

길에서 커다란 철 십자가가 꽂힌 돌무덤을 보았다. 어떤 연유로, 무슨 의미로 이곳에 십자가 무덤이 생겼는지 모르겠지만 나도 그 무덤에 돌을 하나 보탠다. 황량한 길가에 외로이 놓인 돌무덤 하나.

이런 뻥 뚫린 길에서는 쉬지 않는데 웬일인지 발길이 떨어지지 않아서 그냥 그 자리에 주저앉아 버린다. 그렇게 멍하니 앉아 있는데 시간이 얼마나 흘렀을까, 좀 전의 부부가 모습을 나타낸다.

그 부부도 멈춰 서서 돌무덤을 바라본다. 아저씨가 천천히 움직이며 돌을 하나 집어 돌무덤 위에 놓는다.

"아주 멋진 곳이네." 아주머니가 활짝 웃으며 나에게 카메라를 내민다. 아주머니가 아저씨를 껴안으며 환한 미소를 짓는다.

그 공기에 전염되어서 사진 찍는 걸 별로 안 좋아하는 나도 아줌마에게 내 카메라를 들이밀며 사진 한 장 부탁한다. 혼자 성큼성큼 걸어가기가 멋쩍어서 그들이 떠나고도 한참 동안 그곳에 더 앉아 있었다. 종종거리며 걸어가는 그들의 뒷모습이 보기 좋다.

한참을 쉬고 다시 누런 밀밭 사이를 걸어간다. 길에 이정표 하나가 나타난다. 길에서 조금 벗어난 곳으로 알베르게 표시가 나 있다. 아로요 산 볼Arroyo San Bol 알베르게다. 이곳의 사진을 본 적이 있다. 벽에 그림이 가득한, 왠지 원시적인 느낌을 풍기던 알베르게. 좀 돌아서 가야 하기에 살짝 망설이기는 했지만 역시 내 눈으로 직접 보고 가야겠다는 생각이 더 커서 발걸음을 옮긴다.

히피적이고 우주적인 벽화라기보다는 그래피티에 가까운 그림들이 벽을 가득 메우고 있었다. 알베르게 밖 벤치에 잉게가 앉아 인사한다. "안에 들어가 봐. 희한해." 그녀가 묘한 미소를 지으며 말한다. 그럼 물론 들어가 봐야지.

안은 어둑어둑하다. 아무래도 전기도, 가스도 없는 것 같다. 화장실에 가고 싶었는데 화장실도 없다. 휴대용 버너로 물을 끓이는 수염

텁수룩한 청년이 커피 마시겠냐고 묻는다. 물론이지. 내가 먹는 거 거절할 턱이 있나.

테이블에 두 종류의 스탬프가 놓여 있다. 둘 다 크고 무척이나 화려하다. 역시 우주적이면서 몽환적인 느낌의 도상圖像이다. “뭘로 찍을래?” 하고 묻는 커피 권하던 총각. “두 개 다 찍을 테야.” 했더니 웃으며 꾹 눌러 찍어 준다.

어둑한 안쪽에서는 누군가가 열심히 뭔가를 말고 있다. 흠, 마리화나로군. 친절한 마음에 한 대 권하기 전에 커피를 들고 밖으로 나온다.

잉게에게 스탬프를 보여 주니 너무 예쁘다고, 자신도 찍어야겠다고 안으로 들어가 찍고 온다. 잉게와 벤치에 앉아 커피를 마시며 주변을 살펴보니 꽤 여러 사람들의 모습이 보인다. 두 개의 텐트 사이로 서성이는 사람들이 있고, 작은 수영장인지 커다란 우물인지 대체 분간이 안 가는 곳에서 설거지하는 여자도 보인다.

레게 머리를 한, 아마 영원히 청년이기를 바라는 사람들이 돌과 나무로 뭔가를 만들고 있다. 화장실이라도 지으려는 건가? 그들은 지나가다 들른 사람들이 아닌, 작은 히피촌을 만들어 지내고 있는 상주 순례자들인 듯싶다. 잉게가 “저 사람들, 여기서 영원히 살려나 봐.”라며 웃는다.

이제 다시 걸어야지 하며 배낭을 둘러메는데 나타샤가 나타난다. 화가인 그녀는 때때로 길에 멈추어 그림을 그리기 때문에 일행인 잉게와 속도 차이가 꽤 났다.

구비구비 낮은 언덕들을 넘어가니 온타나스 성당의 종탑이 보이기

산 볼 알베르게 벽의 그림들. 종교적인가, 우주적인가? 이곳이 유독 히피 공동체 같은 분위기를 지니게 된 건 이 벽화 때문일까? / 온타나스 마을. 종탑의 동그란 느낌 때문인지 왠지 마음씨 좋은 사람들만 모여 살 것 같다.

시작한다. 멀리서 보니 역시 꽤 아담하니 예쁜 마을인 것 같다. 그러나 가까이 갈수록 여기저기 널린 쓰레기들과 폐허들로 마을의 본색이 드러난다. 좀 실망스러워진다.

온타나스는 작은 마을이지만 두 개의 알베르게와 작은 호스텔도 하나 보인다.

무니시팔 알베르게에 짐을 풀었는데 내부가 꽤 깔끔해서 마음에 든다. 관리인에게 오늘 미사가 몇 시에 있냐고 물으니 없다고 한다. 이곳 성당은 아침에 미사가 딱 한 번 있을 뿐이라고. 세상에 오늘은 평일도 아니고 일요일인데, 이럴 수가.

1900년대 초까지도 종교재판이 있을 정도로(끔찍하군!) 종교가 정치와 민생을 지배했던 스페인인데 이젠 그 모든 것이 진정 옛일인가 보다.

따뜻한 초리소 보카디요를 먹고 싶은데, 주인아저씨랑 도무지 의사소통이 안 된다. 옆에서 아저씨랑 나와의 이상한 커뮤니케이션

수많은 무고한 여인들을 종교재판을 통해 마녀로 몰아 화형에 처한 부끄러운 역사를 놀랍게도 관광 마케팅으로 승화시켰다. 처음엔 그 연유를 몰라 마녀 상품들이 어째서 이토록 많을까 하고 갸우뚱했었다.

을 지켜보던 털북숭이 스페인 남자도 대화에 끼어들었으나 따뜻한 보카디요를 먹는 데는 실패했다. 나는 스페인어를 모르고 그들은 영어와 한국어를 모르니 어찌하리요?

역시 스페인어 공부를 하고 왔었어야 했다. 이건 전적으로 게으름이 낳은 결과다. 내 책임을 통감하며 차가운 보카디요를 씹고 또 씹는다.

배를 채우고 마을 유람에 나섰는데 하아, 너무 작은 마을이다. 슈퍼마켓도 파나데리아도 하나 없다. 골목을 좀 어기적거리며 다니다 어쩔 수 없이 알베르게 앞에 놓인 의자에 앉아 햇볕을 쬐며 책이나 읽어야 했다.

그런데 그 자리가 이 동네에서는 사랑방 노릇을 하는 곳인 모양이다. 아주머니 한 분이 자리를 차지하고 앉으시더니 이내 동네 사람들이 모여 시끌시끌해진다. 난 알아듣지도 못하면서 그들 한가운데 앉아 대화에 끼어 있는 꼴이다. 이리저리 고개를 돌리며 얘기를 듣는다.

유모차를 밀며 젊은 부부가 다가온다. 놀랍다. 이런 작은 마을에서 저 젊은 부부는 무엇을 하며 사는 것일까? 농사를 짓는 것 같지도 않은데…. 궁금증은 뭉게뭉게 피어나지만 스페인어를 모르는 나는 눈만 끔뻑대며 그들의 표정을 구경한다. 그들도 힐끔대며 나를 구경하지만.

사람들이 썰물처럼 빠져나가고 처음 그 아주머니와 나만 다시 남았다. 아주머니랑 내가 아는 스페인 단어와 신체 언어로 대화를 시작한다. 아주머니가 몇 가지 새로운 단어를 알려 주신다. '칼로' 같은…. 이게 따뜻하다는 뜻인 모양이다. 아까 이걸 알았으면 난 따스한 보카디요를 먹었을지도 모른다. 아쉽다. 왜 이리 필요한 것은 항상 조금씩 늦게 알게 되는지 모르겠다.

캘리포니아에서 왔다는 주근깨 가득한 린지가 이 마을에는 있는 게 하나도 없다고 투덜거리면서 내 옆에 앉는다. 동남아 전통 바지를 입고 있어서 짐작은 했는데, 한동안 아시아 여행을 했단다. 라오스가 가장 좋았다며 나에게도 꼭 가 보라고 권한다. 이 아이는 바르셀로나에서 두 달간 놀다가 이곳을 알게 되어서 어제 부르고스에서부터 걷기 시작했다고 한다. 그래서 이 친구는 스니커즈(이 길에서 이걸 신은 사람 처음 봤다)를 신고 있고 침낭도 없다.

그날 밤 내 옆 침대에서 자는 모습을 봤는데 얇은 담요 속으로 몸을 한껏 움츠리고 자는 모습이 무척이나 안 되어 보였다.

관리인 아줌마가 환한 얼굴로 기쁜 소식이

—

나른한 일요일 오후에 성당 마당 한 구석에서 시에스타를 즐기는 고양이. 고양이들이 느끼는 하루의 길이는 과연 얼마나 될까?

있다며 다가온다. 오늘 저녁 미사가 생겼다고 한다. 잘됐다며 내 손을 꼭 잡아 주는 아줌마.

시간에 맞춰 성당에 가니 문이 열려 있다. 군데군데 앉아 있는 사람들. 이제 스페인 성당들의 내부가 눈에 많이 익숙하다. 한때는 무척이나 화려하고 금빛 찬란했겠지만, 지금은 먼지가 쌓이고 쌓여 싸구려 도금처럼 보이는 제단들과 여러 성화들.

특히 스페인 교회는 예수의 고통을 많이 강조했는지, 피 흘린 채 참혹한 모습의 예수가 안치된 관이나 성화, 상들이 많아서 마음을 좀 무겁게 하기도 한다.

드디어 오늘의 특별 미사가 시작되었다. 어라, 신부님이 아까 바에서 만났던 그 털북숭이다. 그리고 유일한 복사는 열두 살쯤 먹어 보이던 퉁퉁 부은 표정의 그 바 주인아저씨의 딸이다. 역시 급조된 미사임을 여실히 보여 준다.

아까 바에서 봤을 때 털북숭이 남자는 로만 칼라(로마가톨릭 사제임을 표시하는 목에 두르는 하얗고 빳빳한 칼라)도 하지 않았다. 나처럼 산티아고로 가는 중인 것 같은데. 진짜 신부이긴 한 걸까? 혹은 수련 중인 예비 신부? 알쏭달쏭했지만 스스로도 굉장히 쑥스러워 하는 것 같아 무척 재미있다. 사람들의 표정이 부드럽고 즐겁다. 미사 중간에 웃음도 터져 나온다. 스페인에서 드린 미사 중 그런 분위기를 느낀 적은 한 번도 없었다. 교회와 신부와 신자들이 삼위일체가 된 듯한 분위기. 나 역시도 오늘의 미사가 흥겨워진다.

어쨌든 이로써 오늘 내 계획은 다 이룬 셈이다.

유령 마을에 온 것을 환영합니다

화살표를 따라 무심히 걷다 보면 간혹 여러 개의 화살표가 각기 다른 방향을 가리키고 있는 경우가 있다. 처음에는 이게 무슨 일인가 싶어 그 화살표 앞에 서서 당황하며 사방을 살펴보기 바빴는데(다른 사람들은 어느 길로 가나 보려고) 이제는 두 갈래의 길이 있군, 어느 길로 갈까나, 하며 주변을 둘러본다. 더 맘에 드는 길을 찾으려고.

하나의 화살표는 도로 쪽을, 하나는 산을 가리키고 있다. 아직은 기운이 넘치는 아침이다. 산 쪽으로 방향을 잡는다. 혹시 산을 넘어야 하는 거면 어떡하나 하고 퍼뜩 정신이 들어 가이드북을 꺼내 보니 그건 아닌 것 같다. 산기슭을 따라 쭉 걸어가는 길인 것 같다.

앞뒤로 보이는 사람이 하나도 없다. 역시 내가 온타나스에서 가장 늦게 출발했나 보다. 그런 생각을 하니 기분이 더욱 느긋해져서 지팡이를 지휘봉처럼 흔들게 되고, 입에서는 노래가 절로 나온다.

얼마나 흥얼거렸을까? 입 안이 말라갈 즈음 왼쪽으로 뭔가 새까만 것이 온 땅을 뒤덮은 것이 보인다. 뭐지? 총총 다가가 보니 해바라기다. 노란빛은 다 사라지고 검게 시들어 간다. 그 넓디넓은 해바라기의 무덤을 바라보자니 마음이 울적해진다. 세상사 당연한 거지만 죽어가는 것들은 식물이건 동물이건 다 서글프다. 한창 피어날 때는 얼마나 예뻤을까? 해바라기가 만발한 계절에 걷지 못한 것이 못내 아쉽다.

해바라기 밭을 빠져나가자 다시 국도로 연결된다. 그러나 지나가는 차 하나 없이 아주 한적하다. 아스팔트만 깔렸다 뿐이지 차도가 아니지 않을까 하는 의구심이 들 정도다. 차도 없는데 가장자리로 다니는 게 우스워서 가운데로 걷는다.

산 안톤 수도원이 나온다. T자 모양 십자가로 유명한 곳이다. 신부님이 주시는 커피를 한 잔 마시며 쇠락한 수도원을 잠시 둘러본다. 이 수도원은 알베르게 기능도 겸하고 있는 듯하다. 아주 단순한 알베르게.

계속해서 국도의 연속이다. 차는 거의 볼 수 없는 국도라 기분이 좀 묘하다. 흡사 문명사회가 끝장나 버려서 자동차라는 것이 모두 다 사라져 버린 것 같은 느낌.

난 이 지구의 마지막 생존자처럼 홀로 느릿느릿 걸어간다. 어디론가 향하고는 있지만, 역시 가는 곳 역시 아무 곳도 아닌 것처럼. 마치 빔 벤더스(Ernst Wihelm wenders, 독일 영화 감독으로 「파리 텍사스」, 「베를린 천사의 시」 등 감독) 영화의 주인공이 된 듯한 기분이다. 지금 야구모자만 하나 있다면 바로 「파리 텍사스」의 '트래비스'로 변신할 수 있을 것만 같다. 그처럼 휘청휘청 팔을 흔들며 걸어간다.

카스트로헤리스Castrojeriz라는 그리스의 독재자 이름 같은 마을을 빠져나오는데 헉, 갑자기 산이, 그러니까 그렇게 높다고 할 수는 없지만 꽤 가파른 산이 위용을 자랑하며 서 있다. 이제는 해가 거의 머

카스트로헤리스. 그 이름만큼 위용이 당당하다. / 오르막길만 나오면 심장이 벌렁벌렁. 보기보다 꽤 가팔랐다.

리 꼭대기만큼 올라와 있고 한창 지칠 때라 저런 산은 정말로 반갑지 않다.

위를 보고 걸으면 더 힘들어서 고개를 숙이고 발만 바라보며 산을 오르는데, 중간쯤에 산 안톤 수도원에서 만난 쫄쫄이 커플이 낭패한 얼굴로 앉아 있다.

여자의 자전거 바퀴에 펑크가 난 모양이다. 그런데 끌고 가는 것도 쉽지가 않아 그냥 주저앉아 버린 듯하다. 고소해 하면 안 되는데 왠지 조금 고소하다. 어이, 쫄쫄이들! 그동안 많이 편했으니 잠시 고생 좀 하시게.

산길이 계속 꼬불꼬불 이어진다. 이번에는 정상이겠지 하고 모퉁이를 돌면 또 다른 모퉁이를 향해 계속해서 산이 상승곡선을 그린다. 으으으, 더 지쳐 버릴까 봐 쉬지도 못하고 꾸역꾸역 올라간다.

휴, 결국 올라오기는 했는데 그늘이라고는 내 손바닥 한 뼘만큼도 없다. 그늘 아래 돗자리 펴고 앉아 한숨 돌리고 싶은데 햇볕은 뜨겁고 몸은 힘들고 어떻게 쉬어야 하나? 내려가면 쉴 만한 곳이 있을까?

메세타 지역의 그늘 한 점 없는 길을 걷다 보면 머릿속이 조금씩 비면서 아주 단순해진다.

아래를 내려다보니 낮은 평야가 한눈에 들어온다. 그러나 역시 그곳에도 그늘은 없다. 아주 작은 덤불 같은 것들만 간간이 보이는데 거기에라도 한번 숨어 봐야겠다 싶어 발걸음을 서두른다.

적당히 쉴 곳을 찾아 부지런히 걷는데 갑자기 차 소리가 들린다. 깜짝 놀라 뒤를 돌아보니 작은 자동차 하나가 먼지를 내며 달려오는 중이 아닌가? 아니, 이런 길을 차로 다니는 사람이 있다니 엄청 분노하고 있는데 내 옆에 와 멈추는 차.

운전석의 여자가 고개를 빼고 나를 향해 "괜찮아요?" 하고 묻는다. 알고 보니 그 차는 협회에서 운영하는 차로, 사고를 방지하기 위

산 나콜라스 수도원 근처. 누런 밀밭만 보다가 갑자기 나무와 물이 나오니 그 푸른 빛깔에 감동할 지경이다.

해 다니는 모양이다. 하긴 한여름이라면 여기서 일사병으로 죽었다 해도 하나도 이상하지 않을 것이다.

괜찮다고 했더니 생수병 하나를 내밀고는 다시 부르릉 떠난다. 먼지를 흩날리며.

온통 황토색인 풍경이 어느 순간 점점 녹색으로 변해간다. 그리고 예쁜 다리와 작은 숲이 보인다. 눈이 맑아지는 기분이다. 다리 옆에 작은 건물이 하나 보인다. 수도원인 듯싶은데 들어가 구경 좀 할까 하다가 어서 알베르게에 도착해 쉬고 싶다는 생각으로 그냥 지나친다. (나중에 후회했다. 그곳이 바로 산 니콜라스 수도원이었고, 6월부터 9월까지만 알베르게로 운영된다. 후에 울리가 무척이나 분위기 좋은 곳이라고 알려 주어서 속상했다.)

지칠 대로 지쳐 버린 상태에서 마을로 들어선다. 쥐 죽은 듯 아주 조용한 마을. 무니시팔 알베르게가 있음을 가이드북에서 확인하고 사설 알베르게는 그냥 지나쳐 버린다. 앗, 얼마 걷지도 않았는데 마을의 끝에 와 서 있다. 도대체 알베르게는 어디에 있단 말이지? 화살표대로 따라 온 거 같은데….

수도가 보여서 그 앞에 앉아 물을 마시며 잠시 쉰다. 머리가 맑아지는 기분이 들 때쯤 모자를 깊게 눌러 쓴 여자 하나가 씩씩하게 걸어온다.

"올라! 혹시 여기서 알베르게 봤어요?"

"응. 저기 성당 앞에 있던데…."

"정말요? 나도 그쪽으로 걸어왔는데 근데 왜 못 봤지."

반신반의하는 마음으로 돌아가 보니, 알베르게가 진짜 있다. 아주 조그맣게 씌어 있어서 금방 알아볼 수 없었던 것이다.

문을 열고 들어서는데 아주 적막하다. 2층은 뭘 하는 곳인지 모르겠고 복도에 있는 문을 여니 방의 세 면에 모두 일층침대들이 쭉 늘어서 있다.

아무도 없다. 내가 첫 번째인 모양이다. 게시판을 보니 여섯 시에 자원봉사자가 와서 스탬프를 찍어 주고, 숙박료를 걷어 간다고 되어 있다. 상주하는 관리인이 없는 알베르게다. 방안을 빙 둘러보며 서 있으려니까 꼭 초등학교 때 교실에서 아이들과 자던 생각이 난다. 딱 그 모양새다.

맘에 드는 침대를 고르고 샤워나 빨래 같은 1순위 작업들을 끝내고 나서 방으로 돌아오니까 방 한구석을 차지하고 있는 컴퓨터가 눈에 들어온다.

뭐 이렇게 사람 없는 곳인데 인터넷 연결을 해 놨을까 하고 생각했지만 그다지 할 일도 없기에 그냥 컴퓨터를 켜 본다. 어, 그런데 웬일? 인터넷이 된다. 그리고 한글도 읽힌다. 기다리는 사람이 없기에 맘 편히 메일도 읽고 포털사이트의 시시콜콜 뉴스들도 읽는다.

그렇게 한참을 놀았는데도 찾아오는 사람이 아무도 없다. 혹시 오늘 밤 이곳에서 나 혼자 자는 건가 싶으니 조금 무섭기도 하다. 에이 몰라, 만약 그렇게 되면 문을 잠그고 자지, 뭐(그런데 문이 잠기기는 할까? 확인은 안 해 봤다).

배가 고파서 식당을 찾았다. 역시 식당에도 아무도 없다. 사설 알베르게에 붙어 있는 식당이어서 그쪽에 사람이 있나 싶어 가 보았지만, 그곳에도 역시 사람 그림자 하나 안 보인다. 그러고 보니 아까 수도에서 만난 여자를 제외하고는 이 마을에서 본 사람이 아무도 없다. 혹시 이곳은 유령 마을? 밤이 되어야 주민들이 하나 둘 등장하는 것은 아닐까? 발이 허공에 동동 뜬 채…. 몽상에 빠져들며 뭐 먹을 거 없나 두리번거리고 있는데 콧수염을 흩날리며 아저씨 한 명이 부리나케 들어온다.

"미안, 미안. 여기서 잘 거야?"

"아뇨. 지금 밥 먹을 수 있어요?"

그럼, 그럼. 아저씨가 고개를 심하게 끄덕이며 메뉴를 보여 준다. 주문 받은 아저씨가 잠시만 기다려 달라며 자전거를 타고 어디론가 간다.

잠시 후 돌아온 아저씨의 손에 토마토를 비롯한 야채들이 들려 있다. 다시 조금 불안해진다. 그간 이 식당에 손님이 있기는 했던 걸까? 내가 주문한 고기는 혹시 냉장고에서 썩어 나가기 바로 직전인 건 아닐까? 걷잡을 수 없이 피어오르는 의심.

아저씨가 땀을 뻘뻘 흘리며 샐러드를 가져온다. 샐러드는 맛나게 먹었지만 역시 생선요리를 보니 마음이 좀 그렇다. 이 생선이 얼마나 오랜 시간 냉장고에 들어 있었을지 누가 알겠는가? 머리로는 그런 걱정을 하면서도 입으로는 열심히 먹고 있다.

그러나 그런 불안한 마음은 연신 마셔 댄 포도주 탓인지 점점 옅어져만 간다. 설사 여기서 생선 하나 잘못 먹는다고 뭐 죽기라도 하겠어? 결국 접시를 깨끗하게 비우고 후식을 먹는데 아저씨가 들어와 말을 건다.

"그쪽 알베르게에는 사람들 얼마나 있어?"

"나밖에 없는데요."

"휴, 여긴 아무도 없어. 어제도 그랬고."

아저씨의 눈빛과 동작이 너무 절망스러워 보인다. 나까지 마음이 무거워질 것 같다. 많은 사람들이 가이드북에 따라서 걷고 멈추는 경우가 많은데 아마도 이곳에서 쉬라고 한 가이드북은 하나도 없나 보다.

이 길을 걸으면서 느끼는 것이지만 오로지 순례자들의 지갑에 의지해서 살아가는 마을도 꽤 되는 것 같은데, 이렇게 한가한 마을에서 영업하려면 마음고생쯤은 각오해야 할 듯싶다. 그나저나 한겨울은 어찌 날까? 하는 내가 해 봤자 도움도 안 되는 걱정까지 든다.

거리에는 여전히 아무도 없다. 공중전화가 보여서 집에 전화했는데 마침 엄마가 받는다. 안부를 전하는데 갑자기 기분이 울컥한다. 포도주 때문인지 감정이 너무 센티멘털해진다. 목소리가 점점 울먹거려 서둘러 전화를 끊었는데 전화를 끊자마자 눈물이 핑 고인다. 내가 왜 집 놔두고, 지금 이 순간 이곳에 있는 걸까? 갑자기 외로움과 무서움이 밀려와서 견디기 힘든 기분이다. 나도, 내 그림자도 비틀거린다.

밀려온 우울함을 안고 텅 빈 길을 걸어 돌아간 알베르게에 마침 방문객이 있다. 그나마 다행이다. 혼자 자는 건 면한다.

퀘벡에서 왔다는 여자는 방금 도착했다며 스트레칭에 아주 열심이다. 활력 넘치는 사람이라 내 우울함이 창피한 듯 일시에 도망가 버린다.

그리고 잠시 후 중년의 독일 부부도 들어선다. 그렇게 오늘은 네 명이 전부인 모양이다. 이들이 밥 먹으러 간다고 해서 콧수염 아저씨 식당으로 데려다 준다.

아저씨가 사람들을 몰고 온 나를 예뻐해 준다.

독일 아저씨가 "니네 나라에 굉장히 큰 말라리아 연구소 있지?" 한다. "엥? 우리나라에 말라리아 없는데요?"라고 대꾸하는데 아저씨 왈, 연구소는 있다고 한다. 자기 친구가 거기 있다고 하는데 할 말이 없다. 그래도 왠지 믿어지지 않는다.

식당을 나서니 이제 하늘이 제법 어둑해져 있다. 독일 아저씨가 "저 달 좀 봐." 그런다. 초승달이 아주 가늘게 떠 있다. 그러면서 나에게 묻는다.

"너희 나라에서 볼 때도 저런 모양으로 보이니?"

그래서 다시 달을 바라보니 얇은 접시 모양이다. 달이 완전히 누워 버렸다. 그런데 기억이 잘 안 난다. 그렇게 많이 달을 보았는데도 생각이 나지 않는다. 그냥 통상적으로 알던 비스듬한 상현 · 하현달만 생각날 뿐.

이젠 집에 돌아가면 유심히 잘 봐야겠다. 달뿐만 아니라 내 주변에 펼쳐지는 모든 것들을. 나에게 너무 가까워서, 너무 익숙해서 제대로 쳐다보지도 않고 생각하지도 않았던 것들. 그런 사사로운 것들의 가치를 깨닫게 해 주는 것이 여행이 주는 기특한 선물인 것 같다.

손님은 왕이라고 그 누가 그랬던가?

독일 부부는 무척 부지런하다. 아직 사방이 어둑한데 랜턴을 들고 길을 나선다. 난 그들이 준비하는 소리를 들으며 침낭 안에서 꼼지락거린다.

활기찬 퀘벡 여인까지 먼저 보내고 난 후에야 비로소 천천히 아침을 시작한다. 열린 창문으로 지나가는 순례자가 보인다. 그가 손을 들어 인사한다. 세수도 안 하고 집에서 빈둥대는데 초대하지 않은 방문객이 들이닥친 것처럼 괜히 창피해진다. 거기다 관리인마저 없으니 기분이 좀 묘하다. 창문이나 전기 같은 뒷정리도 말끔하게 해야 할 것 같은 의무감에 사로잡힌다. 한 번씩 다시 살피고 나서려니 하루 머문 알베르게가 아니라 내 방 정돈하고 나가는 기분이다.

길이 매우 한적하다. 사람들의 모습이 거의 보이지 않는 길을 걷는데 문득 앞에서 한 사람이 걸어온다.

높다란 모자를 쓰고 양복을 입은 모습이 희한하고 양복과 모자에 뭔가 덕지덕지 붙어 있다. 가까이서 보니 나이 지긋한 할아버지인데 그 덕지덕지 붙어 있는 것들은 다 배지이다. 산티아고뿐만 아니라 각 나라의 배지들. 걸음을 멈추고 계속 뭐라고 하는데 무슨 말인지 알 도리가 없다. "어디서 왔냐?" 이런 물음을 제외하고는.

–

산타마리아 라 블랑카 성당. 13세기에 지었다는데 규모에 비해 보존 상태가 양호하다.

나에게 종이를 한 장 주는데, 호스텔과 레스토랑 전단지다. 아하, 이동하는 샌드위치 맨이구나, 하고 생각하는데 자기 볼을 내밀며 뽀뽀해 달라는 시늉을 한다.

아무리 할아버지여도 좀 징그러워서 못 알아듣는 체하고는 얼른 걸음을 서두른다. 날도 더운데 긴 양복 차려입고 참 고생이다 싶어 애틋한 마음이 들었는데 한순간에 싹 달아나 버린다.

배가 출출해지던 참에 마침 마을이 보여서 다행이다 싶었는데 변변한 식당이 보이지 않는다. 몇몇 사람이 슈퍼마켓으로 보이는 곳 앞에 앉아 보카디요나 맥주를 마신다. 나도 요기를 좀 해야겠다 싶어 안으로 들어간다. 치즈 보카디요랑 커다란 요구르트를 골랐는데 다 해서 1유로란다. 무척 싸다.

거기서 뒷목이 까맣게 그을은 독일인 울리를 만났다. 모자를 잃어버렸더니 하루 만에 이렇게 타 버렸다고 응급처치로 수건을 목에 건 그녀의 얼굴이 울상이다.

울리와 같이 길을 걷는데 그녀가 좀 전에 만났던 할아버지 얘기를 꺼낸다. 노인네가 아주 미쳤다며 할아버지 흉내를 낸다. 아마 여자

—

뒤를 돌아본다. 역광에 비친 마을의 실루엣이 아름답다.
내 기억 속에서 이 길이 이렇게 어둑해지는 순간이 과연 올까?

들만 보면 뽀뽀해 달라고 막 조르는 모양이다. 과연 그간 얼마나 뽀뽀에 성공했을까? 반타작은 했을라나?

비얄카사르 데 시르가Villalcazar de Sirga에 도착한다. 정갈하고 예쁜 마을이다. 13세기에 지은 산타마리아 라 블랑카 성당은 국가유적으로 지정되어 있는데, 황금빛으로 무척이나 아름답다. 성당 앞 광장도 여러 조각들과 어울려 깔끔하게 조성되어 있고 현대적인 느낌이 물씬 풍긴다.

알베르게에서 어제 만난 독일인 부부를 다시 만난다. 이곳은 아예 관리인이 없는 모양인지 머무는 사람들이 다 알아서 하라고 씌어 있다. 스탬프를 찍고 숙박자 명단을 쓴 후 혹시 아는 이름이 있을까 싶어 몇 장 넘겨보니 헬렌과 시즈요의 이름이 보인다. 둘 다 이틀 전

깔끔하게 정비된 시르가 마을.

이곳에서 묵었다. 순간 그리움이 확 몰려든다. 이름을 본 것만으로도 그들을 직접 본 것처럼 마음이 설렌다. 무엇보다도 헬렌이 무사하게 걷고 있다는 사실을 알게 되어서 기쁘다.

성당 앞 식당으로 저녁을 먹으러 가니, 주인아저씨가 지금은 축구를 봐야 하니까 요리할 수 없다고 한다. 축구 끝날 때까지 기다려 달란다. 스페인어가 제법 되는 울리가 아무리 항의해도 소용이 없다. 아저씨는 얼굴 색 하나 안 바뀌고 텔레비전만 본다. 너무 배가 고파 기다릴 수 없는 나는 그냥 타파스 몇 가지를 골라 먹는다.

독일인 부부와 울리와 함께 저녁을 먹는데 이들은 대화 중 독일어가 튀어나올 때마다 미안하다고 자꾸 사과해서 점점 불편해진다. 난 상관없는데….

내가 영어를 능숙하게 하는 사람도 아니고 내가 알아들을 수 없는 말들이 넘쳐나는 것에 익숙해져서 아무렇지도 않은데 말이다.

다함께 미사 드리러 성당에 간다. 성당 내부도 보존이 꽤 잘되어 있다. 역시 국가에서 관리하면 좀 다른 모양이다.

신부님이 홀로 성가를 부르시며 제대에 서신다. 은은한 목소리가 듣기 좋다. 지금까지 만난 신부님들이 무척 직업적이고 형식적으로 느껴져서 실망한 적이 많았는데, 이 신부님은 평온하면서도 열정이 있는 것 같아 보기 좋다. 오래간만에 제대로 된 미사를 드린 것 같아 마음이 흡족하다.

미사를 마치고 울리와 광장에 앉아 이런저런 수다를 떤다. 독일 아저씨는 그림을 그리고, 아줌마는 바의 야외 테이블에 앉아 혼자 맥주를 홀짝인다. 아저씨는 날마다 머문 숙소와 주변 풍경을 그린단다. 지금까지 그린 것을 봤는데 파스텔로 다들 예쁘게 색까지 입고 있다.

독일 슈투트가르트에서 사는 울리는 네 번째로 엘 카미노에 온 것이란다. 학습 교재를 만드는 출판사에 다닌다는 그녀는 사는 게 짜증스럽고 스트레스가 심할 때마다 이 길이 떠오른다고 한다.

"이상해. 사실 막상 이곳에 오면 밥도 혼자 먹고 외롭고 힘든데도, 시간이 나면 항상 이곳에 다시 오고 싶어."

이번은 시간이 그리 많지 않아서 레온까지만 걸을 거라는 그녀가, "레온은 아주 아름다운 곳이야. 갈 때마다 얼마나 좋은지 모르겠어. 네 맘에도 꼭 들 거야."라며 내 허파에 바람을 솔솔 불어넣는다. 그리고 갈리시아에 가면 비가 많이 와서 힘들 거라고, 각오하라고 겁도 조금 준다. 그런 그녀의 목소리에는 갈리시아에 대한 그리움이 잔뜩 배어 있다. 이미 길을 걸었던 사람들은 다들 갈리시아의 아름다움에 대해 얘기한다. 가다 보면 결국 닿게 되겠지만 얘기를 듣다 보면 어서 그곳에 가고 싶다는 조급증이 생겨난다.

7일째
아헤카사르 데 시르가 → 칼사디야 데 라 쿠에사

느끼할 땐 역시 톡 쏘는 사이다가 필요해

울리와 함께 길을 나선다. 계속해서 국도 옆에 난 작은 길을 따라 쭉 걸어간다. 너무 변화가 없어 조금은 지루하다. 어서 카리온 데 로스 콘데스Carrión de los Condes에 도착하고 싶다. 그곳은 성당으로 꽤 유명한 곳이다.

그러나 이번이 초행이 아닌 울리는 유적에 조금도 관심이 없다. 나 혼자 성당의 이곳저곳을 구경하는 동안 그녀는 성당 앞에 앉아 쉬고 있을 뿐이다. 그런 그녀가 신경 쓰여서 마음이 영 편하지 않다. 혼자일 때는 누군가 그립고 누군가와 같이 있을 땐 혼자 있고 싶어진다.

바에서 아침 요기를 간단하게 하고 앞으로 장장 17킬로미터 동안 마을이 없기에 슈퍼마켓으로 보급품을 사러 간다. 아, 슈퍼 앞에서 아주 반가운 얼굴을 만났다. 바로 바바라 아줌마. 하도 오랜만이라 너무 반가워서 꼭 끌어안았다.

"너 그동안 어디 있었어? 헬렌이랑 얼마나 찾아 다녔다구."

헬렌 얘기에 귀가 솔깃해진다. 앗, 다시 헬렌을 만나는 것인가? 그러나 바바라 아줌마도 부르고스에서 헬렌과 헤어졌단다. 자기는 오늘 다시 부르고스로 돌아가 독일의 집으로 갈 거라고 한다. 순간 독일이 이곳에서 아주 가까운 곳처럼 느껴지면서 집이 가까운 사람들은 좋겠다는 질투가 인다.

울리의 뒷모습. 성큼성큼 걸어가는 모습이 보기 좋다.

아무리 걸어도 길의 풍경은 변하지 않는다. 지친다, 지쳐.

집을 떠난 지 채 한 달도 안 됐는데 벌써 오랫동안 집을 떠나온 기분이다. 궤도에서 많이 벗어난, 아주 기다란 쉼표를 찍고 있는 듯한 느낌. 하긴 이러한 기분을 만끽하기 위해 혼자 여행을 떠나는 것이 아니겠는가?

그늘도 없는 밀밭 사이로 17킬로미터의 길이 그냥 쭉 뻗어 있다. 지친다. 적당한 곳만 있으면 앉아서 쉬고 싶은데 좀처럼 마땅한 곳은 나타나지 않는다. 나보다 다리가 한참 긴 울리가 내 속도에 맞추느라 아무래도 애를 먹는 것 같다. 엉거주춤 가다 멈추고 가다 멈추는 그녀의 모습이 영 불편하다.

그래서 난 내 전용 돗자리를 길가에 펴서 앉고는 울리에게 먼저 가라고 얘기한다. 난 여기서 좀 쉬다 가고 싶다고. 망설이던 울리가 그럼 다음 마을에서 기다리겠다고 하고는 다시 걷기 시작한다. 역시 성큼성큼, 늠름하고도 날쌘 걸음걸이다.

아, 나무 그늘이라도 하나 있으면 얼마 좋을까. 그림자 하나 못 만드는 날씬한 나무들을 째려보며 보급품들을 하나하나 먹어 치운다.

샛길은 존재하지 않는다. 중간에 어디로 새려고 해도 샐 수도 없고 멈추어 쉴 만한 곳도 없다. 차 하나 다니지 않으니 결국 앞에 놓여 있는 길을 내 발로 걸어가는 방법밖에 없다. 쓸데없는 갈등 따위는 필요 없고 묵묵히 가다 보면 결국 목적지가 나오고야 마니 나름 명쾌하기도 하다.

걷다가 다시 휴식을 취하려고 배낭을 내려놓는데, 배낭 줄에 끼워 놓은 스웨터가 사라지고 없다. 헬렌이 준, 아침 추위를 막아 주는 내 하나뿐인 방한복!

스웨터를 찾아 다시 되돌아가야 한단 말인가? 한 시간도 넘게 걸어온 이 땡볕 아래를? 스웨터와 땡볕, 이 두 개를 두고 어느 쪽으로 무게가 기우는지 고심하는데, 멀리서 누군가 흐느적거리는 뭔가를 손에 들고 걸어온다.

나의 귀한 스웨터가 낯선 순례자의 손에서 나풀거린다. 다가온 그가 길에서 주웠다고 건네준다. 이렇게 고마울 수가. 다시는 떨어지지 않도록 배낭에 튼튼하게 묶는다. 되돌아가야 하는 줄 알고 기운이 쏙 빠졌던 다리에 힘이 팍 하고 다시 들어간다. 탄력 받은 다리로 열심히 앞으로 전진한다.

그렇게 꾸역꾸역 걷다 보니 어느덧 오늘의 종착지 칼사디야 데 라 쿠에사Calzadilla de la Cueza가 나온다. 스페인의 작은 동네 지명들은 다들 왜 이리 긴지 모르겠다. 결코 외울 수가 없다. 언덕 아래 자리 잡은 아주 작은 마을. 마을 초입에 알베르게가 있고 그 앞에 있는 하나뿐인 벤치에 울리가 앉아 있다.

울리는 이미 쉴 만큼 쉬어서 그런지 아주 쌩쌩해 보인다. 진이 빠질 만큼 빠져서 땀범벅이 된 나하고는 너무 다르다.

난 이곳에서 멈추기로 하고 그녀는 다음 마을로 다시 길을 나선다. 우리는 또 만나겠지 하며 인사했지만 그것에 그리 연연해하지는 않는다.

이것으로 인연이 끝나도, 혹은 우리의 인연이 다음 장에서 다시 연결되어도 어떤 경우라도 다 좋다. 단지 서로의 추억 속 한 장면으로 남기를 바라며 그녀와 포옹하고 헤어진다.

이 작은 마을 역시 아무것도 없다. 슈퍼도 없고 심지어 성당마저 없다. 언덕에 종탑이 보여서 혹시 성당인가 싶어 슬슬 올라가 봤더니 묘지다. 묘지를 둘러보는 것도 좋은데 문이 꽁꽁 잠겨 있다.

아쉬운 마음으로 돌아서니 내 뒤에 개 한 마리가 가만히 서서 나를 쳐다본다. 언제부터 조용히 내 뒤를 따라온 것일까? 가만히 날 바라만 보는 모양이 심상치가 않다. 내 손에 들린 빵을 노리는 것인지, 살집 통통한 내 장딴지를 노리는 것인지 판단이 안 선다. 스페인 시골 농가 개들은 무섭기로 소문이 나서, 이 길을 걷는 동안 개를 조심해야 한다는 경고도 들은 터다.

순간 겁이 난다. 사나운 개 같아 보이지는 않지만 이 더운 날씨에 미쳐서 스티븐 킹의 「쿠조」(미친개가 주인공인 호러 소설)처럼 돌변할 수도 있지 않은가? 게다가 지금은 주변에 아무도 없고, 내 손에는 지팡이도 없는데.

개에게 얕잡아 보이면 안 된다는 말을 들어서 녀석을 무시하는 척하고 천천히 움직이기 시작한다. 녀석도 나를 따라서 조용히 움직인다. 여차하면 바게트를 방망이처럼 휘두를 생각을 하고 단단히 부여잡는다.

무시하는 척 걷고는 있지만 내 신경은 온통 녀석의 움직임에 가 있다. 그런데 내 뒤를 천천히 집요하게 쫓아오던 녀석이 갑자기 속력을 내며 나를 향해 달려오기 시작한다. 난 깜짝 놀라 소리를 지르며 방어 자세를 취하는데 개가 향한 곳은 내가 아니라 어떤 아저씨다. 개만 신경 쓰느라 아저씨의 등장을 알아채지 못한 것이다. 아저씨가 이상하다는 듯 나를 한 번 쳐다보더니 외양간 구경하겠냐는 시늉을 한다. 그렇지 않아도 이 주변에서 소똥인지 양 똥인지 냄새가 진동하고 있다. 민망한 나는 손사래를 치며 재빨리 알베르게로 도망간다.

혼자 별의별 상상을 하며 반응한 나는 스스로 부끄러워서 알베르게 안의 수영장 옆 그늘에 소심한 자세로 앉아 빵을 뜯어 먹는다. 주변을 돌아보니 요양원에 와 있는 듯한 느낌이 든다. 연로하신 분들이 참으로 많다. 삼삼오오 모여 즐겁게 환담을 나누는 얼굴에 깊게 패인 주름들.

아직 젊은 나도 과연 이 길을 다 걸을 수 있을까 걱정하고 고민했는데, 이런 분들을 보니 내 걱정이 한심스럽게 여겨질 지경이다. 배낭을 메고 다니는 여행은 젊은이들만의 것이라고 여겼던 내 생각이 얼마나 어리석은 것이었는지 새삼 느낀다.

몇몇 남자들은 수영장 물속으로 들어가지만 대부분의 사람들은 수영장 주변에 앉아 일광욕을 즐긴다. 특히 비키니를 입고 누운 여자애가 눈길을 끈다. 와, 여기 오면서 비키니까지 가져온 준비성이 놀랍다.

백인들은 햇볕에 약하다는데 왜 저리도 햇볕을 받고 싶어 안달하는지 모르겠다. 무척 뜨거운데…. 그늘을 따라 움직이는 사람은 나밖에 없다.

얼굴에 미소가 가득한 스페인 아저씨가 꽃을 따다 준다. 고맙다고 하고는 적당히 안 볼 때 버렸는데, 잠시 후 또 꽃을 따서 갖다 주며 연신 함박웃음을 짓는다. 자꾸 스페인어로 말을 걸어 자리에서 일어나고 말았다. 아, 부담스럽다.

이번에는 도미토리 안으로 들어갔더니 내 옆 침대 분위기가 묘하다. 두 남녀가 좁은 싱글 침대에서 꼭 끌어안고 누워 음악을 듣고 있다. 여자는 아까 그 비키니의 주인공이다. 침대에 누워 책을 읽는데 자꾸 신경이 그쪽을 향한다. 아, 이 갈 데 없는 마을에서 도대체 어디로 피해야 한단 말인가?

침대에서 벌떡 일어나 저녁 시간만을 기다리며 다시 수영장으로, 컴퓨터가 있는 봉사자들의 방으로 왔다 갔다 하며 시간을 보내는 수밖에 없다.

저녁식사 시간에 맞춰 식당으로 갔는데 아직 코미다의 문을 안 열었는지 식당 앞에 사람들이 바글바글하다. 알베르게에 부엌이 없는 데다 이곳이 마을의 유일한 식당이다 보니 알베르게에 묵는 사람들은 다 온 거 같다.

드디어 지배인 아저씨가 나와 신호를 하자 사람들이 우르르 안으로 들어간다.

대학원 조교처럼 생긴 여자가 자기랑 같이 먹자고 해서 따라간다. 혼자 먹는 것보다야 좋으니까. 그래도 초면에 같이 밥 먹자고 하다니 참 사교적인 여자구나 생각하며 따라갔는데 어라, 아까 내 옆 침대에 누워 있던 느끼한 남자랑 내 위 침대 미디언이 앉아 있다. 그리고 또 다른 남자.

나를 초대한 연구실 연구원처럼 생긴 그녀를 다시 돌아보았다.

—

메뉴 델 페레그리노. 대개 두 종류의 메인 요리와 빵, 후식, 와인이나 물로 구성되어 있다. 보통 8~10유로.

아아, 그녀다. 아까 수영장 주변에서 비키니를 입고 일광욕하던 그 여자. 느끼남과 한 침대에 누워 몸을 비비 꼬던 바로 그 여자. 헉, 옷을 입고 선글라스를 벗으니 느낌이 달라도 너무 다르다.

스위스에서 온 그녀는 예전에 남미에서 삼 년간 살았다며 아주 능숙한 스페인어를 구사한다. 두 남자는 이탈리아에서 왔는데 둘의 분위기가 달라도 무척 다르다. 느끼남은 말할 때마다 어깨를 움츠리고 손목을 흔드는 것이 영화 속에 나오는 전형적인 날라리 이탈리아인이다. 반면 텁수룩한 턱수염과 안경을 낀 안토니오는 움베르토 에코 스타일이다.

나와 같은 식탁에 앉아 가볍게 웃고 장난치는 그들을 보니 아까의 그 예사롭지 못한 모습도 별 게 아닌 것처럼 느껴진다.

그래서 난 그녀에게 웃으며 "난 아까 니들이 애인 사이인 줄 알았어!"라고 하니, 그녀가 천연덕스럽게 "맞아. 하지만 이곳 카미노에서만 연인이야." 하고 대답한다. 여행지에는 원래 이런 일회용 커플들이 널렸다지만 이 길을 걸으면서 이런 심심풀이 연애하는 사람들을 만날 줄은 몰랐다. 조금은 씁쓸한 기분도 들지만 이 스위스 여자가 꽤나 유쾌하고 상냥해서 함께하기에 즐거웠다.

미디언은 알베르게에서 날 보자마자 "혹시 한국 사람이니?" 하고 물어서 날 놀라게 했다. 모든 사람들이 처음에는 일본 사람이냐고 묻는데 말이다. 미디언은 부르고스까지 한국 여자애랑 같이 걸었다며 그녀를 얀이라고 부른다. 아마도 한 씨인 듯하다. 그녀의 말에, 산티아고에 도착하기 전에 한국 사람을 만날 수 있을지도 모른다는 생각에 그만 들뜬다. (그러나 아쉽게도 결국 만나지 못했다.)

저녁을 먹고 나니 아홉 시가 넘었다. 이제 할 일이라고는 자는 일밖에 없다. 인기척이 전혀 느껴지지 않는 조용한 마을을 스위스 애랑 거닐며 위胃 운동을 도우려 하지만 소화 속도는 너무 더디기만 하다.

어두운 마을과 반대로 하늘에는 별이 가득하다. 마을 초입에 있는 의자에 앉아 하늘을 보고 있으려니 스페인 애 땡땡이 와서 별자리 얘기를 조곤조곤 하기 시작한다. 사실 이 친구 이름은 땡땡이 아닌데, 프랑스 만화 주인공 땡땡이(달걀 모양 얼굴을 한 귀여운 소년)랑 너무 닮아서 계속 그렇게만 생각했더니 진짜 이름은 잊어버렸다.

그런데 잠시 후 이탈리아 느끼남이 와서 "오늘의 마지막 노래를 듣자."라며 또 다시 느끼한 분위기를 연출하며 핸드폰 스피커를 최대한 키워 롤링 스톤즈의 「앤지」를 튼다(MP3 기능을 가진 핸드폰이 저주스럽다).

롤링 스톤즈에게도, 앤지에게도 아무런 불만은 없지만, "지금 이 순간, 이 분위기와 이 노래…. 네 기분은 어떠니?" 하며 계속 부적절한 미소를 날리는 그의 기름기를 소화해 낼 수가 없어서 졸립다는 핑계를 대고 숙소로 들어온다.

심심한 마을에서 지루하게 보내지 않아서 다행이기는 하지만 하루 동안 감당하기에는 과하게 느끼한 사람들을 많이 만났다.

내일은 담백한 하루가 되길 기대해 본다.

18일째

칼사디야 데 라 쿠에사 → 시아군

두근두근 내 심장이 건너뛴 박동

내 옆 침대에서 잔 바르셀로나에서 온 아저씨가 자신의 코 고는 소리에 무사히 잤냐고 너스레를 떤다. 이 아저씨요 며칠 계속 만나는데 내가 좋아하던 드라마 「식스 핏 언더」(장의사 가족의 이야기를 다룬 미국 드라마)의 장의사 직원이랑 비슷하게 생겨서 친근감이 든다.

사람의 얼굴이란 참 신기하다. 눈, 코, 입 등 몇 개 안 되는 요인으로 조합을 만드는 것인데도 얼굴이 다들 천차만별이다. 그래도 그 와중에 비슷한 얼굴을 만나면 왠지 반갑고 신기하다. 굳이 혈연이 아니어도 어느 점에선가 연결되어 있는 듯한 느낌이다. 나이를 먹어갈수록 생소한 얼굴이 점점 줄어간다. 처음 본 사람도 어디서 본 듯한 기분이고…. 온갖 유형의 얼굴들이 이리도 다 익숙해지는 걸 보니 나도 이제 제법 살았나 보다.

유럽의 물에는 석회물질이 많아서 식수로 부적합하다는 말을 들었는데, 그에 비해 스페인 사람들의 자기네 나라 물에 대한 자부심은 대단하다.

주방이 없는 이곳에서는 사람들이 아무렇지도 않게 세면대에 달린 수도의 물을 식수로 삼는다. 아무리 주방이나 화장실이나 모두 같은 물이라고 해도, 화장실 물은 기분상 그냥 못 마실 거 같은데, 다들

느릿느릿, 세상사 알 바 없는 느긋한 양 떼와 그에 못지않게 한가로운 양치기 아저씨.

꿀꺽꿀꺽 잘도 마시고 물병에도 고이 담아간다.

날마다 반복되는 일임에도 불구하고 첫발을 내딛는 순간은 항상 설렌다. 알베르게의 문을 나서고 오늘의 첫 화살표를 눈으로 더듬는 순간. 그렇게 오늘 하루 내가 걸어가야 하는 길의 방향을 잡는 순간이.

오늘도 길은 국도와 나란히 뻗어 있다. 이런 길은 확실히 지루하다. 길을 음미하는 즐거움도, 길을 찾는 재미도 없으니까. 그래서 조금은 심통이 나서 걷는데 아주 작은 마을을 지나는 것을 기점으로 풍경이 확 바뀐다. 들판 사이로 걷게 된 것이다. 역시 이런 길을 걸어야 걸을 맛이 나지.

한 무리의 양 떼가 들판을 서성인다. 양치기 아저씨는 양을 잃어버릴 턱이 없다는 듯이 맨 앞에서 유유히 걸어가고 있다. 실룩실룩 움직이는 토실토실한 양들의 엉덩이가 너무 귀여워서 톡톡 두들겨 주고만 싶다.

바에 들어서니 다니엘이 손을 흔들며 부른다. 다니엘은 프랑스 출신으로 까무잡잡한 피부에 아주 명랑한 여자다. 걸음걸이도 몹시 경쾌해서 걸어가는 그녀의 뒷모습을 만나면 괜스레 즐거워진다. 동생이 과테말라에 살아서 스페인어에 능숙한 그녀는 영어는 좀 힘들어 했는데, 말할 때마다 단어를 찾기 위해 고심하는 표정이 무척이나 귀엽다.

"오늘 네 목표는 어디니?"라고 묻는 다니엘. 사아군Sahagun이라고 대답하자 자기는 거기서 조금 더 걸어갈 예정이라며 아쉽다고 한다.

사아군에 거의 도착했을 때 외떨어진 곳에 서 있는 성당 앞을 지나게 됐다. 폐쇄된 성당이지만 그 앞이 널찍하고 그늘도 있어서 돗자리를 펴고 한참 쉬었다 가기로 맘을 먹는다. 그래서 신발과 양말을 벗고 쉬는데 사람들이 자꾸 내 앞에서 발길을 멈춘다.

내가 양말을 벗고 있어서 그런지 다들 다가와 내 발을 살핀다. 내가 발이 아파서 이렇게 쉬고 있다고 생각해서인지, 밴드가 더덕더덕 붙은 내 더러운 발에 자신들의 눈을 바짝 들이댄다. 그게 너무 싫어서 괜찮다고 발을 감추는데도 자신의 마사지 크림이나 오일을 꺼내서 바르라고 자꾸 권한다. 그래서 어쩔 수 없이 이것저것 몇 가지나 바른다. 사람들 무서워서 양말도 못 벗겠다.

나를 모르는 사람들이 내가 배가 고픈지, 갈증이 나는지, 아픈지, 외로운지 염려해 준다. 가끔은 궁금해진다. 이들이 원래 이토록 타인에게 애정과 관심이 많은 사람들인지, 아니면 엘 카미노가 이 길에선 사람들을, 아니 최소한 이 길에서만큼은 저토록 따스한 사람들로 만들어 버리는 것인지.

알베르게가 아직 문을 열지 않는다. 문 앞에 다니엘이 앉아 있는 모습이 보여 다가가니 자신도 오늘 이곳에서 묵을 거라고 한다. 오면서 사람들에게 들었는데 다음 마을에 있는 알베르게는 아주 말이 아니란다.

사아군의 알베르게는 성당 2층에 마련되어 있다. 13세기에 건축된 이 성당은 외관이 무척 아름다워 내부도 기대를 했건만 예전에 폐쇄해 버렸단다. 알베르게로 올라가는 계단은 낡고 엉성한 나무로 되어 있어서 꽤나 삐거덕거린다. 계단에서 잘 넘어지는 나는 주의해서 다녀야 한다. 게다가 2단 침대가 삼 면이 다 막힌, 흡사 넓은 책장 같은 모양새라 좀 답답하다.

그렇지만 이 알베르게도 편리한 점이 있기는 하다. 바로 1층 알베르게 관리소가 관광안내소 역할도 겸하고 있어서 자료들도 많고, 한글이 되는 인터넷 컴퓨터가 두 대나 비치되어 있다.

사아군은 한때 무척이나 번영한 도시였다는데 안내소에서 받은 지도를 들고 구경을 나갔다가 처참하도록 황폐한 유적지들을 발견하고는 어안이 벙벙해진다. 오로지 성문 하나만이 과거의 영광을 보여줄 뿐이다. 그 외엔 완전히 폐허뿐이다.

이런 유적지를 복원할 돈이 스페인에는 없는 것일까? 뉴스에서 들으니 작년 유럽 관광 수입 1위가 스페인이라는데 여기까지 돌아올 돈은 없는 모양이다.

어디로 발길을 옮겨야 할지 알 수 없어서 이제 홀로 남아 있는 문 앞에 앉아 있는데 아주 간간이 차를 타고 와서 사진만 찍고 사라지는 관광객들 모습이 눈에 띈다. 사진 속에 담겨지는 건 무너진 돌담들뿐이겠지…. 생각만으로도 쓸쓸하다.

사아군에는 국가 유적으로 지정한 성당이 여럿 있다. 그 중에 하나인, 12세기부터 13세기에 걸쳐 지은 산 로렌소 성당이 이슬람의 영향을 받은 무데하르 양식으로 지어졌다고 하기에 그곳으로 미사를 드리러 간다.

성당은 크지만 부드러운 아름다움이 있는 데다가, 알아들을 수는 없어도 충실하고 경건한 미사라는 느낌을 받아서 몹시 가슴이 뿌듯하다. 미사가 끝나자 신부님이 순례자들에게 축복해 주겠다고 앞으로 나오라고 한다. 그런 쑥스러운 짓은 싫어서 못들은 척 그냥 앉아 있으려고 하는데 땡땡이 하도 나가자고 채근해서 결국 앞으로 나가고 만다.

신부님이 한 명 한 명의 머리에 손을 얹고 축복의 말을 하는데 비록 스페인어를 알아들을 수는 없어도 뭐라고 하는지 알 것 같다.

무사히 산티아고까지 걸을 수 있기를. 그 여정 속에서 당신이 느끼고자 하는 것, 당신이 얻고자 하는 것을 이룰 수 있게 되기를.

신부님의 축복을 가슴으로 듣고 있는데 눈이 뜨거워진다. 눈물이 가득 차오르는 것이 느껴져서 차마 고개를 들 수가 없다. 내 기분을 아시는지 신부님이 내 어깨를 살짝 토닥여 준다. 나답지 않게 자꾸 센티멘털해지는 것 같아 걱정이다. 무릎을 살짝 굽혀 인사하는 유럽 사람들과 달리 고개를 숙여 인사하는 나에게 신부님도 똑같이 고개를 숙이며 답례해 준다.

성당 밖으로 나와서도 달뜨는 마음을 누르기 힘들다. 얼굴에 열기가 느껴진다. 다리가 심장 박동을 따라가려는 듯 골목 사이를 내달리기 시작한다.

참으로 무디던 내 심장이 이 길에 들어선 이후로 무척이나 예민해졌다. 사소한 것에도 벅찬 감동을 느끼는 내 심장의 주책스러움에 덩달아 얼굴에도 배시시 웃음이 흐른다.

알베르게로 돌아와 테이블에 자리를 하나 차지하고 앉아 일기를 쓴다. 저녁을 먹는 사람들, 책을 읽는 사람들, 그리고 나처럼 일기를 쓰는 사람들로 테이블이 복작거린다.

내가 노트에 끼적거리고 있으면 사람들은 신기해하며 한참을 바라본다. 내 글을 읽을 수 없는 사람들에게 둘러싸여 있다는 것은 무척이나 마음 편한 일이다. 간혹 그들은 손가락으로 내가 쓴 글 중 단어 하나를 가리키며 무슨 뜻이냐고 묻기도 한다. 순진한 호기심이 즐겁다. 글자가 정말 예쁘다고 다들 칭찬이다. 그런 사람들에게는 기념으로 한글로 그들의 이름을 큼지막하게 하나씩 써 준다.

한글이 얼마나 예쁜지 나 역시도 새삼 놀라면서 가슴 뿌듯해진다.

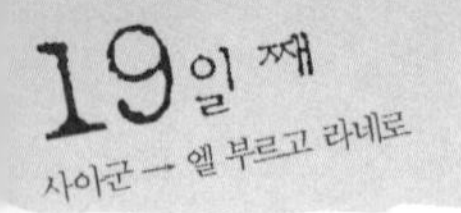

나를 기다리고 있을,
내가 나에게 쓴 엽서

사람들의 거듭된 레온 찬가에 그만 마음이 조급해진다. 조금 무리해서 이틀 안에 레온까지 끊어 볼까 하고 과한 욕심이 생겨 버린 것이다. 느긋한 마음을 잠시 접어 두고, 아침부터 스퍼트를 낸다.

한 시간 남짓 걸으니 길이 두 갈래로 나뉜다. 가이드북을 찾아 두 길에 대해 알아본다. 칼사다 데 로스 페레그리노스Calzada de los peregrinos는 30킬로미터 내내 그늘이 하나도 없다고 한다. 하! 30킬로미터, 나에겐 어림도 없다.

이름으로 보아서는 더 전통적인 길로 느껴지는 카미노 레알 프란세스Camino Real Frances 쪽으로 가기로 마음을 먹고 발길을 옮긴다. 국도 옆을 따라 오솔길이 끝이 안 보이도록 쭉 뻗어 있다. 오솔길 초입에 놓인 벤치에 앉아 가방 안에 든 음식물들을 꺼내 야금야금 먹는다. 이제는 치즈를 잘라 빵에 끼워 먹는 폼이 내가 생각해도 제법이다.

빵을 우물거리는 사이 몇몇 사람들이 내 앞을 지나간다. 대부분의 사람들이 역시 이쪽 길을 택하는 모양이다.

날이 무척이나 좋다. 구름 하나 없는 하늘은 아주 새파래서 형광물질이 섞여 있는 것처럼 눈이 시리다.

마음은 레온으로 달려가는데, 발이 영 안 따라 준다. 발에는 여전히 새로운 물집들이 생겨나서 세 시간 이상 걸으면 발에 통증이 여실히 느껴진다. 바에서 한참 동안 휴식을 취하고 다시 일어났는데도 다리가 신통치 않다. 햇볕이 너무 뜨거워 모자를 꾹 눌러 썼는데도 고개가 계속 아래로 숙여진다.

사아군에서 18킬로미터 떨어진 엘 부르고 라네로El Burgo Ranero에 도착한다. 다음 마을은 무려 13킬로미터를 더 가야 한다. 아침에는 그곳까지 가려고 했는데 이 날씨에 그 거리를 더 걸으면 길에서 쓰러질 것만 같다. 이런 생각을 하면서도 마음이 쉽게 정해지지 않는다. 참, 레온에서 누가 꿀단지 들고 기다리는 것도 아닌데 왜 이리 조급한 마음이 드는 것인지.

우선 알베르게에 들러 생각해 보려고 알베르게를 찾아갔는데, 아직 문을 안 열었는지 두 여자가 벤치에 앉아 있다가 다가오는 날 향해 활기차게 손을 흔든다. 그 중 목청 좋은 한 여자가 "웰컴 홈." 하고 외친다.

캐나다 퀘벡에서 왔다는 꼴롱브와 피에렛. 그녀들과의 첫 만남이다. 현재 꼴롱브는 발목이 아주 안 좋아서 천천히 걷는 중이라고 한다. 꼴롱브가 발목을 보여 주는데 부어오른 발목이 한눈에 들어온다.

더 갈까 말까 고민하며 쉬는 사이 봉사자들이 오고 알베르게 문을 열어 준다. 여전히 맘을 정하지 못한 나는 안으로 들어가지 않고 계속 고민 중이다.

그런데 피에렛이 밖으로 나와서는 알베르게가 아주 좋다며 들어와 보라고 한다.

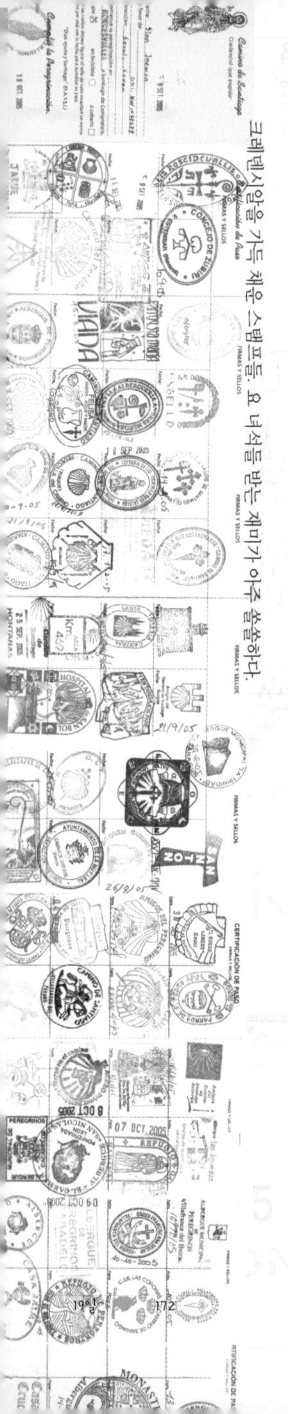
크레덴시알을 가득 채운 스탬프들. 요 녀석들 받는 재미가 아주 쏠쏠하다.

이층침대가 단 세 개뿐인 방이 꽤 정갈하다. 부엌이나 화장실도. 고민된다. 앞으로 13킬로미터는 더 가야 알베르게가 나오는데 과연 로스 아르코스 때처럼 완전 탈진하지 않고 무사히 갈 수 있을까? 그때 생각이 나자 정신이 번쩍 든다. 오늘은 여기까지다. 그까짓 거 뭐 하루 일찍 레온에 도착한다고 누가 상 주는 것도 아닌데. 역시 경험만큼 결정에 도움을 주는 것도 없다.

내 크레덴시알은 이제 더는 스탬프를 찍을 공간이 없다. 그간 너무 열심히 찍어 온 것이다. 사아군에서도 빈칸이 없어서 위쪽 여백에다 겨우 찍었다. 새 크레덴시알을 얻고 싶은데 사아군의 봉사자 말로는 레온에나 가야 구할 수 있을 거라고 했다.

그런데 여기 자원봉사 아저씨가 내 크레덴시알에 예비용 종이를 열심히 붙여 준다. 그리고는 거기에 스탬프를 쾅 찍더니 "이제 산티아고까지 문제없어!" 한다. 아, 이런 방법이 있었군. 좋다, 좋아.

다니엘이 안으로 들어온다. "어, 여기서 머무는 거야?" 하고 눈을 동그랗게 뜨며 묻는다. 난 아침에 워낙 호기롭게 "오늘 내 목표는 레리에고스야."라고 떠들어 댔기 때문에 조금 창피해진다. 발이 너무 아프다고, 안 해도 되는 얘기를 하고는 내가 항상 하는, 배고프다는 말로 마무리.

그러자 다니엘이 제 배낭에서 뭔가를 주섬주섬 꺼낸다. 통조림 샐러드와 빵을 내미는 다니엘. 꽤 맛있다고 먹으라고 준다. 통조림이어서 별 기대 안 했는데 맛이 꽤 괜찮다. 좀 기름지기는 하지만. 빵으로 통조림 안을 싹싹 닦아 가면서 아주 깨끗이 먹어 치운다.

이 마을은 정비도 꽤 잘되어 있고 거주하는 사람들 숫자도 제법 되는지 길에 주차된 차들도 많이 눈에 띈다. 그러나 길에서 주민들의 모습은 별로 보이지 않는다. 눈에 보이는 사람들이라고는 알베르게와 바의 야외 테이블에 앉아 있는 순례자들뿐이다. 그 사람들도 다 합쳐야 열 명이 채 안 되지만.

아직은 햇볕이 너무 뜨거워서 광장 한구석 그늘진 의자에 앉아 일기를 쓴다. 다니엘은 나와 다르게 햇볕이 쨍쨍 내리쬐는 곳에 앉아 엽서를 쓰고 있다. 이 길을 걸으면서 처음으로 쓰는 엽서라고 부끄러운 듯 웃는다.

"저번에 만난 여자는 날마다 엽서에 일기를 써서 자기 집으로 보내더라. 나도 그렇게 하고 싶은데 너무 게을러서…. 그리고 날마다 뭐라고 써야 할지."

힘들다고 머쓱해 하는 다니엘. 내가 듣기에도 멋진 생각이다. 나

보다 먼저 우리 집에 도착해 이 순간 내 느낌을 생생하게 간직한 채 기다리고 있을 엽서라니, 욕심난다.

다니엘과 함께 슈퍼마켓에 간다. 그녀가 그냥 먹어도 맛있는 통조림들을 알려 준다. 대부분이 올리브 오일에 담겨 있는 오징어나 문어 혹은 참치로 만든 것이다.

스페인 사람들은 문어 요리를 참 좋아한다. 문어를 주요리로 내세우는 음식점들도 꽤 많고 어지간한 타파스에도 문어는 결코 빠지지 않는다.

다니엘이 오늘 당장 이 통조림들을 시험해 보는 게 어떠냐고 제의한다. 그래서 얼떨결에 오늘 우리의 저녁은 이 통조림들과 빵, 과일, 요구르트로 정해 버린다. 장을 보고 다니엘이 아페리티프(apéritif, 식전에 식욕을 돋우는 술) 한 잔 하자고 바로 끌고 간다. 와인 한 잔이 몸을 노곤하게 한다. 바에 앉은 사람들의 얼굴에 평화가 둥둥 떠다닌다.

울렁이는 내 마음. 지금 이 순간은 무척 행복하지만 결국 이 생활은 앞으로 길어 봤자 한 달이면 끝이 난다. 이렇게 느긋하게 지내다가 나중에 더 큰 상실감에 빠지는 것은 아닐까 하는 불안감이 스멀스멀 기어 나온다.

결코 반드시 무언가를 배우기 위해서, 이득이 확실한 뭔가를 얻기 위해서 온 것도 아닌데 왜 이리 오지도 않은, 일어나지도 않은 미래를 생각하며 불안해하는지. 시간이 흐를수록, 산티아고에 점점 다가갈수록 내 자신이 '이 길을 걷고 있다'는 순수한 기쁨 이상의 것을 얻고 싶어 안달하는 것 같아 씁쓸해진다.

알베르게로 돌아온 다니엘이 얼굴을 찌푸린다. 그 이유는 프랑스 할아버지 둘 때문인데 이 할아버지들이 다니엘을 좀 귀찮게 하는 모양이다.

그 중 한 할아버지가 다니엘에게 다가와 뭐라 하니 다니엘이 곤란한 얼굴로 날 돌아본다. 그 할아버지가 내 사진을 찍고 싶다고 한다. 나와 알지도 못하면서 보기 드문 동양인을 봤다는 것을 기념으로 삼고 싶은 것인가? 간혹 내 사진을 몰래 찍는 사람을 보기도 했으니까, 이렇게 미리 양해를 구하니 응해야 하지 않을까 생각도 했지만 요즘 내 꼴이 워낙 추해서 거절한다.

할아버지가 그냥 고개를 끄덕이고 바로 물러나서 더욱 죄송했지만 분명히 얼굴만 커다랗게 찍을 텐데 그 사진을 견딜 자신이 없다. 그것도 내가 아닌 다른 사람들이 볼 사진이니 생각만으로도 끔찍하다.

"얜 한국 애야. 거기서 본 첫 한국인이지."

"이런, 한국 여자들 다 이렇게 생겼나? 한국 여자들 예쁘다고 들었는데 그거 다 헛소문이었구먼."

우욱, 이런 소리는 듣고 싶지도 않고, 상상하기는 더 더욱 싫다.

주방은 요리하는 사람들로 붐비지만 나와 다니엘은 아주 간단하게 상을 차린다. 통조림을 따고 빵을 썰고 과일을 씻고 커피를 준비하면 땡이다. 나와 다니엘이 함께 맛나게 먹고 있으려니 피예렛이 다가와 뭘 먹는 거냐고 물어 본다.

문어라고 하니까, 보신탕을 먹는다는 말에 브리짓드 바르도가 보일 듯한 반응을 보인다. 퀘벡 사람들은 결코 문어를 먹지 않는단다.

그러곤 꼴롱브를 향해, "문어를 먹고 있어!!" 하고 외친다. 이 사람, 꽤 재미있다.

원래 한국 사람들도 문어를 먹느냐고 나에게 거듭 확인한다. 사실 난 별로 먹은 적은 없지만 (때때로 자신이 뭘 먹으며 살고 있는지 떠오르지 않을 때도 있지 않은가?) 커다란 문어 다리를 본 기억은 있어서 먹는다고 얘기해 주었더니 아주 놀란다.(영어나 불어로 단어만 알았으면 메뚜기랑 번데기도 먹는다고 알려 주어서 더 놀라게 만들어 주고 싶을 정도로 피예렛의 표정은 흥미진진하다.)

참, 그러고 보니 말린 문어는 꽤 먹으며 살았구나.

0일 째

르고 라네로 → 만실라 데 라스 물라스

달콤쌉싸름한 한가을 밤의 알베르게

추위에 잠을 좀 설친 탓인가? 보통 오전에는 괜찮고 오후가 되어야 걷기 힘든데, 오늘은 오전부터 진이 빠진다. 게다가 마을이 세 시간은 넘게 걸어야 나온다는 생각 때문인지 길 중간에 배낭을 내려놓고 자주 쉬게 된다.

어제 이 13킬로미터를 마저 걸었다면 정말 큰일 날 뻔했다. 그랬다면 분명 난 길에서 장렬하게 전사하고 말았을 것이다.

그런 생각을 하며 걷는데 뒤에서 "혹시 한국 사람?" 하고 묻는 소리가 들린다. 고개를 휙 돌리니 얼굴이 시뻘겋게 달아오른 중년의 백인 부부가 보인다.

"맞구나. 가방에 달린 매트 보고 혹시 그렇지 않을까 싶었는데."

바닥에 털썩 앉는 것을 싫어하는 나는 서울에서 돗자리를 하나 가져왔는데, 작은 것을 찾다 보니까 아이들이 쓰는 일인용 돗자리를 고르게 됐다. 파란색에 알록달록한 무늬가 있는 이 돗자리를 나 역시 내심 맘에 들어 했는데, 이곳에서 만나는 사람들의 반응도 아주 좋다. 다들 얼마나 귀엽다고 그러는지. 간혹 앉아 있으면 다가와 돗자리 구경을 하고 만져 보는 사람들도 꽤 있어서 민망할 지경이다.

이 스웨덴 부부는 자신의 아이가 한국 아이라서 십 년 전에 한국에 한 번 가 본 적이 있다고 한다. 그때 유원지에서 한국 사람들이 깔

여전히 앞으로 길게 쭉쭉 뻗기만 한 길. 얼마나 더 가야 마을이 나올까?

고 앉아 있던 화려한 돗자리들이 인상적이었다고 환하게 웃는 아주머니. 우리나라 돗자리가 그렇게 튀나? 정말 몰랐네. 그런데 한국은 여행하기 정말 힘든 나라지만 그 섬은 너무 좋았다고 이름을 생각하려고 애쓴다.

내가 제주도인가 생각하는데, 아저씨가 어색한 발음으로 "제-주"라고 말한다. 네, 그럼요. 제주도는 무척 아름답지요, 라고 말하는 나는 다시 한번 기분이 씁쓸해진다.

아이의 교육 차원으로 이루어진, 아이의 뿌리인 나라로의 여행에 대해서 그 스웨덴 아주머니는 추억을 되짚으며 즐거이 얘기하지만 듣는 나는 왠지 부끄러워 점점 쪼그라드는 느낌이다.

이 짧은 여행에서도 우리의 아이들을 입양했다는 사람들을 어찌나 많이 만나는지. 아프리카의 어느 나라처럼 내전에 시달리지도, 끔찍한 기근으로 굶어 죽지도 않는, 월드컵 4강 신화 속에, 세계 속에 우뚝 선 나라라는 자부심을 지닌 나라가 왜 여전히 고아 수출국으로 남아야 하는 것인지 모르겠다.

한번은 자신의 이모가 한국 아이를 입양해 키운다는 프랑스 사람에게 한국 사람들은 혈연을 무척 중요시해 피가 다른 아이를 키우는 걸 기피하는 편이고, 거기다 양육비까지 엄청 비싸서 입양하는 가정이 별로 없다는 설명을 하는데, 내가 너무 말도 안 되는 소리를 하는 것 같아서 차라리 나도 우리나라가 왜 해외입양을 보내는지 몰라, 하고 대답하지 않은 것을 곱씹으며 후회했다.

이 스웨덴 부부는 어지간히 지쳐 있었고, 특히 아저씨는 지치다 못해 지겨워하는 눈치다. 아저씨는 "이젠 버스를 타야 할 때라고, 산티아고까지 단숨에 날아가겠다."는 말을 되풀이해 내뱉는다. 그 기운에 중독될까 무서워 난 발걸음을 조금 서두른다.

겨우 겨우 힘들게 레리에고스Reliegos에 들어선다. 어제 여기까지 올 생각을 했다니 내가 잠시 미쳤던 게 틀림없다.

바의 야외 테이블에 앉아 있는 다니엘이 날 향해 손을 흔든다. 어제 알베르게에서 알게 된 독일 애 크리스도 같은 테이블에 앉는다. 크리스는 무척이나 외모가 특이하다. 공상과학영화에 외계인 역으로 캐스팅된다 해도, 과연 적절하군, 하고 탄복할 것 같다.

크리스는 촬영감독이 되고 싶어서 영화학교에 다니는데, 독일 영화계가 너무 암담하여 자신의 미래에 대한 근심으로 현재 학교를 쉬고 이렇게 여행 중이라고 한다. 독일 영화계는 완전 할리우드의 밥이라고 한다. 기운이 쏙 빠진다.

난 크리스에게 '우리나라도 한때는 그랬다. 그러나 소비자들의 기호를 파악하는 기획력과 수많은 재능 있는 젊은 인력들로, 항상 밀리던 한국 영화가 조금씩 인지도를 높여 갔고, 급기야 할리우드 영화를 넘어서는 흥행의 힘이 생겼다'라고 얘기해 주고 싶었지만, 워낙에 짧은 영어 실력이라 음, 음, 그렇구나, 하며 고개만 끄덕여 준다. (그러나 요즘 우리나라 사정도 썩 좋지 않단다.)

그래도 기운을 조금 북돋아 주려고 "나, 로비 뮐러(독일 촬영 감독. 빔 벤더스 감독과 작업을 많이 했음)가 촬영한 영화들 좋아해." 하니까 얼굴이 확 핀다. 당연하지. 나도 누가 한국 영화 봤다는 얘기 들으면 기분 좋더라.

만실라 데 라스 물라스Mansilla de las Mulas로 들어선다. 작지만 고풍스런 느낌이 한껏 묻어나는 마을이다. 이곳의 알베르게는 6인실인데 아무 방이나 들어가고 싶은 방으로 들어가란다.

빈 침대가 가장 많은 방에 짐을 푸는데 나중에 피에렛이 날 발견하고 자신의 방으로 끌어들여서 방을 옮기고 나니 어제와 같은 멤버가 되어 버린다. 피에렛과 꼴롱브, 독일 커플 —여자애는 밝고 건실해 보이는데, 남자애는 눈빛도 불량하고 술을 지나치게 마시는 듯하다— 다니엘, 그리고 나.

오늘은 다니엘 생일이다. 그래서 피에렛과 꼴롱브가 저녁을 해 주겠다고 했단다. 피예렛이 "너도 참석 필수야." 해서 오늘 저녁은 그렇게 해결 본다.

이 마을은 들어설 때부터 느낌이 참 좋다. 그래서 천천히 마을 구경을 다니는데 마을이 끝나는 곳에 강과 함께 마을을 둘러싼 벽의 잔재가 남아 있다. 강과 다리와 함께 서 있는 벽이 꽤 잘 어울린다. 가이드북을 보니 12세기에 지은 것이란다.

12세기에는 이 마을이 꽤 중요한 곳이었나 보다. 이렇게 벽으로 마을을 보호했던 것을 보니. 다리에 기대 벽을 구경하는데 누가 등을 툭 친다. 크리스다. 그는 오늘 레온까지 가겠단다. 40킬로미터 가까이 걷겠다니 역시 젊음은 다르구나 감탄하며 "화이팅! 부엔 카미노!" 하고 외쳐 준다.

원래 조용하기도 하지만 시에스타 시간이 되자 거리는 더욱 한적해진다. 다니엘이 심심해서 견딜 수 없다고 뭐라도 마시러 가자고 해서 바에 간다. 시에스타 시간에 그나마 바는 문을 닫지 않으니 정말 다행이다.

오늘 다니엘은 이런저런 개인적인 얘기도 하고 나에 대해서도 묻는다. 내 나이를 들은 그녀의 얼굴색이 확 변한다. 거의 배신감마저 느끼는 게 아닌가 싶을 정도다. 몇 번이나 되풀이해서 묻는지 모른다. 차라리 그냥 거짓말할 걸 그랬다.

다니엘은 내가 스무 살(정말 어찌나 다들 고마운지) 정도라고 생각해서 어린아이 보살피는 그런 심정이었는지, 혹은 둘이 그다지 나이 차이도 안 나는데 자신보다 훨씬 어려 보인 내가 좀 미운지 그 다음부터는 좀 까칠하게 군다.

참나, 원래 당신들 서양 사람들 눈에는 동양 사람들이 어려보인다구요. 내 잘못이 아니라구요.

알베르게의 주방은 아주 작은데 요리하는 사람은 너무 많아서 후끈거릴 정도다. 스파게티를 준비하는 피예렛이 요리가 너무 더디어지자 한숨을 내쉰다.

"아, 이게 마지막이야. 다시는 요리 안 해."라는 말을 반복한다. 나도 뭔가 실질적인 도움이 되고 싶지만 밖으로 나가 주방 공간이나 좀 넓혀 주는 게 도와주는 길인 것 같아, 테이블에 차려 놓은 치즈만 야금야금 잘라 먹는다. 주로 만체고Manchego라는 치즈를 먹었는데 무지 고소해서 내 입맛에 딱 맞는다.

스파게티에 와인, 치즈, 그리고 케이크(커다란 케이크가 아니라 네 조각의 조각 케이크다. 다니엘이 첫 번째로, 내가 두 번째, 그 다음 퀘벡 여인들이 하나씩 고른다).

다니엘이 아주 감동받은 얼굴이다. 낯선 공간, 낯선 이들에게 둘러싸여 생일을 맞는 그녀의 감회는 분명 남다르리라. 이렇게 자신의 생일을 축하해 주는 사람들이 옆에 있으리라고 정말 생각도 못했을 거다.

레온에 가기에 앞서 이곳에 머무는 사람들이 많은지 방은 물론이고, 복도에도 매트리스를 놓고 자는 사람들로 가득해서 화장실 가기도 힘들다. 시간이 지나도록 마당이 조용해지지 않는다 싶었는데 밤이 되니 오히려 더 떠들썩해진다. 심지어 맥주병을 들고 비틀거리며 다니는 사람도 있다. 이거 완전 파티 게스트하우스 분위기다.

이렇게 흥청대는 알베르게는 처음이어서 적응이 안 된다. 대부분의 알베르게들이 다른 사람들에게 방해가 되지 않게 밤에는 각별히 정숙을 요구하는데, 어쩌다 이 별난 상황이 벌어진 것인지 정말 신기하다.

누군가 밖으로 나가 훈계하는 소리가 창을 통해 들려온다. 잠시 조용해지는 듯하더니 다시 목소리들이 커진다. 이미 제어하기에는 때가 늦었나 보다.

자고 싶지도 않지만 이미 취해 버린 사람들 속에 섞이고 싶지도 않다. 어쩔 수 없이 침대에 누우니 기분이 조금 묘하다.

오늘날 엘 카미노가 더는 종교적인 길은 아니라고 해도, 그래도 최소한 자신과 좀 더 진지하게 만나고 싶어서 이 길을 걷는다고 생각했는데, 타인은 배려하지 않고 목청껏 불러 대는 노랫소리와 술에 취한 목소리들을 들으니 즐기고 싶어서 안달 난 사람들 같기만 하다. 저토록 놀고 싶으면 그간에 적당한 곳이 얼마든지 있었을 텐데 왜 하필 이곳으로 왔는지 이해가 안 간다.

뒤숭숭한 마음으로 계속 뒤척이다가 어느 순간 스르르 잠이 든다.

21일째

만실라 데 라스 물라스 → 레온

발길을 멈추고, 축제의 열기 속으로 스며들다

사람들 얼굴이 다 찌뿌드드하다. 다들 어젯밤에 대해서 성토하는 분위기다. 젊은 애 몇몇이 분위기를 그렇게 몰아갔다며, 특히 한 이탈리아 애가 주모자라고 핏대를 세운다. 누굴까? 이 길에서 이렇게 누군가가 비난받는 것을 본 적이 없어서 잠시 호기심이 인다. 누구냐? 어떻게 생긴 놈이냐?

꼴롱브는 발목이 너무 부어서 오늘 걸을 수가 없다고, 이 마을에서 하루 더 쉬어야겠다고 한다. 꼴롱브가 다시 만나기 힘들 거 같다며 여행 좋아하면 퀘벡에 한번 놀러 오라고 자신의 주소와 전화번호를 적어 준다. 아주 아름다운 곳이라는 말도 빼먹지 않는다. 그들이 무사히 산티아고까지 갈 수 있기를 바라며 꼴롱브와 피에렛, 두 선한 퀘벡인과 포옹을 나누고 헤어진다.

오늘 드디어 레온에 간다. 부르고스보다 훨씬 아름다운 곳이라고 사람들은 말한다. 과연 내 맘에도 드는 곳일까?

날마다 해야지 하면서도 잘 잊어버리는 것 중 하나가 바로 비타민 복용이다. 길에 아무도 없고 해서 지팡이로 박자 맞춰 가며 큰 소리로 노래를 부르며 걷다가 오늘도 비타민을 안 먹었다는 것을 떠올린다. 떡 본 김에 제사 지낸다고, 생각난 김에 그 자리에 우뚝 서서 지팡이를 겨드랑이에 끼고 보조가방에 든 비타민을 먹고 물을 마시는데, 갑자기 "올라!" 하며 내 머리 위로 얼굴 하나가 불쑥 나타나는 게 아닌가? 후, 사래 들릴 뻔했다.

거기다 내 노래까지 들었을 거라는 생각이 동시에 파바박 드니 얼굴이 확 달아오른다. 도대체 언제부터 내 뒤에 있었던 거야?

내가 캑캑거리자 불쑥 들이댄 얼굴의 주인이 매우 미안해하며 안절부절못한다. 그래서 내가 이 친구에게 화를 벌컥 냈느냐 하면, 못 냈다. 내가 와락 화를 내기엔 요 녀석 너무 예쁘게 생겼다. 사람 맘 약해지게시리.

이탈리아에서 온 필리포는 지금까지 만난 이탈리아 사람들에 대한 부정적인 인상을 단번에 날려 버릴 정도로 느낌이 좋은 청년이다. 게다가 스칼렛 요한슨처럼 생긴 애가 수줍음까지 많으니 무척이나 귀엽다. 무릎이 아파서 다른 아이들처럼 휙휙 날 지나쳐 가지 못하고 나처럼 천천히 걷는다.

그러고 보니 론세스바예스로 가던 길에 품었던 생각이 떠오른다. 두 트럭 정도 되는 꽃미남이 이 길을 밝혀 주었으면 좋겠다고 했던 소박한 소망이. 그러나 현재 스코어, 두 트럭은커녕 이륜 전동차 한 대 채우기도 힘들 것 같다. (네 얼굴 한번 쳐다보고 얘기하라는 그런 이성적인 얘기는 하지 마시길.)

그런데 얘가 자기는 어제 무릎이 아파서 레리에고스에 묵었지만 자기 친구는 만실라까지 갔다며 자기 친구를 봤냐고 묻는다.

엉? 그럼, 오늘 아침 원성이 자자했던 그 이탈리아 애가 혹시 이 아이의 친구? 친구를 보면 그 사람을 알 수 있다고 하던데, 둘의 조합

이 영 아니다. 한 이탈리아 남자애가 알베르게에서 욕을 바가지로 얻어먹었다는 말을 해 주려다 만다. 그런 자세한 설명이 필요한 영어를 섣불리 시도할 정도로 난 무모하지 않다.

필리포는 열심히 가이드북을 체크해 가며 걷는 스타일이라 난 옆에서 따라가기만 한다. 그의 가이드북을 잠깐 빌려서 봤는데 스페인 · 프랑스 · 이탈리아의 가이드북은 모두 편집이 비슷하다. 같은 출판사에서 만들었는지 모르지만 그림이 많은 게 보기에도 편하고, 여러 가지 정보들도 많다. 나의 영국산 가이드북은 작다는 거 하나 빼고는 장점이 하나도 없다. 스페인에 들어와서 살 걸 그랬다고 다시 한번 후회한다.

필리포가 레온으로 들어가는 길은 무척 흉하다며 미리 경고해 준다. 그리고 역시 그랬다. 부르고스에 들어설 때도 그랬지만 대도시 인근 지역은 정말 보기 싫다. 보기 싫은 것만 아니라 공사 때문에 가드레일을 넘어가기도 해야 하는 등 위험하고 조심해야 할 곳이 있다.

그래도 오늘 이 길이 그다지 싫다는 생각이 안 든다. 후후후, 역시 잘생긴 총각과 함께 걸어서 그런가?

레온 시내로 들어와서는 화살표가 좀 복잡한데 이 친구가 길을 잘 찾아간다. 도로 중앙에 알베르게 표시가 나오는데 필리포가 가이드북을 보더니 다른 곳으로 가자고 한다. 두 개의 알베르게 중 베네딕트 수녀회에서 운영하는 곳이 더 좋단다.

"혹시 아니어도 나를 미워하지는 말아 줘." 하며 양팔로 엑스 자를 그리는 필리포. 하하, 애도 참 쓸데없는 걱정을. 이 누나가 왜 널 미워하겠니?

일요일이라 무척이나 조용하던 도시가 구시가로 들어서자 아주 떠들썩하다. 야호! 레온은 지금 축제 중이다.

알베르게 앞 광장에 야외무대가 마련되어 있고 사람들로 인산인해를 이룬다.

축제 때 도착하다니 이거 운 좋은 걸, 하며 알베르게 안으로 들어서는데 꼴롱브가 환하게 웃으며 다가온다. 어, 이게 어찌된 일이지?

만실라 알베르게의 자원봉사자가 이곳까지 차로 데려다 주었단다. 만실라에서 보내는 것보다는 레온에서 시간을 보내는 쪽이 나을 것이라며.

오는 길에 피에렛을 못 봤냐고 묻는다. 그녀는 내가 출발하고 한 시간쯤 후에 출발했다며 피에렛 오면 같이 점심 먹자고 한다. 고개를 끄덕이는 내 마음은 사실 조금 실망스럽다. 내심 필리포랑 먹으려는 계획을 세우고 있었는데. 쩝.

레온에서부터 걷기 시작하는 사람들이 많아서 그런지 알베르게가 사람들로 북적거리고 침대 배정을 받는 데에도 시간이 제법 걸린다.

얼굴에 장난기 가득한 자원봉사자가 내 국적을 묻더니, “올해는 한국인들 참 많이 왔어.” 한다. 나뿐만 아니라 거기 있던 사람들도 다 놀란다. “우와, 정말?” 하고 반가워하는 나에게 “그럼, 한 세 명쯤?” 하며 장난을 친다. 칫, 난 한심한 농담이라고 생각하는데 다른 사람들은 열심히 웃어 준다.

그 봉사자가 이번에는 한국어로 된 안내서가 없어서 미안하다고 혹시 일본어랑 비슷하지 않으냐며 굳이 일본어를 찾아서 내민다. 난 한국어랑 일본어는 전혀 다르다고 펄쩍 뛴다. 내 옆에 있던 오스트리아 커플도 정말 그러냐는 표정으로 날 쳐다본다. 아, 그렇다니까 그러네.

이곳에는 세 종류의 방이 있다. 남자들만의 방, 여자들만의 방, 다른 모든 알베르게와 똑같이 어느 누구나 들어가는 방. 나는 물론 여자 방을 선택한다. 이틀간은 코 고는 소리에서 해방이다. 야호! 그러는 사이 그 봉사자가 필리포에게 "당연히 믹스 룸이지?" 하며 눈을 찡긋한다.

밖으로 나오니 축제로 온 도시가 시끄럽다. 바마다 사람들로 가득하고 야외에도 이런저런 음식들이 가득 차려져 있다. 하지만 사람들이 워낙 많아서 가까이 갈 엄두가 안 난다. 물론 그 음식들이 공짜인지 혹은 식권이라도 구매하고 먹어야 하는 것인지도 잘 모르겠다.

잠시 후 요란하게 치장한 당나귀가 끄는 마차들이 행진을 한다. 무슨 퍼레이드인가 싶었는데 가장 잘 꾸민 마차를 뽑아 상을 준단다. 레이스를 치렁치렁 단 마차 안팎으로 뭔가 주렁주렁 달았는데 가까이 가서 보니 햄과 농작물들이다. 아마도 자신들의 수확물로만 장식을 하는 것인가 보다.

지나가는 마차들을 향해 사진을 찰칵찰칵! 모든 마부들이 전통의상을 입고 있어 실감이 난다. 그들이 쓴 까만 모자가 멋스러워서 살짝 탐이 난다.

어디선가 내 이름을 부르는 소리가 들린다. 이렇게 내 이름을 정확하게 부르는 사람이 없었기에 깜짝 놀라 돌아보니 크리스다. (이 친구, 자기 예전 여자 친구가 한국인이라고 했는데, 4개 국어 하는 녀석이 간단한 한국말 하나 아는 게 없어서 거짓말일 거라고 내심 생각하고 있었다. 그런데 의외로 발음이 정확하여 그 순간 정말이었나 싶다. 그렇다. 내가 원래 의심이 좀 많다.)

저녁에 카테드랄에서 오르간 연주회가 있다는 정보를 알려 주기에 피에렛과 함께 가기로 약속한다. 아름답다고 소문난 카테드랄에 간다. 산티아고로 가는 길에 만나는 작은 성당들은 대부분 로마네스크 양식인데 큰 성당들은 하나같이 다 고딕 양식이다. 웅장하고 높다란 고딕 양식의 성당들이 동그란 느낌의 아기자기한 로마네스크 양식보다 애초부터 설계가 크게 나오는 것일까?

레온의 카테드랄 역시 그러한데 스테인드글라스가 유독 아름답다. 200개 가까운 창문에 다양한 그림이 화려하게 펼쳐져 있다. 13세기부터 20세기까지 각 세기마다 만든 작품이란다. 그림의 주제도 성서의 내용부터 일상의 모습까지 아주 다양하다. 성당 안을 구경하는데 한 무리의 동양인이 들어온다.

피에렛이 달려와 "혹시 한국인들 아니야?" 하고 묻는다. 그랬으면 좋겠지만 유감스럽게도 아니다. 일본 단체 관람객들이다. 레온이 일정에 들어 있다니, 패키지 프로그램이 무척이나 다양하고 세심한 모양이다.

울리를 레온에서 다시 만났다. 그녀는 이번 엘 카미노를 끝냈다고 한다.

"페레그리노는 이제 안녕! 내일부터 난 투어리스트야!" 살라망카와 아빌라Avilla를 둘러본 후 독일로 돌아간다고 얘기하는 그녀의 표정이 한껏 들떠 있다.

Spain _León

간이무대에서 전통의상을 입고 춤추는 여인들.

행진을 앞두고 노닥거리는 마부들.

주로 말들이 마차를 끄는데
3번 마차는 소들이 끈다.

행진하는 당나귀들. 시큰둥한
표정이 하기 싫은 거 억지로 하는 눈치다.

전통의상을 입은 레온의 청춘들.
둘의 조화가 꽤 근사하다.

예쁜 스카프를 두른 언니.

빵이나 하몽을 비롯해
자신들의 특산물을 주렁주렁 단 마차들.

골목에 일렬로 장이 쭉 섰다. 다들 전통의상을 입고 장사하는데 대부분 수제품들을 판다. 나도 카카오 함량이 80퍼센트가 넘는 커다란 다크 초콜릿을 하나 산다.

축제를 즐기는 인파들 때문에 골목 하나 통과하기가 무척 힘들다. 우리나라 떡방아 찧는 모습과 흡사한 빵 만드는 모습도 지켜보고, 역시 전통의상을 입고서 하는 코믹 연극도 구경한다. 어렸을 때 외갓집 가서 본 장날 풍경과 비슷한 것 같아 정이 듬뿍 간다.

광장에 순위 결정이 끝난 마차들이 진열되어 있다. 내 맘에 든 마차는 2등을 했다. 아무리 봐도 1등보다 훨씬 예쁜 것 같은데. 내 마차도 아닌데 아쉬운 마음이 가시지 않는다. 울리가 2등한 마차가 더 예쁜 것 같다고 내 의견에 동조해 주어서 기분이 좀 나아진다.

크리스가 말한 시간에 맞춰 대성당으로 다시 간다. 그런데 연주회는 열릴 기미가 안 보인다. 울리가 이 성당이 맞느냐고 묻는다. 크리스가 맞다고 자신 있게 대답했으나 시간이 조금 더 흐르자 우리는 다들 심히 의심스러워진다. 날짜, 시간, 장소 이 세 가지 중 뭔가 하나는 틀린 것이 분명하다.

울리가 어딘가에 휙 갔다 오더니 이 성당이 아니란다. 우린 서둘러 그 성당을 찾아 나섰으나 이 작은 구시가 안에 성당이 어찌나 많은지 결국 우리는 오르간 연주회를 놓치고 말았다.

"뭐야? 성당 이름도 하나 못 외우고, 우리 너 때문에 연주회 놓친 거다." 하면서 크리스에게 마구 면박을 준다. 크리스도 통감하는지 고개를 못 든다.

레온 대성당. 13세기 중반부터 백 년 동안 황금 모래석으로 지었다. 그래서인지 건물이 반짝거린다.

저녁을 먹으러 가네, 어쩌네 하다가 골목에서 사람들을 잃어버렸다. 울리만 빼고. 울리랑 가볍게 저녁을 해결하고 공연을 보러 간다.

각 마을을 대표한 사람들이 전통의상을 입고 나와 전통 춤을 춘다. 상이 걸린 대회인지 그냥 발표회 비슷한 것인지 모르겠지만, 비슷하면서도 조금씩 다른 자신들의 고장의 멋을 뽐내는 모습이 보기 좋다.

그리고 더 좋았던 건 그들의 연령대가 하나로 편중되지 않고 노인부터 어린아이들까지 다양하다는 것. 젊은이들이 전통의상을 입고 마을 일에 열심인 모습이 무척이나 좋아 보인다.

여자들은 주로 화려한 자수를 놓은 검정 치마를 입었는데 울리 말로는 그런 옷들은 무척이나 비싸단다. 아마도 다 손으로 작업하기 때문이 아닐까 싶다. 공연을 더 구경하고 싶지만 아홉 시 반이면 알베르게 문을 닫아 버리기 때문에 아쉬운 마음을 가득 품은 채 엉덩이를 일으킨다.

알베르게 바로 앞에서 어떤 남자가 술에 잔뜩 취해 비틀거린다. 그 옆에서 그 남자를 달래는 여자가 보인다. 가까이 가서 보니 어제까지 이틀 내내 같은 방을 쓴 독일 커플이다.

저 남자애는 항상 술에 절어 있다. 저런 놈이 뭐가 좋다고 저 착한 여자애가 옆에 붙어 있는 것인지. (여자애 이름은 잊어버렸다. 남자애가 술에 잔뜩 취해 코를 골면서 자면 여자애가 계속 "볼프강! 볼프강!" 하고 엄청 깨워 대서 남자애 이름만 기억한다.)

울리도 그 커플을 본 적이 있는지 "저 남자, 알코올 중독 때문에 여기에 왔다는데 의지가 없으면 아무 소용없지."라며 혀를 찬다. 당연하다. 단지 걷는다는 것으로 자신의 문제를 치유할 수 없다. 그리고 단지 걷는다는 것만으로 자신이 변화할 수도 없다.

도미토리 안으로 들어가자 꼴롱브가 눈을 동그랗게 뜨며 "어디 있었어?" 하고 묻는다. 어디 있긴요, 내내 레온에 있었지요.

이 알베르게에서도 자원봉사자들이 준비해 놓은 아침을 먹을 수가 있다. 그리고 자신이 알아서 기부금을 내면 된다. 물론 안 내도 왜 안 내냐고 따지지도 않고 기부금 내라고 깡통을 흔들어 대지도 않는다. 물론 그다지 훌륭한 아침은 아니니 설사 기부금을 안 낸다고 해도 그리 미안하지는 않을 것 같다.

아침을 먹으러 가니 이미 테이블이 만원이다. 새로운 사람이 들어서면 다 먹은 사람들이 알아서 자리를 비워 준다. 날 보자마자 그 장난기 가득한 봉사자가 아주 큰 소리로 "코레아나, 잘 잤니?" 하고 외친다. 얘가 완전 내 국적 홍보요원이다. 볼 때마다 코레아나를 외쳐 댄다.

어디선가 소곤대며 "코리아가 어디 있는 나라냐?"라고 묻는 소리가 들린다. 저건 어느 나라 바보냐? 확 돌아보니 필리포가 손을 들어 인사한다. 그 바보는 필리포 옆에 앉아 있는 녀석인데 아마도 필리포 친구인 모양이다. 생긴 거며, 말투며 아주 딴판이다. 역시 유유상종이란 말은 믿을 게 못된다.

"일본이랑 중국 사이에 있어. 월드컵 개최한 나라. 몰라?"라고 필리포가 대답해 준다. 월드컵 하길 정말 잘했다.

오늘은 레온에서 하루 쉬는 날이다. 첫날은 도네티보였지만 이틀째부터는 6유로를 내야 한다. 그래도 유스호스텔에 비교하면 싼 가격이다.

알베르게를 나오니 너무 춥다. 사람들 말로는 일식이어서 더 춥다는데 그 말이 맞는 말인지는 모르겠다.

피에렛, 꼴롱브와 함께 쇼핑을 나선다. 그러나 아직은 너무 이른 시간이라 문을 연 곳이 없다. 다시 바에 들어가 따스한 커피로 몸을 녹인다. 나에게는 따뜻한 외투가 필요하다. 아침마다 겪는 이 추위를 견디려면 제법 든든한 녀석을 사야 할 것 같다. 스페인에 가면 다들 한 아름 사온다는 브랜드의 가게로 갔지만, 마땅한 녀석이 없다. 가을 점퍼 정도로는 성에 차지 않는다.

퀘벡 커플은 내복을 산다. 내복 하나하나 다 입어 보고 일일이 확인하는 모습이 무섭다. 몇 개씩이나 입어 보고 가게를 그냥 나가기도 한다. 내복 바지는 다 늘어났는데…. 굳은 표정의 가게 점원들이 욕하는 것 같아 괜히 내 뒤통수가 뜨겁다.

쇼윈도에 파카가 걸려 있는 가게가 보인다. 그다지 무겁지도 않고 따뜻해 보여서 산다. 지금 나에게는 디자인보다는 보온성이 훨씬 중요하다. 근데 나중에 보니 아동복이다. 내가 여기서는 아동복을 입어도 되는 사이즈라니 조금은 감동이다.

양말이나 장갑 같은 자질구레한 것까지 쇼핑을 마치고 본격적으로 레온 관광에 나선다.

레온은 참 예쁜 도시다. 아기자기하면서도 격조 있고 친근한 느

안뜰에서 바라본 을씨년스러운 산 이시도르 성당.

낌이 든다. 축제는 수요일까지 이어지지만 월요일인 오늘은 어제보다 한결 한산하다.

항상 느끼는 것이지만 사진으로 먼저 접하고 그 후 실물을 만나면 대개 자연은 사진보다 훨씬 광활하고 다채롭고 풍요로운 느낌을 주는 반면, 건축물들은 "애개 겨우 요거였어?" 하고 그 빈약함과 초라함에 실망하는 경우가 많다.

산 이시도로San Isadoro 성당도 그렇다. 사진으로 본 바실리카는 무척이나 멋졌는데 막상 직접 와서 보니 색이 너무 바래서 그런지 무척이나 초라하다.

산 이시도로 성당의 상징인 바실리카 양식의 실내가 표 전면에 찍혀있다. 실제로 보면 너무도 색이 바래 많이 아쉽다. (성당 안에선 촬영 엄금이다. 물론 나도 안 찍었다.)

"산 이시도로 가야 된다."라고 계속 노래를 불러 대던 피에렛도 입이 삐죽 나왔다.

이걸 보려고 낸 입장료가 아까워서 열심히 가이드 따라다니며 평소 그다지 관심도 없었던 보물 구경을 한다. 왠지 자꾸 속은 기분이 들어서 사진 찍지 말라고 한 곳에서는 반항심으로 사진도 한두 방 찍는다.

피곤해 하는 그들과 헤어지고 혼자 레온 거리를 거닌다. 가우디가 지었다는 카사 데 로스 보티네스Casa de los Botines 앞에 놓인 벤치에 앉아 엽서를 쓴다. 노란 우체통에 기분 좋게 엽서들을 넣고서는 집에 전화를 건다.

엄마는 여전히 걱정이 가득한 목소리로 언제 오냐고, 좀 빨리 돌아오라고, 돈은 있는 거냐고 묻는다. 엄마의 목소리가 따스하고 아득하고, 그러자 내가 있어야 할 곳에서 멀리 온 이방인이라는 느낌이 강하게 든다. 그 출렁이는 두근거림이 아직까지는 아주 맘에 든다.

축제가 무르익어 가는 레온의 거리를 어두워지도록 쏘다닌다.

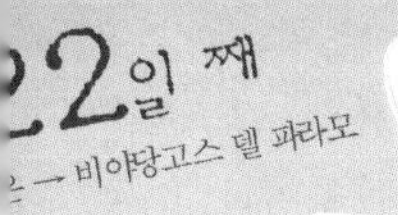

구원은 항상 예기치 않은 곳에서 온다

이틀째 알베르게에서 아침을 얻어먹는다. 내가 앉은 테이블의 여자 네 명의 국적이 모두 다르다. 에스토니아, 폴란드, 오스트레일리아 그리고 대한민국.

난 처음으로 본 폴란드나 에스토니아 애(정말 슈퍼모델같이 생겼다)들이 신기한데, 그들은 내가 더 신기한 모양이다.

폴란드 애가 어떻게 여기를 알고 왔냐고 물어서(정말 스무 번은 더 들은 질문) 다큐멘터리와 책에서 봤다고 했더니 "파울로 코엘료?" 하며 반긴다. 자기도 그의 책 때문에 이곳에 오게 됐다며. 코엘료의 책 때문에 수많은 브라질 사람들이 엘 카미노를 찾게 되었다는 말은 들었지만 그게 단지 브라질만의 얘기는 아닌 모양이다.

구시가를 벗어나니 하루를 시작하는 레온 시민들로 가득하다. 학교에 가는 십대 아이들이 배낭 멘 이방인인 나를 뚫어지게 바라본다. 레온은 신시가지도 깔끔하니 정말 느낌이 좋은 도시다. 여기서 살아도 정말 괜찮을 것 같다는 생각이 절로 든다.

국도 옆으로 나란히 나 있는 길을 지루하게 걷는데 갑자기 화살표가 어지러이 여러 방향을 가리킨다. 하나는 짧지만 계속 국도 옆을 걷는 것이고, 하나는 많이 돌지만 들판 사이를 걸어가는 길이다. 잠시 고민을 한다. 어제 쉬어서인가? 오늘은 유달리 피곤하다. 지루하기는 하지만 그냥 어서 빨리 오늘의 목적지까지 가고 싶다는 생각이 든다.

가방을 내려놓고 잠시 쉬며 고민하는데, 만실라 알베르게에서 만났던 할아버지가 활기차게 걸어온다. 자기 애인이 태국 출신인데, 동양 여자들이 어쩌고저쩌고 하며 떠들어 맘에 들지 않았던 할아버지다.

나를 보자 날 마구 일으켜 세우려고 든다. 그러면서 늙은 자기도 우회해서 가니 젊은 너는 당연히 그래야 하지 않겠느냐며 자꾸 길을 재촉한다. 짜증이 확 나서 먼저 가시라고, 나는 이쪽으로 갈 거라고 도로를 가리켰다. 할아버지가 어깨를 한 번 으쓱해 보이고는 바로 발걸음을 옮긴다.

잠시 고민했지만 역시 어서 빨리 알베르게에 가서 쉬고 싶다. 이럴 때는 풍경, 경치 이런 거 눈에 전혀 안 들어온다. 무조건 빨리 도착하겠다는 생각으로 국도 변을 따라 걷기 시작한다.

길가 벤치에 작은 바구니가 놓여 있다. 그 안에 과일과 빵 등 먹을거리가 가득하다. 바구니 위에 작은 팻말이 붙어 있다. 산티아고까지 가는 길을 잠시 멈추고 이것들을 먹으면서 쉬라고 씌어 있다. 누가 준비해 놓은 것일까? 국도 변에 있는 이 마을은 아주 작다. 난 먹을 생각은 없지만 바구니 주인의 따스한 마음을 생각하며 못생긴 사과 하나를 집어 든다. 사과의 감촉에 마음이 든든해진다.

길이 힘든 것도 아닌데 유독 지치는 기분이다. 걸어가는 사람이 하나도 없다. 흡사 오늘 이 구간을 걷는 사람은 나밖에 없는 것 같다.

그런 나에게 힘을 주려는 것인가? 어디선가 나타난 인자하게 생긴 할아버지 한 분이 아무 말 없이 나에게 꽃을 내민다. 스페인 사람들은 누군가에게 기운 내라는 의미로 꽃을 주는 모양이다. 한참 동안 그 꽃을 들고 걷는다. 정말 그 꽃이 힘을 준 것 같아 휙 버리기가 뭐해서 풀밭에 예쁘게 꽂아 준다.

길이 이상하다. 화살표도 없고 물어볼 사람도 없고 좀 불안한데 가다 보니 다시 화살표가 나오고 예고도 없이 턱 하니 비야당고스 델 파라모Villadangos del Paramo의 알베르게가 나타난다. 알베르게가 도로 바로 옆에 있다. 예전에 학교였다더니만 딱 그 모양새다. 교실이 두 개쯤 있을 것 같은 아주 작은 산골 분교의 모습.

한산한 건물 안으로 들어간다. 칸으로 나뉜 방마다 양쪽으로 이층침대가 하나씩 놓여 있다. 꼭 기차 콤파트먼트 칸(compartment, 칸막이 된 객실) 같다. 맨 끝까지 들어가니 꼴롱브와 피예렛이 침대에 누워 있다. 그곳만 싱글 침대다. 내가 들어서니 "올라! 꿰 탈Qué tal?(안녕? 어때, 괜찮아?)" 하며 놀린다.

양말을 벗으니 발뒤꿈치 물집이 어마어마하게 크다. 그래서 오늘 유난히 힘들었나? 바늘로 물집을 찌르니 속이 시원할 정도로 엄청난 고름이 밖으로 나온다. 냄새까지 나는 지독한 고름이다. 치약 짜듯 꾹꾹 눌러 짜고 혹시나 남아 있는 물을 위해 실을 꿰어 놓은 채 반창고를 붙이니 속이 다 시원하다.

문 여는 시간에 맞춰 성당에 간다. 신부님이 스페인어로 열심히 성당 가이드를 해 주신다. 이 성당의 산티아고 상은 무척이나 호전적

이다. 말을 탄 채 칼을 휘두르고 있다.

산티아고는 9세기에 이슬람과의 전투에서 무어Moor인들을 완전히 쓸어 버려서 스페인의 수호 성인이 되었다고 한다. 사도 산티아고(야고보)는 1세기 사람이고, 800년경에 산티아고 데 콤포스텔라에서 산티아고의 무덤을 발굴한 것으로 추정한다니, 이 둘이 같은 산티아고인지, 전자는 단지 전설일 뿐인지 잘 모르겠다.

아무튼 이 성당에서는 양쪽의 의미를 전부 포괄한 산티아고를 기린다고 한다. 신부님이 스탬프를 찍어 주겠다고 해서 찍었는데 역시 스탬프의 문양도 말을 탄 산티아고 모습이다.

성당 구경까지 하고 나니 무척이나 배가 고프다. 이 마을의 몇 안 되는 레스토랑 중 저녁시간이 가장 이른 곳은 일곱 시 반(꼴롱브가 미리 조사해 두었다). 그러니 그때까지는 참아야 한다. 사실 그 레스토랑 외관이 아주 낡아서 피예렛은 좀 주저하는 듯 보였지만 다른 곳은 여덟 시여서, "삼십 분 빠른 게 어디냐?" 하며 내가 그냥 막 밀어붙인다.

식사시간을 기다리며 아페리티브 한 잔 하러 들어간 바에서 퀘벡에서 온 가족을 만났다. 부부와 대학생 아들이다. 퀘벡 사람들 진짜 많이 온다. 엄청 많은 캐나다 사람들을 만났지만 백 퍼센트 다 퀘벡 사람들이다.

아무튼 그들과 같이 내가 점찍어 놓은 레스토랑에 들어갔는데 허름한 외관과는 어울리지 않게 내부는 매우 훌륭해 깜짝 놀랐다.

이 레스토랑은 지상에서 문을 열고 들어가면 내부는 지하로 연결되어 있다. 길에서 우리나라 방공호 비슷한 것을 심심찮게 봤는데 다 같은 종류란다. 직원이 이런 건물을 '보데가'라고 부른다며, 더운 스페인 날씨에 시원하게 보낼 수 있고 와인을 저장하기에도 좋다고 설명해 준다. 자신의 가게에 대한 자부심이 대단한지 여기저기 데리고 다니며 구경도 시켜 준다.

보데가. 창도 없고 절반은 땅 밑이라 들어가면 방공호처럼 아주 시원하다.

안은 이렇게 잘 꾸며 놓고서 밖은 왜 그리도 신경을 안 썼는지 모르겠다. 들어오는 사람들마다 다들 놀란 표정이다. 혹시 주인이 이런 효과를 노린 것인가 하는 생각을 잠시 해 보았다.

이 레스토랑의 하우스 와인이 아주 맛이 좋아서 계속 마시다 보니 좀 취했다. 와인 마시고 취하는 법은 없는데 정말 많이 마신 모양이다. 평소에는 영어를 잘 못 해서 머릿속에서 문장을 다 생각한 후에 입을 열고는 했는데 입이 제멋대로 막 움직인다.

알베르게로 돌아오니 같은 방 남자애들이 "코레아나 어쩌고저쩌고." 한다.

평소라면 못 들은 체했을 텐데 또 입이 막 나불거린다.

"니들, 나 한국 사람인 거 어떻게 알았어? 다들 일본인이라고 생각하는데…."

이 친구들 내가 먼저 말을 걸어 주니 신이 나서 떠든다. 레온에서 친구에게 들었단다. 알베르게에서 한국 여자애를 봤다고.

흠, 역시 그 말 많은 자원봉사자 덕에 사람들이 다들 내 국적을 알았구먼.

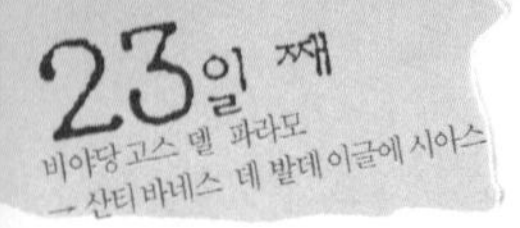

우리는 너희가 오늘 저녁 무엇을 먹을지 알고 있다

어젯밤에 살짝 걱정했는데 역시 숙취가 올라온다. 새벽에도 계속해서 잠에서 깨고 후덥지근하더니만 아아, 머리도 지끈거리고 속도 쓰리다. 콩나물국이 그립다. 후루룩 마시고 싶다. 집에서는 술 마신 다음 날 엄마가 항상 콩나물국을 끓여 주셨는데. 으윽, 생각해 봐야 국이 나오는 것도 아니고 속만 더 탄다. 어쩔 수 없이 오렌지 주스로 겨우 속을 달랜다.

꼴롱브는 오늘도 걸을 수가 없다. 발목이 퉁퉁 부은 게 눈에 확연히 드러난다. 꼴롱브는 택시를 타고 피예렛과 나는 걷기로 한다. 꼴롱브의 배웅을 받으며 길을 나선다.

단둘이 걸을 때는 이것저것 신경 쓰이는 것이 좀 많은데 피예렛도 그런 모양이다. 피예렛 역시 무릎이 좀 안 좋은 편이라 젊은 나에게 자신이 혹시 피해를 줄까 봐 걱정하는 눈치다. 잠시 멈추고 무릎 보호대를 고칠 때마다 머쓱한 미소를 짓는다.

"한 시간이야. 출발하고 딱 한 시간 동안만 속을 썩여."

"괜찮아. 신경 쓰지 마." 나는 정말 괜찮은데 피예렛은 계속 같은 말을 되풀이한다.

피예렛은 무척이나 유쾌한 사람이다. 아주 커다란 소리로 호탕하게 웃고 다혈질이어서 마음에 안 드는 상황이나 사람을 만나면 바로바로 표현한다. 불의를 보면 그냥 못 넘어갈 유형이라고 생각했는데 역시 직업이 경찰이란다. 직업 한번 제대로 골랐다.

길에서 어제 저녁을 같이 한 퀘벡 가족을 다시 만난다. 어젯밤 별로 실수한 것이 없음에도 불구하고(조금 주책을 떨기는 했지만) 오늘 이들을 만나니 괜히 부끄러워진다.

도로를 따라 난 길은 아주 한적하다. 마주치는 사람들도 거의 없다. 오스피탈 데 오르비고Haspital de Orbigo라는 마을에 도착하니 마을 입구의 다리가 매우 아름답다. 13세기에 지었다는 고딕풍의 다리가 꽤 길다고 생각했는데, 역시나 스페인 엘 카미노 구간에서 가장 긴 다리라고 한다.

꼴롱브가 기다리고 있는, 피예렛의 목적지인 산티바네스 데 발데이글에시아스(Santibanez de Valdeiglesias, 우아, 이름 한번 거창하다)에 도착한다.

아주 작은 시골 마을이다. 아스토르가Astorga까지 가고 싶은 마음은 굴뚝같지만 지금도 벌써 지친 상태라 더 걸어갈 생각을 하니 끔찍하다.

겨우 17킬로미터를 걸었는데 이렇게 힘이 들다니 너무한 거 아닌가 싶지만 13킬로미터

—

오르비고 다리. 다리 아래가 오르비고 강이라는데 물기가 하나도 없다.

—

이 노란 화살표를 따라 걷는 것이 내가 이곳에서 해야 할 유일한 일이다.

를 더 걸어가는 건 너무 버겁다. 나도 이곳에서 멈춰야 하는 걸까?

마을 어귀의 벤치에 꼴롱브가 앉아서 우리를 기다린다. 우리는 네 시간 넘게 걸어왔는데 꼴롱브는 차를 타고 십 분 만에 도착했단다.

꼴롱브가 우리를 보자마자 "알베르게가 아주 형편없어."라고 첫 마디를 던진다. 가 보니 정말 그렇다. 아주 허름하기 그지없다. 엘 카미노에서 만난 최악의 알베르게 3위 안에 당당히 낄 정도로 모습이 대단하다.

멀쩡한 매트리스가 하나도 없다. 그 안에서 쥐가 튀어나온다고 해도 그의 보금자리임을 인정할 수밖에 없을 듯하다. 아주 오래전에 지은 모양인지 샤워실과 화장실이 밖에 따로 떨어져 있다. 알전구 하나만 덜렁 있어서 밤에 화장실 갈 때는 좀 무서울 것 같다.

알베르게 행색에 머뭇거리던 난 퀘벡 커플의 강압에 못 이겨 이곳에 짐을 풀고야 말았는데 결국 그날 그곳에 묵은 사람은 우리 셋이 전부다. 날마다 이랬을까 싶어서 장부를 살펴보니 어제는 그래도 무려 일곱 명이나 묵었다. 아마도 밤늦게 도착해서 더는 걸어갈 기력이 없는 사람들이었을 것이다.

이 작은 마을에는 제대로 된 식당도, 가게도 없다. 덩그라니 바 하나뿐이다. 역시 이곳에서 멈추는 순례자들의 수가 무척이나 적다는 것을 말해 준다.

저녁거리를 하나도 준비해 놓은 게 없었던 우리에게 자원봉사자가 와서, 바에다 미리 얘기해 두면 거기 주인아주머니가 저녁 준비를 해 준다고 한다.

그래서 우르르 바로 간다. 아주머니라기보다는 할머니에 가까운 주인이 보이는데, 그다지 다양한 요리를 소화하지 못할 것 같다.

이런 저런 협상 끝에 결국 메를루사(Merluza, 대구과 생선. 스페인에서 가장 흔히 먹는다) 요리로 결정한다. 샐러드, 야채수프와 함께. 과연 맛이 있을지 염려되지만 굶고 싶지 않으니 별 도리가 없다.

무척이나 수줍음을 타는 자원봉사자에게 이곳 성당이 문은 여는지, 미사는 있는지 물어보니까 무척이나 당황한다. 영어를 잘 못하는 그는 알아보겠다고 하더니 잠시 후 나에게 와서 가끔 미사가 있기는 한데 오늘은 미사도 없고, 신부님도 안 계셔서 성당 문도 열 수 없다고 한다.

결국 이 작은 마을의 구경거리란 아무것도 없는 셈이다.

알베르게 안에 있는 작은 정원(말이 정원이지 그냥 마구잡이로 난 잡풀과 그 사이로 우리들의 빨래가 바람에 날리고 있는)에 앉아 해바라기 씨를 까먹으며 잡담으로 시간을 보낸다.

우리는 더듬거리는 영어와 스페인어로 대화해야 했는데, 봉사자는 자신도 지금 산티아고로 가는 중이라고 한다. 가는 중에 3일간만 이곳에서 자원봉사로 알베르게 관리를 하며 머문다고 한다. 오늘이 이틀째라는 후안.

상주하는 관리자가 없는 알베르게들을 위하여 산티아고로 가는 길에 3일간 알베르게 관리 봉사를 하는 페레그리노 프로그램이 있다는 것을 그를 통해 알게 됐다.

대부분의 알베르게는 자원봉사자들로 운영된다. 이미 순례를 마친 사람들이 산티아고협회에 신청을 해서, 관리자가 필요한 알베르게로 파견되거나 자신이 원하는 알베르게에서 일할 수 있다고 들었는데, 그렇게 해도 자원봉사자들이 부족한 알베르게는 이런 식으로 운영하는 모양이다.

빠르기만 하던 시간이 낯설고도 한가한 마을에 들어서면 느려지기 시작한다. 마을 어귀 벤치에 앉아 하릴없이 일기를 끼적이다가 하늘 보고 땅 보고, 다시 일기 쓰고, 또 다시 눈을 들어 하늘 보고 땅을 본다.

문득 어느 집 대문이 눈에 쏘옥 들어온다. 파란색이 아주 예쁘다. 대문에 정신을 팔고 있는데 할머니 한 분이 다가온다. 이 할머니, 스페인어로 계속 뭐라고 하는데 무슨 말인지 잘 모르겠다. 그래도 어느 순간 반복해 듣다 보면 결국 뜻을 이해하게 되는데 할머니의 말씀은 바로 이거였다.

"니네 오늘 저녁 생선 먹는다며? 지금 그게 왔어."

잠시 후 자그마한 트럭이 천천히 모습을 나타낸다. 생선을 실은 차다. 이 마을 사람들은 오늘 우리가 먹을 음식이 무엇인지 다들 알고 있는 모양이다. 신기한 기분이다. 바의 아주머니가 맛나고 싱싱한 생선을 골랐길 바랄 뿐이다.

그런데 잠시 후 후안이 부르러 온다. 뭐 필요한 거 없냐고 묻는다. 그를 따라가 보니 역시 작은 트럭에서 생필품을 판다. 그 앞이 나이 지긋한 아주머니들로 장사진이다. 이 마을 안방마님들이 다 나오신 모양이다.

그다지 필요한 건 없지만 주변의 시선도 있고 해서 몇 가지 주전부리를 산다.

스페인의 촌마을은 우리나라 마을보다도 훨씬 촌 같은 느낌이다. 하긴 알 수 없다. 우리나라에도 어딘가 이런 보부상 트럭이 여전히 탈탈거리며 달리고 있을지도.

저녁은 역시 우리의 예상을 벗어나지 않았다. 맛도 별로고 질과 양이 모두 부실하다. 샐러드는 양상추와 토마토가 전부고 메를루사도 얼마나 작던지. 게다가 후식도 없다. 달콤한 디저트가 없는 저녁 식사가 어디 가당키나 하단 말인가. 그런데도 음식 값은 다른 레스토랑과 비슷하다. 나는 맘이 상했다. 피예렛 역시 얼굴이 굳어지는 게 속이 단단히 상했나 보다.

그 바에 오래 머무르고 싶지 않은 우리는 알베르게로 돌아와 커피를 마신다. 우리 셋밖에 없는 알베르게라 아주 고즈넉하다. 취침시간이 되어 어둠 속에서 침대에 누웠는데 갑자기 피예렛이 벌떡 일어난다.

"생일 축하해. 꼴롱브. 미안해. 정말 미안해." 그런다. 이런, 피예렛은 베스트 프렌드인 꼴롱브의 생일을 깜빡한 모양이다. 며칠 전 다니엘과 꼴롱브의 생일에 대해 얘기했던 나도 아차 싶다.

꼴롱브는 차마 내색도 못 하고 오늘 하루 얼마나 서운했을까? 나 같았으면 하루 종일 골을 냈을 텐데 꼴롱브는 오늘도 다른 날과 마찬가지로 하루 종일 웃으며 밝은 모습이었다.

마음이 무거워진다. 바쁜 일도 하나 없는데 잊어버리다니. 너무 한가해서 나도 피예렛도 머리 나사가 아주 헐겁게 풀어진 게 분명하다. 머쓱해진 나도 "생일 축하해!"라고 수줍게 우물거린다.

나와 피에렛의 거듭된 사과에 꼴롱브는 그 한결 같은 맑은 얼굴로 환하게 웃으며 자기는 괜찮다고, 즐거운 하루였다고 오히려 우리를 달랜다. 흑, 꼴롱브의 생일날 맛난 초콜릿 케이크라도 하나 선물하려고 했었는데….

내년에는 기필코 그녀에게 깜짝 카드를 보내서 놀래 주어야지.

24일 째
산티바녜스 데 발데이글에시아스 → 아스토르가

초콜릿에 미친 두 여자와 초콜릿 박물관

아스토르가는 작지만 무척이나 아름다운 도시라고 들었다. 그리고 레온, 부르고스와 더불어 가우디의 건축물이 있는 곳이기도 하다. 잘 키운 딸 하나 열 아들 안 부럽다는 옛말도 있지만 국가 입장에서 보면 잘 키운 예술가 하나 열 기업 안 부러울 것 같다.

스페인은 정말 세르반테스와 가우디가 먹여 살리는 나라가 아닐까 싶다. 어디를 가나 그들의 향취가 있고, 그 향취를 따라 움직이는 사람들이 그토록 많은 걸 보면.

바르셀로나에서 질리도록 가우디를 봤음에도 불구하고 가우디란 소리만 들으면 여전히 반갑기 그지없다.

꼴롱브가 오래간만에 걷겠다고 용기를 낸다. 피예렛은 아직은 안 된다고 말리지만 13킬로미터만 걸으면 되니까 꼴롱브도 고집을 꺾지 않는다. 계속 절뚝거리며 걷는 꼴롱브의 모습이 애처롭다. 엘 카미노를 걷기 위해 퀘벡에서 등산도 다니고 하이킹도 하며 준비를 많이 했다는데 계속 고생이다.

꼴롱브는 피레네 산맥을 넘자마자 몸에 두드러기가 생겨서 팜플로나의 병원에 일주일 동안 입원하기도 했다고 한다. 그때 찍은 사진

세비아 거리를 가득 채운 돈키호테 동상들.
가우디와 함께 스페인의 대표적인 효자 관광 상품이다.

들을 보여 줬는데 온몸이 커다란 붉은 두드러기로 뒤덮여서 보기에도 끔찍하다. 병원에서는 정확한 원인을 알 수 없다고 얼버무리더란다. 내가 베드벅 때문일 거라고 했더니 피에렛과 꼴롱브는 물 때문이었을 거라고 단언한다.

나도 그렇지만 대부분의 사람들이 마을 공동수도의 물이나 부엌의 물을 그냥 마신다. 피에렛과 꼴롱브도 처음에는 그랬지만 병원에 가게 된 후로는 반드시 생수를 마신다. 나한테도 그걸 강요해서, 내가 그냥 수돗물을 마시려고 하면 기어코 못 먹게 하고, 꼭 내 몫의 물까지 사 와서 나에게 안긴다.

영차 영차, 꼴롱브는 힘들긴 하지만 오랜만에 걸어서인지 기분은 무척 좋아 보인다. 아스토르가로 들어서는 곳은 온통 공사 중이어서 길이 아주 엉망이다.

어여쁜 마을일 거라고 기대했는데 찬물을 확 끼얹는 정경이다. 투덜거리며 도시로 향하는 언덕을 오르는데 옛 도시의 모습이 살짝 드러나기 시작하니 고즈넉하면서 아기자기한 그 모습에 마음이 조금씩 흔들린다.

아스토르가를 그냥 스치고 지나갈 수는 없어서 오늘은 겨우 세 시간만 걷고 배낭을 내려놓는다. 무니시팔 알베르게에 짐을 풀었는데 알베르게가 매우 현대적인 모양새라 좀 실망스럽다. 알베르게가 아니라 사무실이 다닥다닥 들어 있을 것만 같은 건물이다.

나중에 도시를 구경하다가 본 사설 알베르게들이 훨씬 운치 있어서 사설로 안 간 것이 조금 후회된다.

초콜릿 마니아인 나와 꼴롱브는 시에스타가 끝나자마자 제일 먼저 초콜릿 박물관으로 직행

대성당이 마주 보이는 아스토르가의 골목. 골목 모퉁이를 도는 일은 항상 즐겁다.

아스토르가 거리. 하교하는 아이들로 활기차다.

한다. 기대를 많이 했는데 무척이나 실망스럽다. 어찌나 볼 게 없던지.

입장료가 아까워 초콜릿 시식으로 본전을 뽑아야겠다는 생각을 하지 않을 수 없다. 나는 피에렛과 꼴롱브를 끌고 초콜릿 판매대로 간다. 그곳에서 시식할 수 있는데 그곳의 초콜릿은 꽤나 비싸다. 며칠 전 레온의 축제 때 산 수제 초콜릿보다도 훨씬 비싸다.

많이 먹어도 괜찮을까, 이것저것 집어먹으면서도 내심 고민 중인데 옆에서 슬쩍 보니 꼴롱브가 초콜릿을 살 기세다. 그래서 맘 놓고 "음, 이게 맛있어, 이건 별로야…." 자문 역할을 하며 먹고 싶은 만큼 실컷 먹는다. 쌉싸래한 다크 초콜릿, 정말 맛있다.

그러고 있는데 중학생쯤으로 보이는 아이들이 단체관람을 왔다. 가뜩이나 좁은 박물관이 그들이 들어오니 더 비좁고 아이들도 그다지 전시물에는 관심을 보이지 않는다. 하긴 워낙 볼 것도 없다. 그러니 심심한 아이들이 괜히 나만 졸졸 따라다닌다. 애들이 나쁜 짓 하는 것도 아니고 내가 보는 것들을 따라 보고 같이 움직이는 형국인지라 좀 재미있기도 하지만, 너무 밋밋한 박물관이라 얼른 밖으로 나온다.

성당 구경 가는데 가우디가 설계한 팔라시오 에피스코팔Palacio Episcopal이 보인다. 현재는 순례자 박물관으로 이용되고 있다. 다른 가우디의 건축물에 비해 꽤 빼족빼족해서 느낌이 새롭다.

레온에서 본 카사 보티네스도 그렇고, 북부에서 만난 가우디의 건축물들은 바르셀로나의 그것들과는 많이 달라 보인다. 바르셀로나

팔라시오 에피스코팔.
가우디의 건물로 처음에는 주교의 궁전으로 세웠으나 현재는 순례자 박물관으로 운영된다.

의 건축물들은 가우디의 개성이 물씬 드러나지만 이곳의 건축물들은 의뢰자들이 주문에 자신의 특색을 살짝 덧붙인 듯한 느낌이다.

15세기에 짓기 시작하여 18세기에 마무리했다는, 그래서 고딕풍에 르네상스와 바로크 스타일이 섞인 카테드랄을 둘러보고 나오니,

고딕양식의 아스토르가 대성당 정면 파사드. / 대성당 외관을 장식한 조각. 중세시대의 예술가들은 자신들의 기량을 성당에서 맘껏 발휘했다.

꼴롱브가 발목이 무척 아픈 듯 벤치에 앉아 일어서지 못한다.

피예렛이 가게에 가서 냉동식품을 사 와 꼴롱브의 발목에 대고 그렇게 한참 냉찜질을 한다. 꼴롱브는 내일부터 다시 차를 타고 이동해야 할 것 같다. 피예렛과 나는 혹시 내일 꼴롱브가 탈 버스가 있나 하고 터미널을 찾아 나서는데 성벽이 보인다.

로마시대에 형성된 도시라더니 그때 지은 성벽이 여전히 남아 도시의 멋을 더한다. 바로크 스타일의 시청도, 예전에는 감옥이었다는 로마풍의 건축물도 멋스럽다. 도시 여기저기에 과거의 흔적이 고스란히 남아 있다.

낡은 성당 앞 이끼 낀 계단에 힙합 스타일의 십대들이 모여 시시덕거리며 놀고 있다. 부자연스러워 보일 수도 있을 것 같은 그 모습이 꽤 정겹게 보인다. 이제 더는 옛 기능을 못할 만큼 낡았다 하더라도

—

매일 찾아오는 밤이지만 가끔씩은 아주 특별하게 다가오는 밤공기가 있다.

남아 있다는 것, 오랜 시간을 통과하고도 결국 남아 있다는 것, 그것만으로도 소중한 것 같다. 아마도 저 소년 소녀들은 그것이 너무도 익숙하여 나 같은 감흥을 느끼지는 못하겠지만 말이다.

아스토르가에 와서는 모든 것이 다 맘에 드는데 밤에 복병을 만났다. 엘 카미노 사상 최강의 코골이를 만난 것이다. 그렇게 코를 크게 골 수 있다는 사실이 너무 놀라운 밤이다.

25일째
스토르가 → 라바날 델 카미노

타인의 마음을 움직일 수 있는 최선의 방법

알베르게 식당에서 아침을 먹는데 피예렛이 어젯밤 우리의 단잠을 방해한 그 코골이 남자에 대해 울분을 토한다. 나는 그래도 잠을 좀 잤는데 피예렛은 전혀 잘 수 없었다고 한다.

그 남자는 새벽 여섯 시도 안 되어서 부인과 함께 부리나케 알베르게를 떠났다는데 피예렛은 방을 나서는 그 남자를 계속 노려보았지만 그것만으로는 성이 안 찬다고 계속 투덜거린다. 옆에 앉아 있던 두 여자도 엄청난 재앙을 겪은 듯한 얼굴로 "아아, 우리도 그 방에 묵었어요. 아주 끔찍했어요."라고 거든다.

코를 곤다는 건 정말 괴로운 일이다. 본인에게나 타인에게나. 게다가 스스로 컨트롤할 수도 없으니 얼마나 난감할까? 하지만 그토록 심하게 코를 곤다면 도미토리는 좀 자제해야 하지 않을까 싶다. 혼자도 아니고 부부가 함께 다니니 다른 숙소를 이용하면 좋을 텐데.

문득 부인 되는 아줌마의 청력에 대해 감탄이라고나 할까, 존경심이 생긴다. 사랑으로 코 고는 소리를 극복할 수 있을까? 심히 궁금하다.

오늘도 꼴롱브는 길을 걸을 수 없다. 라바날 델 카미노 Rabanal del

—

돌담. 작은 마을 입구에 쌓여 있는 모습이 귀엽다. 여기부터가 우리 마을이에요, 하고 말하는 것 같다. / 저 양 떼들이 배부르게 먹을 수 있도록 풀이 그득하길 바랄 뿐.

Camino에서 기다리겠다는 꼴롱브. 피예렛과 같이 길을 나섰는데 가는 도중 아주 예쁜 알베르게를 만났다.

사설 알베르게인데 시설도 깔끔하고 아주 괜찮은 레스토랑이 같이 운영되고 있다. 커피와 함께 먹은 타르트도 꽤 맛이 좋다. 숙박비도 시설에 비해 아주 저렴하다. 아마도 무척 작은 마을이라 이곳에 머무르는 순례자들이 거의 없어서 그렇게 낮은 가격을 책정했나 보다. 다음에 다시 걷게 되면 꼭 이곳에 머물러야지 하고 성급한 계획을 세운다.

라바날에 거의 도착할 무렵에 만난 한 허름한 성당. 사람들이 십자가와 성모상을 앞세우고 밖으로 나온다. 마을을 향해 천천히 움직이는 행렬. 축제라고 하기에는 서글프고 처연한 광경이다. 알레한드로 조도로프스키의 「성스러운 피」에서 본 장례 행렬을 연상했기 때문일지도 모른다. 원시적인 느낌이 강하게 들어서 묘하게 자극적이다.

오늘날의 종교 행렬과는 참 달라 보인다. 하얀 드레스와 커다란

라바날 입구에서 만난 행렬. 축제라 하기에 너무도 서글픈 광경. 저들에게는 연례행사 이상의 어떤 의미가 있으면 좋겠다. / "빨리 안 따라오고 뭘 해?" 피예렛이 라바날 골목에서 날 부른다.

화관을 쓴 성모상이 인상적인데, 성모 마리아에 대한 애정이 남다른 남미의 어느 작은 마을에서나 볼 법한 장면이라는 생각이 든다.

지켜보는 사람도, 기다리는 사람도 없는 행렬은 무척 쓸쓸하다.

꼴롱브는 사설 알베르게에 이미 짐을 풀었다. 난 교구에서 운영하는 곳에 묵고 싶어 그쪽으로 갔는데 아, 어제 그 코골이 아저씨가 보인다. 그 순간 냉큼 몸을 돌려 다시 사설 알베르게로 간다.

알베르게 안에 있는 바의 벽은 각국의 화폐들로 장식되어 있다. 유심히 살펴보니 우리나라 천 원짜리 지폐가 제법 여러 장 붙어 있다. 사람들에게 "저게 우리나라 돈이야." 하니까, 모두들 예쁘다고 한다. 만 원짜리가 붙어 있었으면 떼고 싶은 욕망을 느꼈을지도 모른다.

마을 구경을 하다 보니 마을의 규모에 비해 성당이 꽤 여럿이다. 한 성당은 철창으로 굳건히 막아 놓은 채, 그 앞에 앉아 구경하라는 듯 의자 하나만 덩그러니 놓여 있다. 혹시 안에 대단한 유물이 있나

싶어, 철창 사이로 눈을 붙이고 살펴보았지만, 다른 성당들과 구별되는 차이점은 없다. 단지 성당을 들어가지도 못하게 철창으로 가려 놓은 것이 기괴하게 느껴질 뿐이다.

또 다른, 거의 쓰러질 것 같은 허름한 성당 안에 들어가 보니 아까 행렬에 참여한 십자가와 성모상, 휘장들이 그곳에 다 와 있다. 그 행렬의 마지막 목적지가 바로 이곳이었나 보다. 아주머니 한 분이 뒷정리하는데 꽤나 외로워 보인다.

코골이 아저씨를 만나 바로 도망 나온 알베르게를 다시 찾아간다. 내부 구경을 하기 위해서. 이 알베르게는 영국의 자원봉사자들이 운영한단다. 이탈리아나 독일 혹은 프랑스의 수도자들이 운영하는 곳도 보기는 했지만 한 나라의 민간인들로만 구성된 알베르게라니 흥미롭다.

침대 숫자가 좀 적다는 것만 빼고는 무척이나 근사한 알베르게다. 아까 줄달음질 친 것이 못내 아쉽다. 그 아저씨가 있는 방을 피할 수도 있었을 텐데.

벽을 보니 일 년간 자원봉사자들의 스케줄이 모두 적혀 있다. 그 중 이름 하나가 유독 낯익다. 왜 그럴까 곰곰이 생각하는데 아, 알겠다! 바로 내가 가져온 가이드북의 저자 이름이다.

자원봉사자에게 물으니 역시나 맞다고 한다. 그러면서 그녀와 연락하고 싶냐고, 이메일 주소를 알려 주겠다고 한다. 무슨 그런 말씀을? 난 그녀의 팬은 아니라고요.

꼴롱브와 식당 순례를 나선다. 저녁시간이 몇 시부터인지 알아보는 것은 우리 둘의 중요한 일과 중의 하나다.

세 군데의 식당(그러니까 이 마을의 모든 식당)을 살펴보고 가장 맘에 드는 곳으로 고른다. 식당은 이 마을의 가장 높은 언덕에 있는데 마침 그 앞에 의자들이 놓여 있어서 잠시 앉아 바람을 맞으며 휴식을 취한다.

식당에서 일하는 듯한 몇몇 사람들이 다들 휴대폰을 들고 정신없이 움직인다. 이런 한가로운 마을에서 무엇이 저리도 바쁜 것일까? 꼴롱브 역시 나와 같은 생각을 하는지, "봐, 전화 안 하며 지나가는 사람이 하나도 없어." 하며 놀란다.

이런 고즈넉한 마을에 사는 사람들은 뭔가 좀 더 전원적이고 느긋하며, 디지털 기기 같은 것과는 친하지 않을 것 같은데, 그런 건 역시 그저 도시 사람들의 환상인 모양이다.

알베르게에서 만난 노르웨이 아줌마도 합류하여 저녁을 먹으러 가는데, 작은 승합차에 자전거랑 텐트를 싣고 다니는 사람들이 알베르게 앞에 차를 세우고 있다.

걷기가 힘든 꼴롱브와 노르웨이 아줌마는 차를 수배하던 중이어서 얼씨구나 잘됐다 싶어 "혹시 내일 크루스 데 페로Cruz de Ferro에 가니?"라고 물으니 당연히 그렇단다.

차 안엔 온갖 캠핑용품을 가득했지만, 잘만 정리한다면 두 명 정도는 탈 수 있을 것 같다. 태워 줄 수 있냐는 말에 흔쾌히 응하는 두 청년. 걱정하던 꼴롱브의 얼굴이 환하게 핀다.

껄렁해 보이는 스위스인 두 남자의 인상이 그다지 믿음직스럽지는 않지만 차를 구했다는 것만으로도 정말 다행이다. (사람을 인상으로 판단하지 말자고 결심했지 않은가?)

노르웨이 아줌마는 이틀을 걷고 다리에 탈이 나서 계속 차로 이동하고 있다. 그래도 자기가 힘들 때마다 항상 도움의 손길이 나타난다고(빵이 필요할 땐 빵이, 커피가 필요할 땐 커피가, 차가 필요할 땐 차가) 이 순간이 너무 즐겁다고 얼굴에 웃음꽃이 가득하다.

자신이 받은 친절에 감동하는 사람은 자신도 타인들에게 넉넉한 미소로 베풀 수 있는 사람이 될 수 있으리라.

26일 째

(?)날 델 카미노 → 엘 아세보

내 마음속 돌을 대신 내려놔도 되겠지요?

꼴롱브를 태워 주기로 한 승합차가 자취를 감추었다. 알베르게 앞 공터에 텐트를 치고 잘 거라고 했는데 어디로 가 버린 걸까? 나와 피에렛은 이게 어찌된 일일까 싶어 길을 떠나지 못한다.

"어서 가. 너희들이 늦게 출발하면 크루스에서 기다리는 내 시간만 길어져."

꼴롱브가 걱정 말라며 우리의 등을 떠민다.

두근거리는 마음으로 크루스 데 페로를 향해 걸어가는 사람들. "올라!" 하고 인사하는 그들의 목소리에 흥분이 숨어 있다.

—

폐허가 된 마을 자체가 커다란 무덤으로 보인다. 그 위에 꽂힌 십자가.

"그렇겠지? 금방 오겠지?" 이곳에서는 속이는 사람들을 한 번도 만난 적이 없기에 약속한 시간까지 그 스위스 사람들 돌아오겠지 뭐, 하며 발길을 돌린다. 하지만 왠지 내가 본 첫인상이 맞을 것만 같은 불길한 예감이 든다.

오늘은 유독 길에 사람이 많다. 크루스 데 페로는 엘 카미노에서 가장 상징적인 조형물이다. 나는 미처 몰랐는데 산티아고가 아닌 크루스 데 페로를 목적으로 오는 사람들도 무척이나 많다고 한다. 자신의 마음속에 간절한 바람들을 하나씩 안고서.

꼴롱브는 퀘벡의 산에서 가져온 돌을 나에게 종종 보여 주었다.

반지 상자에 고이 담겨 있는 그 돌. 순례자들은 자신의 고향에서 가져온 돌을 크루스 데 페로의 돌산에 놓으며 소원을 빈다. 돌을 안 가져온 나는 이빨이라도 뽑아야 하는 걸까?

크루스 데 페로를 코앞에 둔 피예렛의 얼굴은 잔뜩 긴장되어 있다. 이곳이 자기에게는 산티아고 이상으로 의미 있는 곳이라고 누누이 얘기해 왔던 그녀다.

드디어 오늘 그 철제 십자가를 만나게 되는 것이다.

꼴롱브는 이미 도착해 있다. 그 스위스 사람들은 결국 나타나지 않았다고 한다. 그런데 마침 자가용 한 대가 마을로 들어서는 게 보여서 혹시나 하고 물으니 이곳으로 온다고 해서 그 차를 얻어 타고 왔단다.

그 차에는 크루스 데 페로를 보기 위해 길을 나선 두 명의 암 환자가 타고 있었는데 그 차를 운전한 스페인 총각이 꼴롱브에게 행운을 빈다며 루르드에서 가져온 묵주를 주었단다. 나에게 그 묵주를 보여 주는 꼴롱브.

이 이야기 어디서 들은 거 같지 않은가? 그렇다. 핑크가 겪은 얘기와 아주 흡사하다. 루르드를 다녀온 청년들 사이에 '선행과 함께 묵주를' 이라는 모임이 있기라도 한 걸까? 혹은 그때 핑크가 만난 사람과 이 총각이 동일인? 그를 보고 싶어 아직 여기 있는지 꼴롱브에게 물어보았더니 이미 한참 전에 떠나고 없단다. 미스터리를 풀 수 없게 되어서 조금 유감이다.

꼴롱브는 우리가 오기를 기다리며 돌을 여전히 품에 지니고 있었다.

산꼭대기에 우뚝 솟은 크루스 데 페로는 사실 보기에는 그다지 멋지지 않다. 예전의 나무로 만든 십자가는 가늘고 초라해도 나름대로 운치가 있는데 교체된 쇠로 만든 이 십자가는 사실 가느다란 전봇대처럼 보인다.

피에렛에게 들으니 아픈 사람들이 이 십자가를 보기 위해 많이 온다고 한다. 메세타 지역에서 만났던 중풍 걸린 아저씨 생각이 났다. 그 부부는 이곳에 도착해서 저 십자가를 바라보며 소원을 빌었을까? 아니면 아직 내 뒤에 오고 있을까? 부디 그들이 목적지까지 무사히 이를 수 있기를…. 더불어 이 길이 그들에게 작은 기적과 기쁨이 되어 주길….

우리는 함께 돌산에 올라 십자가에 다가간다. 우리네 성황당처럼 십자가에 이것저것 많이 걸려 있다. 꼴롱브와 피에렛이 퀘벡에서 열심히 골랐다는 돌을 조심스레 내려놓는다. 돌이 없는 나는 아쉽기 그지없다. 그래도 뭔가 하나는 남겨야 되겠다 싶어 급한 마음에 머리끈을 풀어 십자가에 묶는다.

사람들이 돌산 주변에 옹기종기 모여 서서 십자가를 바라본다. 그들의 눈동자는 아련해 보이기도 하고 뿌듯한 기쁨에 넘쳐 빛을 발하기도 한다. 제각기 다른 생각을 하고 있겠지만 결국에는 다들 비슷한 마음들일 것이다. 사람들이 발길을 떼지 못한다. 그러나 언제까지 그곳에 서 있을 수는 없다. 우리도 아쉬운 마음을 접고 발걸음을 옮긴다.

크루스 데 페로. 그 상징성에 비해 외관은 심하게 삭막하다.

이제 내리막길이다. 오랜만에 걸어서인지 꼴롱브의 얼굴은 들떠 있다. 동그란 얼굴에 어린 소녀처럼 볼이 발간 그녀의 얼굴이 더욱 상기되었다. 귀엽다는 말이 내 입에서 절로 나온다. 나보다 열다섯 살은 더 많은 그녀에게.

건조한 흙과 모래, 그리고 돌로 된 산이라 올라갈 때보다 내려갈 때 더 많은 주의가 필요하다. 들뜬 마음에 마구 내달리다가 넘어지기라도 할까 봐서. 점점 부담스러워지는 무릎과 발목의 통증을 느끼며 조심한다.

피예렛은 꼴롱브와 같이 걷기 시작하니 응석을 부리기 시작한다. 나하고만 걸을 때는 땀을 뻘뻘 흘리며 처지지 않으려고 기를 쓰는 모

습이 역력했는데 이젠 걸음이 많이 느려졌다.

셋이 되니 나 역시도 맘이 편하다. 토마스와 시즈요랑 같이 걸을 때처럼. 대화 없이 혼자 걸어가도 부담이 없고 심심하면 속도를 맞추며 하릴없는 얘기들을 나눌 수도 있고. 여행은 셋이 하는 게 좋다고 하던데 이건 걷는 데에도 해당되는 말인가 보다.

산에서 보이는 엘 아세보El Acebo라는 마을의 정경이 엽서 속 그림처럼 아기자기하게 예뻐서 탄성이 절로 나온다. 그러나 이 예쁜 마을에 들어서니 거의 모든 집에 '팝니다'라는 문구가 나붙어 있다. 가이드북을 살펴보니 인구가 겨우 스무 명이라고 되어 있다.

엘 아세보. 산 중앙에 자리 잡은 마을이 어여쁜 자태를 쏙 드러낸다.

몸이 많이 피곤한 꼴롱브와 피예렛이 알베르게에 묵기가 싫은 모양이다. 알베르게 못미처에 있는 라 투르차라는 생선 이름의 호스텔에 한번 가 보자고 한다.

가 보니 가정집이다. 주인이 쓰는 방을 제외한 두 개의 방(사실 처음에는 방이 이렇게 달랑 두 개인 줄 모르고 밖에서 만난 다른 사람들을 데려 왔다가 다시 돌려보내 겸연쩍었다)이 있다. 2인실과 3인실.

침대가 세 개 놓인 방을 보고는 피예렛이 잘됐다고 좋아한다. 그러나 난 선뜻 결정할 수가 없다. 옆에 버젓이 알베르게가 있는데 굳이 여기서 잘 필요가 있을까 싶어서 생각해 보겠다고 배낭은 내려놓은 채 알베르게에 가 보았다. 역시 쾌적한 방을 보고 난 후, 병실처럼 이층침대가 늘어선 도미토리를 보니 기분이 꿀꿀해진다.

"나도 오늘 여기서 잘래." 하고 내 결정을 알리니 둘 다 무척 좋아한다.

세탁기 돌리는 건 무료라고 주인이 알려 준다. 빨래거리를 잔뜩 꺼내는 우리들.

인도에서 온 주인아저씨는 칠 년 전 엘 카미노를 걷고는 이곳이 너무 좋아 결국 짐 싸가지고 왔단다.

하룻밤에 저녁과 아침 제공, 게다가 세탁기까지 무료라고 하니 따져 보면 사실 그리 비싼 것도 아니다. 오래간만에 침낭이 아닌 따스한 이불 덮고 잘 생각을 하니 좋아서 어서 밤이 왔으면 좋겠다는 생각마저 든다.

이 집에는 여러 마리의 고양이와 개들이 있는데 그 중 대장은 까만 고양이. 거드름을 피우며 의자에 앉아 있다가 주인아저씨가 밥을 차려 주면 우아하게 내려와 밥을 먹고 다시 제자리로 간다. 그러면 남긴 사료를 개들이 먹는다.

아저씨가 저녁을 준비하면서 "일본에서 온 너를 위해 미소된장국을 끓여 줄게."라고 한다. 허 참, 아저씨, 내가 언제 일본의 일자라도 꺼낸 적이 있나요?

한국에서 왔다니까 놀란다. 이 길에서 한국 사람은 처음 본다고.

이제는 하도 들어서 귀에 딱지가 앉은 말. "뭐, 우리도 된장국 많이 먹습니다."라고 말해 준다.

저녁은 일종의 카레라이스. 모처럼 먹는 동양 음식이라 아주 맛이 좋다. 주인아저씨는 옆에서 서빙하면서 계속 식재료에 대해 설명한다. 직접 키운 채소로만 요리한다는 이 아저씨는 자신의 요리에 엄청 자부심이 많다.

2인실에 묵는 영국인 남편 데이비드와 아일랜드인 부인 앤은 한 번에 쭉 걷는 게 아니라 일 년에 일주일에서 열흘 정도 휴가 삼아 온다고 한다.

이들은 크레덴시알을 만들지도 알베르게에 묵지도 않는다. 여유 있게 천천히 이 길을 걸으며 호텔이나 호스텔에 묵는다. 항상 알베르게에만 묵었던 나는 몰랐는데 중년 부부 중에는 이렇게 걷는 사람들이 꽤 많다는 것을 알았다. 불결한 도미토리와 불편한 샤워시설이 견디기 힘든 사람들에게는 나름대로 괜찮은 방법인 것 같다. 경제적 여유가 있고 그런 고생은 반갑지 않다고 생각한다면.

유럽 사람들과 얘기하다 보면 자주 느끼게 되는데 일본이란 나라에 대한 그들의 호의는 대단히 놀랍다. 우리는 일본을 왠지 얍삽하고 좀스러운 나라라고 생각하지만 그들에게는 예의 바르고 깔끔하며 아름다운 문화를 지닌 나라라는 생각이 지배적인 것 같다.

자기들이 아시아에 대해서 관심 있다는 의미로 자꾸 일본 얘기를 꺼내는 건 이해하지만 듣는 내 마음은 조금 불편하다.

커다란 침대에 누워 침낭이 아닌 푹신하고 청결한 이불을 덮으니 정말 천국에 온 것 같다. 내 침대 옆 스탠드에만 불을 밝히고 일기장을 끼적거리고 있으려니까 행복해서 잠을 잘 수가 없다. 그냥 잠들어 버리기에는 이 뽀송뽀송한 기분이 너무 아깝다. 흡사 어린 시절 처음으로 내 방을 갖게 된 날 밤처럼 마구 들떠서 도무지 눈꺼풀은 붙지 않고, 입도 계속 헤 벌어져 다물어지지가 않는다. 아이, 좋아라.

방을 둘러싼 신경전, 신경쇠약 직전의 여자들

이제 물집은 더는 생기지 않고 발이 아프다는 생각도 거의 들지 않는다. 물집이 있던 자리에는 흉측한 굳은살이 단단하게 자리 잡았다. 그 대신 발목과 무릎이 조금씩 아파 오기 시작한다. 배낭의 무게가 이젠 다리에 단단히 압력을 주는 모양이다. 앞으로는 다리 마사지에 더 정성을 기울여야 할 것 같다.

발목이 퉁퉁 부은 꼴롱브와 무릎에 통증을 느끼는 피에렛은 산길을 내려가기 버거워 차를 수배해 보기로 한다. 주인아저씨에게 물으니 흔쾌히 자신의 차로 데려다 주겠다고 한다. 정말 숙박비를 뽑고도 남음이다. 그러면서 아저씨가 나도 배낭만이라도 실으라고 하신다. 아, 그럼 좋지요.

배낭을 벗고 걸으니 정말 피크닉이라도 온 듯한 기분이다. 돌과 바위로 된 내리막길인지라 미끄러워서 조심해야 되는데 등이 가벼우니 자꾸만 통통통 달리게 된다. 조심해야지 생각은 하는데 발은 저 혼자 붕붕 떠다닌다.

나보다 훨씬 앞서서 출발한 데이비드와 앤을 금방 따라잡는다. 멀리서 봐도 그들의 발걸음이 얼마나 조심스러운지 한눈에 보인다. 나는 아주 날렵하게 그들을 지나쳐간다. “역시 젊은 사람은 달라.” 하

산 아래 몰리나세카로 들어가는 길은 풍광도 아름답고 제법 오붓해서 데이트 코스로 좋다.

는 그들의 칭찬에 괜히 어깨가 으쓱해져서 난 더욱 빠른 속도로 산을 내려간다.

배낭을 메고 있었더라면 길이 많이 미끄러워서 식은땀 꽤나 흘리며 내려왔을 산을 아주 가뿐하게 내려온다. 조금은 아쉽다는 생각이 들 정도다.

산 아래로 펼쳐진 몰리나세카Molinaseca는 꽤 운치 있는 예쁜 마을이다. 역시 산과 강이 있는 마을은 정감 있어서 좋다. 마을로 들어가는 다리 앞에서 나를 기다리던 꼴롱브와 피예렛이 마라톤에서 완주

템플 기사단의 폰페라다 성. 순례자들을 지키기기 위해 12~14세기에 지었다. 어째서 순례자들이 저런 요새의 보호를 받아야 했을까?

한 사람을 보듯 환호성을 지르며 나를 맞는다.

쉬고 난 다음 날 걷는 것이 더욱 힘들었던 것처럼, 배낭을 메는데 어깨의 느낌이 제법 묵직하다. 와, 배낭이 이렇게 무거웠나? 내 어깨가 붕어 아이큐처럼 배낭의 무게를 그새 잊어버렸나 보다. 아까 날듯이 걸었던 내가 벌써 그리워진다.

몰리나세카에서 오늘의 목적지인 폰페라다Ponferrada까지는 계속 도로를 따라 걷는 길이다. 그것도 보도블록이 깔린 길이다. 문득 남산 생각이 난다. 친구들과 걸어 내려오던 그 남산 길이. 딱 그런 맛이 나는 길이다.

폰페라다는 성이 있는 도시라고 해서 꽤 고즈넉한 느낌을 풍길 거라고 내내 상상하며 걸어왔는데 공업도시적인 삭막함으로 첫 모습을 드러낸다. 신시가보다 구시가를 먼저 만난다면 얼마나 좋을까? 그럴 수 있다면 도시로 진입하는 순간 다리에 힘이 팍팍 들어가서 활기차게 걸을 수 있을 텐데.

도시 한 귀퉁이에 자리 잡은 알베르게는 아직 문을 열지 않았다. 우리보다 먼저 도착한 사람들도 문이 열리기만을 기다리며 뜰에 앉아 쉬고 있다.

덩치가 아주 커다란 독일 여자가 자기 발 좀 보라고 하소연한다. 정말 발이 어마어마하게 퉁퉁 부었다. 저런 발로 어떻게 걸어왔을까 싶다. 아니 어떻게 저 발을 신발에 넣고 올 수 있었는지 더 놀라울 지경이다. 알베르게의 자원봉사자가 그녀와 나의 발을 마사지해 준다. 얼굴은 아주 퉁명스럽게 생겨서 전혀 그럴 것 같지 않은데, 그 퉁명스런 얼굴과는 어울리지 않는 손놀림으로 아주 열심히 정성스레 발 마사지를 해 준다.

드디어 알베르게가 열리고 차례를 기다려 침대 배정을 받는다. 우아, 여기는 각 방마다 두 개의 이층침대가 있고, 게다가 남녀 구별까지 해서 방을 준다. 후후후, 오늘도 조용한 밤이 되겠군.

샤워와 빨래를 끝내고 돌아와 보니 우리 방에 한 명이 더 있다. 앗, 아는 얼굴이다. 레온의 알베르게 아침 식탁에서 만났던 오스트레일리아 사람 케이트다.

그녀는 일본에서 영어를 가르친 적이 있다는데 아주 사교적인 성격이다. 그냥 내 귀에 듣기 좋으라고 한 말인지도 모르지만 "사실 서울이 더 가고 싶었는데 말이야."라는 말도 했다.

그런데 방 분위기가 좀 묘하다. 피예렛과 그녀 사이에서 묘한 긴장감이 돈다. (내 추측으로는 우리 셋만 이 방을 쓰기 원한 피예렛이 그녀에게 다른 방으로 가면 안 되겠냐고 물어본 게 아닐까 싶다. 그러나 뭐 그녀도 자기가 고른 게 아니라 관리자가 정해 준 방에 왔으니 그럴 수는 없겠지.) 나를 본 그녀가 매우 반가워한다. 그러자 피예렛이 더욱 못마땅한 표정을 짓는다.

폰페라다에는 13세기에 지은 템플 기사단의 성이 있다. 성 안까지 들어갈 수 없어서 좀 아쉽지만 그래도 어느 정도 정취는 느낄 수 있어서 괜찮다. 오전에 구경 갔던 케이트는 안에 들어갔다고 했는데 그녀가 의미하는 안이 어디까지인지 잘 모르겠다.

역시 구시가를 걷노라면 기분이 좋다. 아치로 된 시계탑을 통과하는 게 흡사 시간의 벽을 넘나드는 기분이다.

바실리카 양식의 성당이 멋스러워 다가갔더니 그간 엘 카미노에서는 한 번도 못 본 (그러나 다른 스페인 관광지에는 지천으로 깔린) 동냥아치가 성당 앞에 턱 하니 서 있다. 그것도 멀쩡하게 생긴 젊은이다. 그냥 딱 봐도 마약중독자다. 약 값을 도와줄 수는 없는 노릇이라 못 본 척했는데 집요하게 따라붙어서 얼른 성당 안으로 들어가 버린다.

케이트를 포함해 넷이 같이 저녁을 먹으러 간다. 그런데 피예렛이 계속 케이트를 노골적으로 대화에서 배제시키고 말끝마다 틱틱거린다. 꼴롱브도 피예렛의 태도 때문에 신경이 쓰이는지 표정이 영 어정쩡하다. 그 바람에 나도 좀 피곤하다.

그나마 피자가 아주 맛있기에 망정이니 맛까지 없으면 정말 화가 났을 거다.

이 둘은 다음 날 아침까지도 내내 냉랭함을 유지하는 일관성을 보여주었다. 사실 언어소통이 원활했으면, 서로의 감정을 그토록 다치게 하지 않았을지도 모른다. 상대방의 입장을 정확하게 알 수 있을 테니까. 문화가 다르고 언어가 다른 사람들이 부딪히면 무엇으로 해결을 볼 수 있을까? 휴…. 그들의 신경선에 숨이 턱턱 막힐 것만 같았다. 저녁을 먹은 후 신선한 공기가 필요해 홀로 다니다가, 산티바예즈 알베르게에서 관리 봉사를 하던 후안을 이곳에서 다시 만났다.

산티바예즈에서 만났을 때보다 훨씬 활기찬 모습이다. 역시 허름하고 황량한 그곳 알베르게를 지키는 게 그다지 유쾌한 일은 아니었던 모양이다.

역시 길 위로 나선 자는 길 위에서 가장 행복한 표정을 짓는가 보다.

28일 째

폰페라다 → 비야프랑카 델 비에르소

요술쟁이는 빗자루를 타고, 이별은 비를 타고

결국 염려하던 일이 생겼다. 비가 내린다. 많이 오지는 않지만 조금씩 계속 부슬거린다. 알베르게 앞 카페에 앉아 잠시 고민한다.

피에렛은 여차하면 이곳에서 하루 더 쉬겠다고 하지만 카페의 웨이트리스는 "적어도 일주일은 이 비가 멈추지 않을 거야."라며 피에렛을 절망시킨다.

이제 갈리시아에 가까이 왔다는 것이 느껴진다. 겨울에는 일주일에 이레 내내 비가 온다는 그곳. 이제 날씨는 더욱 추워질 것이다. 이곳의 날씨에 대비해서 우비도 가져오고 배낭 커버도 가져왔는데, 막상 빗속을 걷는다는 것이 아직까지는 엄두가 나지 않는다.

두 개째 패스트리를 먹다 보니 빗줄기가 흐릿해진다. 지금이다 싶어서 얼른 배낭을 메고 길을 나선다. 망설이던 피에렛과 꼴롱브도 따라 일어선다.

무릎과 발목이 부쩍 안 좋다는 느낌이 든다. 배낭을 등에 짊어지는 순간 날카로운 통증이 무릎과 발목에서 찌릿하고 느껴진다. 열흘만 버텨 주길, 산티아고까지 무사히 걸어서 갈 수 있기를 바랄 뿐이다.

굳이 우비는 입지 않아도 될 것 같아 방수 점퍼를 입고 옷에 달린 모자를 뒤집어쓴다. 흐린 날씨 때문인지 길을 걷는 사람들의 어깨가

폰페라다 외곽에서 발견한 호젓한 성당. 어쩌면 성당이 아니라 납골당 같은 곳인지도 모르겠다.

다들 처져 보인다. 대화도 줄어든다.
간간이 하늘을 올려다보며 날씨가 활짝 개면 얼마나 좋을까 생각한다.

폰페라다를 빠져나가는 길에 영화관이 보인다. 생각해 보니 스페인에 와서 처음 본 영화관이다. 길에서 종종 영화 포스터를 본 적이 있지만 극장을 본 건 처음이라 괜히 반갑다.

그나마 길에서 본 영화 포스터도 「미세스 앤 미스터 스미스」와 「그녀는 요술쟁이」가 전부여서 현재 스페인의 영화 산업은 어떤 상태인지 궁금해지곤 했다.

스페인 영화를 생각하면 아무래도 페드로 알모도바르가 제일 먼저 떠오른다. 그는 내가 가장 좋아하는 감독이기도 하다. 「신경쇠약 직전의 여자들」, 「내 어머니의 모든 것」, 「그녀에게」 등 그의 영화는 세월이 흘러도 여전히 변함없는 색과 힘이 있다. 게이인 그가 보여 주는 여성 찬미는 간혹 눈물이 날 정도로 감동적이다. 사실 그의 영화들을 통해서 본, 원색적이고도 원시적인 느낌이 강렬한 스페인에 항상 매력을 느끼고 있었기에, '스페인에 있다'는 엘 카미노를 걷기로 결정하는 것이 나에게 수월한 선택이었는지도 모른다. 인연이나 끌림이란 건, 알 수 없는 곳에서 오고 알 수 없는 결과를 도출시키기도 한다.

비가 조금씩 거세지는 듯해서 우비를 꺼내 입는다. 피에렛과 꼴롱브는 준비를 꽤나 철저히 해 왔는데 이들의 장비는 모두 둘이 똑같

Pedro almodovar

다. 우비 역시 그랬는데 키가 작은 꼴롱브에게는 우비가 너무 커서 모양이 좀 우습다. 「은하철도 999」의 철이 같기도 하고 모래 요정 바람돌이 생각도 난다. 그녀에게 "푸하하, 꼭 철이 같아."라고 놀려 줄 수 없어서 속상하다.

내 언어와 문화로 같이 즐거워할 수 있다면 참 좋을 텐데. 당연한 일이지만 왠지 우울하다. 하지만 우울하다가도 앞에서 아기작거리며 걷고 있는 그녀의 뒷모습이 눈에 들어올라치면 다시 입에서 웃음이 스르르 새 나온다. 꼴롱브가 "내가 그렇게 웃겨?"라고 물으며 자신도 웃는다.

힘을 내 도착한 카카벨로스Cacabelos. 꽤 커다란 마을인데 느낌이 무척이나 황량하다. 거리에 빈집들이 쭉 늘어서 있다. 어쩌면 날씨 때문에 더 그렇게 느껴지는 것인지도 모르겠다.

알베르게는 마을 끝 강 건너에 있다. 꽤 깔끔하다. 아직 일러서 그런지 관리자밖에 없다. 피에렛과 꼴롱브는 이곳에서 멈추겠다고 한다. 난 좀 생각해 본다. 여기까지 오늘 15킬로미터 걸었다. 지금도 좀 힘들지만 이렇게 적게 걸으면 산티아고까지 너무 오래 걸린다. 가뜩이나 요즘 다리가 아파 와서 걱정인데, 이런 식으로 가다간 결국 끝까지 걷지 못할 것만 같은 불안감이 든다.

난 조금 더 걸어서 비야프랑카까지 가겠다고 하니 둘이 무척 놀란다. 급기야 피에렛이 눈물을 글썽거린다. 산티아고까지 계속 함께일 거라고 생각했다며 울먹이는 피에렛. 그들의 반응을 보니 내가 그들을 배신하는 듯한 기분마저 든다. 그래도 맘 굳게 먹는다. 내 페이스를 지키는 것도 중요하다. 그들과 깊은 포옹을 나누고 다시 배낭을 짊어진다.

설사 길에서 다시 만나지 못할지라도 산티아고에서 반드시 만나게 될 거라고, 지금의 이별을 가볍게 만들기 위해 난 활짝 웃는다. 그들의 배웅을 받으며 알베르게를 나선다. 각오와 다르게 발걸음은 무겁다.

그들과 헤어지자마자 낯선 무인도에 혼자 떨어진 것만 같은 느낌에 사로잡힌다. 내가 그간 그들과 지내는 것에 너무 익숙해 있었나 보다. 단 며칠을 같이 보낸 것뿐인데. 그런 좋은 사람들을 만날 수 있었다는 것이 새삼 기쁘고도 행복하다. 피에렛과 꼴롱브에게도 내가 행복하고 즐거운 기억을 가져다준 사람이기를.

카카벨로스와 비야프랑카 사이에는 포도밭이 쭉 늘어서 있는데 이 일대는 포도주 산업이 꽤 번성한 모양이다. 포도주 사업장 간판이 제법 눈에 많이 띈다. 아무 데나 한 군데 들어가 시음이나 해볼까 하다 마음을 접는다. 너무 늦기 전에, 비가 쏟아지기 전에 비야프랑카까지 가야 한다.

도로를 따라 걷는데 화살표가 두 군데로 나 있다. 가이드북을 꺼내 어디로 가는 게 좋을지 방향을 살펴보는데 한쪽 길에서 이탈리아인 모녀가 내려온다.

딸인 비르지아나가 잘못된 길로 들어섰다고, 한 시간이나 걸어 갔다고 투덜대며 내려온다. 그래서 당연히 다른 길로 함께 걷기 시작한다.

비르지아나는 폰페라다 알베르게에서 알게 되었는데 내 친구 수영이랑 눈망울이 참 많이도 닮아서 처음 봤을 때부터 정이 갔다. 체구도 동양인처럼 아주 작다.

내 친구는 물기 그윽한 눈이 인상적인데 이 친구 역시 그렇다. "너 내 친구랑 참 닮았다."라고 하니 깜짝 놀란다. 어떻게 비슷하냐고 계속 묻는다. 인종이 다른데 닮았다고 하니 정말 신기한가 보다. (알고 보니 둘 다 콘택트렌즈를 착용한다. 렌즈를 낄 수 없는 나의 눈이 원망스럽구나.)

비르지아나는 절뚝거리며 걷는다. 레온에서부터 걷기 시작했다는데 벌써 발목이 심각하다. 과연 계속 걸을 수 있을지 의심스럽다. (결국 이 모녀는 다음 날 택시를 타고 떠났다. 비르지아나는 걷기를 멈추는 데 별 아쉬움이 없는지, "다음에는 자전거를 가지고 와야겠어"라고 할 뿐이었다.)

어쨌든 모녀로 온 팀을 간혹 만나는데 무척이나 보기 좋다. 나도 엄마랑 왔으면 얼마나 좋았을까 잠시 생각해 보지만, 엄마의 무릎을 생각하니 기분이 아찔해진다. 분명 엄마의 잔소리를 들으며 버스를 타고 다닐 게 분명하다.

카카벨로스에서 비야프랑카 델 비에르소Villafrranca del Bierzo까지 가이드북에 7킬로미터라고 되어 있는데 아무리 가도 비야프랑카는 나올 기미가 안 보인다.

아무래도 아까 비르지아나가 잘못 들어섰다고 했던 길이 맞는 길이 아닐까 싶다. 그러나 그런 생각은 하나마나다. 이미 너무 많이 걸어왔다. 언덕을 하나 넘을 때마다 이제는 보일 거라는 소리를 몇 번이나 했는지 모른다. 이제 그런 말을 하기도 지칠 무렵, 갑자기 비야프랑카가 나타난다. 거기다 고맙게도 알베르게가 마을 입구에 있다.

비야프랑카는 그다지 큰 마을은 아니지만 관광안내소까지 있다. 아마도 꽤 유명한 성당들이 여럿 있는 고풍스런 마을로 알려져 있기 때문인 듯하다. 그래서 여전히 비가 내리는데도 불구하고 지도를 들고 마을 구경을 나선다.

자갈이 반질반질하게 닳은 길과 운치 있는 집들이 늘어선 골목이 참 예쁘다. 그러나 유감스럽게도 비 때문에 길이 많이 미끄러워서 걸을 때 넘어지지 않도록 주의해야 한다. 게다가 이 마을은 산자락에 붙어 있어서 길에 굴곡이 많으니 방심하다가는 미끄러지기 십상이다.

종종걸음으로 걷고 있는데 어라, 맞은편에서 동양 남자애가 하나 걸어온다. 일본인 모토키도 내가 이 길에서 처음 만난 동양인이라고 아주 반가워한다. 그래서 난 일본 여자를 두 명이나 만났다고 하니 꼬치꼬치 물으며, 자기는 만나지 못한 것을 무척이나 아쉬워한다. 당연히 그렇겠지.

우리나라 애랑 펜팔도 한다는 모토키랑 잠시 수다를 떤다. 모토키가 그의 펜팔 친구는 남자인데 이름이 나와 똑같다고 고개를 갸우뚱한다. 이와이 순지의 「러브레터」 주인공들 후지이 이츠키처럼 남녀 공용 이름이라고 했더니 아아, 하며 고개를 끄덕인다.

빗발이 점점 거세어져서 알베르게로 돌아가 관리인에게 우산을 빌려 다시 성당 순례를 나선다. 각 성당마다 어여쁜 처자들이 문 앞

후지이이츠키

산티아고 이름이 붙은 성당에는 대부분 이런 조개껍데기 문양이 있다.

에 앉아 있다가 들어서는 사람들에게 싱긋 미소를 보낸다.

비야프랑카에는 아주 유명한 성당이 있다. 바로 산티아고 성당. 이 성당의 북쪽으로 나 있는 문이 '용서의 문'이라는데, 옛날엔 쇠약하거나 병에 걸린 순례자들이 이 문을 통과하면 산티아고에 도착한 것과 같은 자격을 얻었다고 한다.

미사를 드리러 간 산타마리아 성당에서 앤을 다시 만난다. 아는 얼굴을 만나니 반갑다. 퀘벡 커플과 헤어졌기에 더 그런 것인지도 모르겠다.

앤과 평화의 인사를 나누는 시간에 손을 꼭 맞잡고 볼에 뽀뽀도 한다. 앤은 무척이나 독실한 가톨릭 신자인데 반해 데이비드는 무신론자다. 그래서 앤이 미사를 드리는 동안 데이비드는 혼자 거리를 서성인다.

앤은 왜 혼자냐고 묻는다. 내가 자초지종을 설명하자 "그럼, 사람들과의 이별은 슬프지만 너의 카미노를 완성하는 것도 중요하지."라고 한다. 나를 계속 위로해 주던 앤이 저녁을 대접하고 싶다고 같이 가자고 한다. 자신도 내일까지만 걸으면 이제 영국으로 돌아가야 한다며.

사실 앤은 괜찮은데 데이비드 아저씨가 좀 불편한 스타일이라 이미 저녁을 먹었다는 말로 거절한다. 차라도 한 잔 하자고 했지만 역시 거절했다. 그리고 돌아서니 미안한 마음에 발걸음이 무겁다.

앤 아줌마, 내년에도 즐거운 카미노 되세요.

.9일째

랑카 델 비에르소
→ 베가 델 발카르세

설사병에 걸린 외로운 순례자의 불안

최악의 하루가 시작되었다. 하필이면 오래간만에 혼자 걷는데 몸이 영 좋지 않다.

알베르게에서 출발할 때부터 살짝 느끼기는 했지만 모른 척하려고 했는데(그럼 혹시 좋아지지 않을까 해서) 길을 걸을수록 배가 더 아파 온다. 그래도 시간이 지나면 괜찮아질 거라며 불안한 마음을 달래며 걷는다.

비야프랑카에서 오 세브레이로O Cebreiro로 가는 데는 세 가지 경로가 있다. 하나는 도로 옆 인도를 따라 쭉 걸어가는 것, 두 번째는 첫 번째 길 옆에 있는 산을 통해 가는 것, 마지막은 엄청 많이 돌아가는 길로 최근에는 이용하는 사람들도 아주 적을 뿐더러 통하는 산도 꽤 험하다고 가이드북에 나와 있다.

마지막 길까지는 아니더라도 두 번째 정도는 이용하는 게 좋지 않을까 하는 주제넘은 욕심을 품고 갈라지는 길에서 산으로 방향을 정한다. 대부분의 사람들은 도로 쪽 길로 가는데 다리가 엄청 긴 독일 여자애 하나만 산으로 씩씩하게 올라가는 뒷모습이 보인다.

좋아! 나도 저리로 가는 거야, 하고 마음속으로 호기롭게 외치며 기세 좋게 올라가는데 배가 사르르 아파 온다. 아아, 화장실이 급하다.

아직 많이 올라오지도 않았고 비도 오는데 노상에서 일을 치르

—

예쁜 비야프랑카의 골목들이 내 눈에 콕 박혀서 안 떨어진다. 이곳에서 시간을 많이 보내지 못해 아쉽다.

고 싶지는 않아서, 미끄러지지 않도록 신경 쓰며 부랴부랴 도로 내려온다.

그런데 내려오자마자 화장실을 찾아 두리번거리는 내 눈과 마주친 사람은 바로 모토키.

모토키가 한 무리의 사람들과 우르르 걸어오다가 날 보더니 손을 흔들며 다가온다.

"나 기억하지? 어제 만난 모토키야."

놀랍게도 모토키는 출발지인 '생 장 피에 드 포르 Saint Jean Pied de Port'에서 만난 사람들과 계속 함께 걷고 있었다. 가이드북에서 정해준 거리만큼 날마다 걷고 있다는 그 일행의 체력도 놀랍고 그 협력성은 더욱 놀랍다.

아무튼 모토키는 날 그 무리에 넣고 싶은 듯 사람들을 하나하나 소개해 주는데 화장실이 급한 나로서는 전혀 반갑지 않다. "올라!" 한 번으로 대충 인사를 때우고는, 얼른 근처의 호스텔로 뛰어간다. 아마 그 무리들은 쟤 왜 저러냐며, 비사교적인 내 작태를 흉잡았을 것이다.

화장실에 갔다 오니 좀 살 거 같지만 아무래도 걱정스럽다. 예전에 식중독에 걸렸을 때랑 증세가 비슷해서 겁이 덜컥 났다. 산으로 갔다가 탈이 나면 큰일이다 싶어서 그냥 도로를 따라 걷기로 한다.

역시 조금 걷다 보니 신호가 또 온다. 식중독까지는 아닌 거 같고 아무래도 설사병에 걸린 것 같다. 젠장, 며칠 전 설사에 걸려 고생한 폴란드 애의 충고에 터무니없는 자신감으로 "난 설사 같은 거 잘 안 걸려!" 하고 호탕하게 웃어젖힌 게 후회된다.

비도 오는데 아무래도 길에서는 곤란해서 식은땀을 삘삘 흘리며 참는다. 얼마나 걸었을까? 작은 마을이 보인다. 부랴부랴 바를 찾아 화장실로 직행한다. 휴, 이제야 좀 살 것 같다. 혹시 또 신호가 올까 봐 한참을 바에 앉아 미적거린다.

그리고 다시 걷는데 또 신호가 온다. 으아악, 어째서 걷기만 시작하면 아픈 걸까? 미치겠다. 역시 화장실이 나올 때까지 땀을 흘리며 열심히 걷는다. 이럴 때는 배낭 무게도 느껴지지 않는다.

드디어 바 발견. 부리나케 들어가는데 또 모토키가 등장한다. 난 대뜸 "화장실이 어딘지 알아?" 하고 묻고는 바로 화장실로 들어가 버린다. 급한 불을 끄고 나니 좀 부끄럽다.

비참한 마음으로 다시 길을 걷는다. 여전히 배는 안 좋다. 뭐 좀 먹고 약을 먹어야겠다 싶은데 혹시 더 탈이 나는 게 아닐까 싶어서 아무것도 못 먹겠다.

하지만 너무 배가 고파서 트

황량한 풍경. 아픈 배를 부여잡고 걷는 내 마음속은 이보다 더 황량하다.

라바델로Trabadelo의 바에서 간단히 점심을 먹은 후 약까지 먹고 출발했는데 이번에는 출발하자마자 신호가 온다. 마침 알베르게가 보여서 그 안으로 뛰어든다. 오디오를 만지작거리던 후안이 "올라!" 하며 미소를 던진다. 무척 반갑지만 인사는 나중으로 미루고 우선 화장실로 내달린다. 휴우, 정말 힘 빠진다.

이 알베르게는 지은 지 얼마 안 됐는지 시설이 아주 깔끔하고 잘 되어 있다. 심지어 로비에 대형 텔레비전과 오디오 세트도 있다. 이런 알베르게는 처음이다. 그런데 관리인은 없다. 메모를 보니 관리인은 저녁에나 오는 모양이다.

난 후안이 이 알베르게에서도 자원봉사하는 줄 알았는데 잠시 비를 피하려고 들어왔다고 한다. 그때 2층에서 "와, 이 알베르게 되게 좋은데." 하며 내려오는 이가 있었다. 그녀를 알아본 순간 내 눈은 아마 길에서 동전을 발견할 때처럼 반짝였을 것이다. 왜냐하면 이 친구에게 뭔가 흥미로운 구석이 있었기 때문이다.

이름은 놀리나, 독일에서 왔다. 그녀를 전에도 두어 번 본 적이 있는데 항상 하늘거리는 단순한 흰색 원피스에 커다란 모자, 인디언 스타일 지팡이를 들고 다닌다.

피예렛도 놀리나를 본 적이 있는데 길에서 혼자 조용히 기도하고 있더란다. 다른 사람들하고는 일체 말도 하지 않으면서. 그 얘기를 들으며 내가 뭘 생각했느냐 하면 바로 동화 『백조왕자』다.

오빠들을 백조로 변하게 한 마법을 풀기 위해, 마녀로 몰려 죽을 위기에 처했는데도 엉겅퀴로 오빠들에게 입힐 스웨터만 짤 뿐, 입을 열지 않았던 공주의 이야기.

난 그녀가 혹시 아주 간절히 원하는 소망이 있어서 스스로 그녀의 입을 닫은 것이 아닌가 상상하며 즐거워했는데, 오늘 만나 보니 말만 잘한다. 스페인어도 아주 능숙하다. 조잘조잘 떠드는 모습을 보니 좀 맥이 풀린다.

"바로 옆에 병원이 있으니 가자."라며 한참을 권하던 후안은 내가 싫다고 막 버티니까 그럼 오늘은 이 알베르게에서 쉬라고 충고하고는 비가 좀 그치자 길을 나선다.

놀리나는 젖은 신발 때문에 물기와 흙이 덕지덕지 붙은 바닥이 아무렇지도 않다는 듯 털썩 주저앉아 배낭을 정리한다.

놀리나는 침낭이 두 개다. 왜 두 개씩이나 들고 다니느냐고 물으니 날이 좋으면 그냥 밖에서 잔단다. 코 고는 사람도 없고 새소리, 바람 소리 들으며 자면 아주 좋단다. 단지 추운 게 문제라서 침낭을 하나 더 샀다는 그녀는 나에게도 노숙을 권한다.

얘기를 나누던 놀리나도 떠나고 음악을 들으며 텅 빈 알베르게에 혼자 있으니 기분이 점점 우울해진다. 또 다시 신호가 오면, 오늘은 정말 여기서 쉬어야겠다고 생각했는데 한참 동안 잠잠해서 다시 발걸음을 움직인다.

왜 하필이면 혼자 된 첫날 설사병에 걸렸는지, 간호사인 꼴롱브가 옆에 있을 때 이랬으면 마음이 지금 같지는 않으련만. 그들을 떠난 것이 실수였을까?

그러니 더욱 그들이 그리워져서 순간 울컥했다. 괜히 혼자 서두르다가 벌 받는 기분이다. 하지만 이게 내 나름대로 최선의 선택이다.

어떻게 해서든 산티아고까지 걸어서 가고 싶다. 흑.

대부분의 사람들은 비야프랑카에서 오 세브레이로까지 하루에 가는 경우가 많지만, 난 이틀에 걸쳐서 가기로 마음먹었기 때문에 오늘은 베가 데 발카르세Vega de Valcarce까지만 가면 된다.

다행히 별 문제없이 작고 초라해 보이는 베가 데 발카르세에 도착한다. 알베르게도 마을에 걸맞게 아주 초라하다. 우울한 날, 날 기분 좋게 해 주는 것은 아무것도 없구나 하는 생각에 마음이 심란하다.

폭 젖은 운동화를 말리는 것이 우선 시급한 문제여서 알베르게에 굴러다니는 종이들을 주워다가 대충 운동화 안에 쑤셔 넣는다. 젖은 신발만큼 불쾌한 것도 없다.

나보다 먼저 알베르게에 짐을 푼 사람이 세 명인데 그 중 한 사람이 함께 차 마시자며 부른다. 따스한 차를 마시면 좋을 것 같아 그를 따라 2층으로 올라간다. 우리나라 다세대 건물 옥상 같은 느낌을 푹푹 풍긴다. 옆에 물탱크가 있는 그런 옥상.

나를 부른 사람은 프랑스 아저씨 세르주다. 영화배우 로빈 윌리엄스와 비슷하게 생겼는데 이 아저씨는 당나귀를 타고 산티아고까지 가는 중이다. 간혹 말을 타고 가는 사람들이 있다고는 들었지만 실제 동물을 타고 가는 사람을 처음 만나서 신기하다. 세르주 말로는 당나귀가 말보다 산을 훨씬 잘 탄다고 한다.

맛난 차와 과자를 준비한 사람들은 퀘벡에서 온 프란신과 테레사다. 역시, 퀘벡에서 오는 사람들 참 많다. 이들은 프랑스 르 퓌에서부터 걸어왔다는데 아직까지 발에 물집 하나 생기지 않았단다. 대단한 여인들이다. 이 둘은 영어를 거의 못해서 대화를 나누기가 여의치

Robin Williams

않은데, 어제 카카벨로스에서 묵었다고 해서 순간 맘이 울렁거린다.

이들과 같이 저녁을 먹으러 간다. 배가 좀 괜찮은 듯싶어 와인에 저녁을 넉넉히 먹는다. 낮에 먹은 게 많이 부실해서인지 음식이 끝도 없이 들어간다.

내가 운동화 안에 넣으려고 레스토랑에서 신문지를 챙기자 다른 사람들도 좋은 생각이라고 다들 챙긴다. 식당에서 열심히 신문 챙기는 모습이 재미있는지 나중에 세르주 아저씨는 내 얘기만 나오면 항상 내가 신문 싸안고 가는 얘기를 하더란다. 거참, 하나도 안 웃긴데.

그런데 불행히도 밤에 다시 신호가 찾아온다. 혹시나 싶어 약을 먹어 두었음에도 불구하고, 밤새 화장실을 몇 번이나 들락거렸는지 모른다. 게다가 나무로 된 문이 무척이나 낡아서 여닫을 때마다 어찌나 삐거덕거리던지 다른 사람들 잠 설치게 할까 봐 무척 미안하다. 흑흑, 저도 이러고 싶지 않아요.

화장실 갈 때마다 밖으로 나가야 하는데(그러니까 대문이라는 게 없고 무슨 쪽방처럼 화장실에 가려면 밖으로 나와야 한다) 기분이 묘하다. 누군가에게 아프다고 칭얼거릴 수도 없는 밤. 온전히 내가 나를 감수하고 다스려야 한다는 묘한 책임감. 우울하고 두렵기도 하면서 괜히 가슴 설레기도 한 기분.

그래도 집 떠나서 아프면 어쩌나 걱정했는데, 막상 겪으면 그런대로 헤쳐 나가는 게 사람이라는 생각이 든다. 설사병 정도에 그런 거창한 소리가 가당키나 하냐고 항의한다 해도 할 말은 없지만.

30일 째

베가 델 발카르세 → 오 세브레이로

눈물로 씨 뿌리는 자 기쁨으로 거두리로다

밤에는 도통 내리지 않는 비가 아침만 되면 꼭 내리기 시작하니 거참, 이곳 날씨의 심보도 알아줘야 한다.

다행히 운동화는 뽀송하게 잘 말라 있다. 신문지들이 제 역할을 톡톡히 해낸 것이다.

프란신과 테레사가 준비하는 모습을 옆으로 지켜보는데 그들의 장비는 피예렛과 꼴롱브보다 더 훌륭하다. 어떠한 상황에서도 완벽하게 대처해 낼 수 있을 듯한 그들의 모습. 지금 모습 그대로 초모룽마(chomoungma, 에베레스트의 티베트 말) 등정을 해도 괜찮을 것 같다.

아직도 사방이 어두운데 그들은 랜턴을 들고 길을 나선다. 잠시 후 당나귀를 몰고 세르주도 출발하고 어젯밤 늦게야 도착한 스페인 커플도 출발하고, 마지막으로 포르투갈 아저씨가 길을 나선다.

난 흡사 이 알베르게 관리인이라도 되는 양 밖에 의자를 내놓고 앉아 하염없이 거리를 바라본다.

오 세브레이로는 엘 카미노에서 가장 지대가 높은 곳이고 날씨에 따라 가장 험한 코스이기도 하다. 그곳으로 가야 하는 날, 비도 오고 여전히 설사병에 시달리는 나는 꽤나 운수가 사나운 걸까?

배가 이제 잠잠하다고 느껴질 때쯤 길을 나선다. 그 구질구질한 알베르게를 벗어나고 싶은 마음도 발걸음을 서두르게 하는 데 한몫한다.

오 세브레이로에 도착할 때까지 아무것도 먹지 말아야겠다고 결심한다. 비도 줄곧 내리고 계속 산을 올라가야 하는데 배에 또 탈이 나면 정말 곤란하다. 꾸역꾸역 계속 위로만 올라가는데 길이 꽤 가팔라서인지 자전거로 온 사람들도 대부분 타지 않고 그냥 끌고 올라간다. 그들의 모습도 매우 힘겨워 보인다.

두 갈래 길이 나온다. 하나는 포장된 도로, 다른 하나는 그냥 흙길이다. 걸어가는 사람들에게는 흙길, 자전거를 이용하는 사람들은 도로로 가라고 친절하게 표시되어 있다. 어느 길로 갈까 고민한다. 도로가 아무래도 편하지 않을까 싶기는 하지만 지금까지도 도로였기에 그 길이 좀 지겹게 느껴진다.

에라 모르겠다, 조금 힘들더라도 흙길로 가자며 걸음을 옮기는데 얼마 가지도 않아 금방 후회가 된다. 비가 오는 지금은 단순히 흙길이 아니라 완전 진흙탕이다. 발이 땅속으로 빨려 들어가기라도 하는 것처럼 푹푹 박혀 든다.

평평한 곳은 또 그나마 걸을 만한데 경사진 곳에서는 자꾸 발이 미끄러진다. 가뜩이나 커다란 배낭을 메고 있어서 무게중심에 신경이 쓰이는데 잘못 미끄러져서 뒤로 넘어지기라도 할까 봐 신경이 곤두선다. 비가 좀 그치기를 간절히 바랐건만 시간이 흐를수록 비는 더욱 거세어져만 간다.

겨울에는 일주일 내내 비가 내리는 곳이라기에 그렇게 비가 계속 오면 가느다란 안개비 같은 것이 내리는 줄 알았다. 런던 하면 머릿속에 그려지는 그런 가늘고도 뿌연 비. 그런데 여기는 지금 우리나라의 장맛비 같은 대찬 녀석이 계속해서 쏟아진다.

이 비를 계속 맞으며 걸어가야 하는 걸까? 내가 너무 미련한 게 아닐까 생각하노라면, 역시 이 비를 묵묵히 맞으며 걸어가는 사람들의 모습이 하나 둘씩 시야에 나타난다.

아무것도 안 먹어야 한다고 생각은 하지만, 좀 쉬고 싶어서 작은 마을에 들어서자 바로 바를 찾는다. 비만 안 온다면야 어디서든 못 쉬겠냐만은 지금은 비를 피할 수 있는 지붕이 간절하다.

그러나 겨우 발견한 아주 허름한 바는 문이 굳건히 닫혀 있다. 그러고 보니 어제 포르투갈 아저씨가 한 얘기가 생각난다. 오늘은 스페인의 국경일. 신대륙발견기념일이라나 뭐라나? 스페인은 뭔 공휴일이 그리도 많은지 툭하면 휴일이다.

어디 남의 집 짧은 처마에라도 신세를 좀 져야겠다는 생각에 두리번거리며 걷는데 마당에 앉아 비를 구경하는 할머니와 눈이 마주친다.

할머니가 들어오라고 손짓한다. 휴, 다행이다. 배낭을 풀고 할머니 옆에 앉는다. 어디서 왔냐고 꼬치꼬치 묻는 할머니. 코레아라고 대답하니까 몇 번이나 따라서 발음해 본다. 그리고 계속 뭐라고 하지만 전혀 알아들을 수 없으니 그냥 미소로 대답하는 수밖에.

할머니가 창고 같은 곳으로 가더니 사과를 몇 개 가져다준다. 내가 바로 먹기를 바라는 눈치지만 지금 나는 뭘 먹을 처지가 아니어서 그냥 양손에 받아들고 "그라시아스."를 중얼거리는 수밖에 없다.

비가 더욱 거세어져서 우리가 앉은 곳으로도 비가 들이치자 할머니가 안으로 데려간다. 그것까지는 좋았는데 잠시 후 밖에 나갔다 돌아온 할머니 아들이 나를 아주 신기하게 바라본다. 그리고 정신없이 날아드는 질문 공세.

내가 알아듣던 못 알아듣던 상관없이 계속해서 질문을 퍼부어 댄다. 간간이 귀에 박히는 단어들이 있으면 추측해서 대답해 주지만 멈추지 않는 질문에 머리도 몸도 피곤해진다. 그냥 날 좀 가만 놔뒀으면 좋겠는데….

그나마 컨디션이라도 좋으면 모르겠지만 지금은 몸 상태도 안 좋고, 어서 오 세브레이로에 도착해서 쉬고 싶다는 생각만 간절하다 보니 사실 좀 미칠 것 같다. 그래서 폭발해서 아저씨에게 짜증내기 전에, 이제는 가 봐야겠다고 여전히 호기심에 고픈 그의 말을 끊고 자리에서 일어난다.

여전히 길은 힘들다. 빗물이 흘러내리는 길은 더는 길이 아니라 얕은 개울이다. 물을 잔뜩 먹은 운동화가 땅속으로 점점 꺼져 간다. 내 발 하나 치켜들기가 너무 힘들다. 거기다 발이 계속 미끄러져서 균형을 잡으려는 내 무릎은 더욱 아프다. 흠뻑 젖은 바지도 무겁다. 순간 울컥하는 기분이 든다. 내가 왜 여기까지 와서 이렇게 걷고 있는 것일까? 왜 하지 않아도 될 고생을 하고 있는 것일까? 무엇을 얻겠다고?

내가 지금 여기서 왜 이러고 있는지 모르겠지만, 어쨌든 여기서 내려갈 수 없다는 것만은 알기에 꾸역꾸역 위로 올라간다. 엉뚱한 신발을 고른 나의 어리석은 판단에 저주와 비난을 동시에 퍼부으며. 정말 빗길에 넘어져 구른다 하여도 할 말이 없다.

산등성이로 올라가 발길을 멈추고 사방을 둘러본다. 부드럽게 물든 단풍이 산에 쭉 깔아 놓은 양탄자 같다.

힘들었지만, 무사히 산등성이에 오르자 시야가 확 트이니 내 가슴도 뚫린 듯 시원해진다. 이미 이 길을 걸었던 모든 사람들이 그토록 아름답다고 하던 갈리시아의 풍경이 한눈에 들어온다. 온 산을 알록달록 물들인 단풍이 아름답다.

그래도 역시 우리나라 단풍이 최고다. 단풍에 익숙한 나에게는 그다지 새롭지 않지만 단풍을 별로 본 적 없는 사람들에게는 감탄을 자아낼 것이 분명한 아름다운 정경이다.

이곳의 나무들은 우리네 나무와는 달리 작고 아담해서 양탄자를 깔아 놓은 것 같은 느낌이 든다. 손으로 쓰다듬으면 부드럽게 감길 것만 같은.

내 앞을 걸어가던 브라질 사람들도 계속 걸음을 멈추며 주위를 돌아본다. 캐나다 사람들은 조그마한 국기를 배낭에 다는데, 브라질 사람들은 항상 커다란 국기로 배낭을 휘감고 다녀서 멀리서도 표가 난다. 그들이 내지르는 탄성이 빗속에서도 들린다.

그림처럼 예쁜 오 세브레이로에 도착한다. 도착했다는 것만으로도 마음이 풀린다. 결국 가다 보면 도착하고야 마는 그 당연한 이치가 이렇게 반가울 수가 없다.

아주 작은 마을이지만 이 마을의 풍경이 워낙 유명해서인지 이런 날씨에도 차를 몰고 온 관광객들이 꽤나 많다. 맞다. 오늘이 휴일이라고 그랬지.

우선 알베르게로 간다. 자원봉사자가 정해 준 방을 보니 이층침대가 세 개 놓인 6인실이다. 아래 층 두 침대는 이미 임자들이 있어서 남은 침대에 짐을 푸는데 프란신과 테레사가 안으로 들어온다.

두 침대의 주인은 바로 이들이다. 반가움의 포옹을 나누고 나니 테레사가 얼른 빨랫감을 달라고 한다. 자기들 빨래를 건조기로 말릴 참이라면서 내 것도 같이 넣자고 한다. 갈리시아 지방은 비가 많이 와 빨래가 잘 마르지 않아서 웬만한 숙소에는 코인 건조기가 비치되어 있다.

세탁방에서 아까 자전거를 끌고 올라오던 여자를 만난다. 바르셀로나에서 왔다는 그녀는 이런저런 얘기 끝에 "나 사실은 볼리비아

오 세브레이로 마을. 해발 1300미터에 예쁜 돌집들이 옹기종기 모여 있다. / 산자락 바로 밑에 자리 잡은 보기 드문 나무로 지은 집. 초가지붕이 멋스럽다. 어떤 바람도 이겨낼 수 있도록 지붕이 단단하게 연결되어 있다.

산타마리아 성당 내부. 아담하고 간소한 제대가 아름답다. 성당 안에 가만 앉아 있는데, 나 정말 축복받았구나 싶었다.

출신이야. 우리나라 알아?" 하고 묻는다. 안다고, 우유니 사막도 안다고 했더니 아주 좋아한다.

무척 아름다운 곳이라고 꼭 가 보라고 말하는 그녀. 자기도 돈벌이만 괜찮았으면 거기서 살지, 스페인까지 안 왔을 거라면서 웃는다.

떠나온 고향을 떠올리며 미소 짓는 그녀의 표정이 문득 슬프다는 생각이 들어서 가슴 한구석이 알싸해진다. 잃었을 때의 소중함을 우리가 잃기 전에 알 수만 있다면 우리의 살아가는 방식은 얼마나 달라질 수 있을까?

이곳의 바람은 아주 매섭다. 레온에서 산 파카가 제 몫을 단단히 한다. 안에 티셔츠에 스웨터까지 껴입어도 춥다. 이 녀석 안 샀으면 정말 얼어 죽을 뻔했다. 그러고 보니 밍크 코트를 입은 아줌마들도 꽤 눈에 띈다.

관광객들 틈에 끼여 나도 팔로사Palloza라고 하는 셀틱 전통의 저장창고를 구경한다. 돌벽에 짚을 얹은 지붕이 흡사 우리네 초가집과 비슷해 보인다.

9세기에 지은 이곳의 성당은 아담하니 무척이나 예쁘다. 1300년경 이 성당에서는 포도주가 피로, 성체성사(성찬식)용 빵이 실제 살로 변하는 기적이 있었다고 한다. 예쁜 성당이 비범한 이력도 지니고 있다. 마침 저녁미사도 있다 하니 꼭 참석해야겠다고 생각하는데 테레사가 자기도 같이 가겠다고 한다.

미사 참례자는 우리 둘과 미국에서 온 톰 할아버지, 셋이 전부다. 그래도 신부님은 아주 성의껏 미사를 집전하며 우리들이 산티아고까지 무사히 가기를 바란다고 축복도 해 준다.

알베르게 복도의 벽이 우비와 배낭으로 빈자리가 없다. 날이 추워서인지 방뿐만 아니라 복도에도 히터를 켜 준다. 아마 내일이면 다들 뽀송뽀송하게 잘 말라 있을 것이다. 일기를 쓰고 침대에 누우니 가슴이 뿌듯해진다. 낮에 눈물이 핑 돌았던 사람이 내가 아닌 것만 같다. 아깐 뭐가 힘들다고 그렇게 투덜거린 거야, 싶을 정도다.

단지 몸이 안 아프고, 따스한 침대에 누워 있을 뿐인데, 이 세상에 더는 바랄 것이 없다는 생각이 들 정도로 충만한 기분이다.

날마다 이렇게 욕심 없이 산다면 삶이 얼마나 즐거울까, 하고 지금은 생각하지만, 과연 내가 본래 궤도로 돌아간 다음에도 이 마음을 계속 유지할 수 있을지 궁금하다.

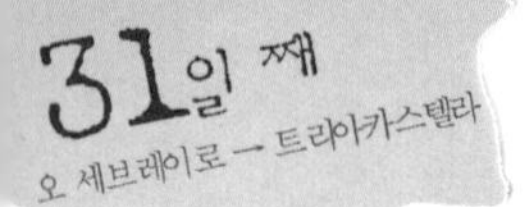

파란 우비, 숲에서 길을 잃길 꿈꾸다

도대체 이 엄청난 비바람은 무엇이더냐? 혹시 지금 이곳에 태풍이 상륙을?

바람이 잠잠해지기를 기대하지만 영 수그러들 기미가 안 보인다. 그나마 빗발이 약해진 것을 위안 삼으며 길을 나선다.

길에 안개가 자욱하다. 시야가 2미터도 채 안 되는 것 같다. 처음에는 맞는 길로 가는 걸까 좀 불안했는데, 화살표 찾으려고 두리번거리다 혹시 넘어지기라도 하면 정말 큰일이어서 땅만 보며 조심조심 걷는다.

우비를 입어서 위는 괜찮은데 바람 때문에 바지는 완전히 다 젖는다. 긴 우비가 성가실 것 같아서 아래를 과감하게 자르고 왔더니 이런 문제가 생긴다.

역시 내 준비성이란. 한숨밖에 안 나온다.

갈리시아의 숲은 무척이나 아름답다. 비에 젖어 그 색채가 더 짙고 아름답게 보인다. 그러나 땅은 비로 질어져서 걷기에 좀 괴롭다. 진창에 빠지지 않도록 발 디딜 곳을 계속 살피는 일은 꽤나 피곤하다.

울창하게 감싸인 알록달록한 나무들, 호젓한 길, 그 길에서 들리는 건 오로지 내 발자국 소리뿐. 이 아름다운 숲에 나 하나뿐인가, 이 아름다운 숲이 흡사 나만을 위해 존재하는 듯한 착각에 빠진 나는 호강에 겨워 그간의 불만을 잊고 다시 가슴에 날개를 단다. 마음이 붕붕 뜬다. 행복에 취한다. 설사 이 길이 영원히 끝나지 않는다 하여도 나는 미소 지을 수 있을 것 같다.

서서히 안개가 걷히는 길. 길도 평탄해지고 풍광도 좋고 이제 다리에 힘이 팍팍 붙는다.

그렇게 얼마나 걸었을까?

문득 작은 농가가 나온다. 어떤 할머니가 날 부른다. 부엌에서 토르티야 데 파타타를 들고 나오면서 먹고 가라고 시늉한다. 감사하지만 나는 거절한다.

오늘은 이렇게 걷는 기쁨에만 취하고 싶다. 이틀간 무척이나 힘들었기에 오늘의 즐거움은 더욱 크다.

불안한 미래, 부질없는 상념 따위는 다 잊고 그렇게 몽롱한 기분으로 숲길을 걷는데 어느덧 마을의 정경이 보인다. 오늘의 목적지에 도착한 것이다.

이제 쉴 수 있겠다는 생각에 안도하는 마음도 생기고 아름다운 숲길을 벗어나는 것이 아쉽기도 한 복잡한 기분으로 내려오는데, 천천히 반대 방향에서 올라오고 있는 아저씨가 보인다.

나를 보고 발길을 멈추는 아저씨. 잠시 생각하는 듯하더니 영어로 "일본에서 왔니?" 하고 묻는다. "아뇨. 한국에서 왔는데요." 하니까 조금은 놀라는 눈치다. 독일에서 왔다는 헤밍웨이 수염의 그 아저씨는 이곳이 너무 아름다워서 일 년 전에 그냥 눌러앉았다고 한다.

날마다 이 숲을, 이 산을 다닌다면서 어제는 비가 너무 많이 와서 올라올 수 없었다며 아쉬움을 표한다.

내가 오 세브레이로에 오르느라 힘들어 죽을 뻔했다고 하니까, 더듬더듬 영어 단어를 찾으며 "그 순간은 힘들지만, 그래서 네 경험은 더욱 오래 기억되고, 그 순간이 아름답게 추억될 거야." 하고 격려의 말을 해 준다. 나도 그랬으면, 아니 그럴 것이라고 믿으며 아저씨가 손짓으로 알려 준 알베르게를 향해 다시 걷는다.

트리아카스텔라Triacastela라는 왠지 맛있을 것 같은 이름의 마을이다. 시골 학교 분위기를 풍기는 알베르게는 다른 건 뭐 그런 대로 괜찮은데 주방도, 로비도 없고 교실처럼 방만 쭉 늘어서 있을 뿐이다.

화장실 문과 방문이 똑같이 생긴 데다가 하필 내가 배정받은 방이 화장실 옆이다. 그렇다고 냄새나지는 않지만 방에 들어간다는 게 화장실 문을 열어서 깜짝 놀란다. (더욱이 남자 화장실이다.)

방은 4인실인데 룸메이트들은 그간 길에서 꽤 여러 번 만났던 오스트리아 삼총사 아줌마들이다. 이 삼인조하고는 비야프랑카에서도 같은 방을 썼다. (날 항상 '미스 코리아'라고 불러서 조금 우습다.)

아줌마들이 오늘 성당에서 필그림 셀레브레이션(pilgrim celebration, 순례자 축하연)이 있다고 같이 가자고 한다. 아줌마 하나는 "혹시 댄스 타임도 있는 거 아냐?" 하며 마구 기대한다.

진흙이 잔뜩 묻은 운동화를 열심히 닦아 보니 여기저기 찢어진 곳이 많다. 어쩐지 너무 금방 비에 젖는다 싶었다. 고민이 된다. 새 신발이 필요한 건가? 하지만 이제 산티아고까지는 일주일 남짓 남았을 뿐인데, 지금 새 신을 사서 길들이는 것보다는 신발을 달래서 신는 게 나을 것이다. 비만 이렇게 오지 않는다면 아무 문제없을 텐데. 히터 위에 운동화를 올려 놓는 동안 입에서 한숨이 절로 나온다.

성당이라기보다는 흡사 공동묘지의 납골당 같은 곳에서 열린 필그림 셀레브레이션에 참석한 사람은 우리 일행 네 명과 브라질 여인 두 명이 전부다.

스페인 미사는 이십 분 내외여서 미사를 드리고 저녁 먹으러 가려했던 내 계획은 예상치 못한 신부님의 엄청나게 긴 강론으로 처참하게 무너져 버린다.

댄스 타임 운운하던 아줌마도 실망하는 기색이 역력하다. 알아들을 수도 없는 설교를 그 긴 시간 내내 앉아 있는 것은 정말 죽을 맛이다. 사람들이 적당히 있으면 중간에 도망이라도 갔을 텐데 달랑 여섯 명 앉아 있으니 벌떡 일어나 나갈 수도 없다.

눈치로 대충 때려잡으니 성당의 어려운 재정에 대해 설파하시며 도움을 청하는 것 같다. 난 마지막 기도가 끝나자마자 잽싸게 빠져나왔는데 다른 사람들은 미적거리다가 기부금을 좀 내고 나온 모양이다. (나중에 오스트리아 아줌마들이 투덜거리는 것을 들었다.)

너무 배가 고파서 그랬는지 저녁은 정말 눈물이 나도록 맛있었다. 스페인에서 만난 가장 맛있는 메를루사 요리다. 설사 때문에 내

가 한창 얼굴이 안 좋았을 때 만났던 (알베르게에는 묵지 않는) 프랑스 부부를 식당에서 다시 만난다. "너, 다시 살아났구나!" 그들과 기분 좋게 와인 잔을 들어 건배한다. 정말 말 그대로 다시 살아난 기분이다.

저녁을 먹고 아홉 시도 안 되어서 돌아오는데 오스트리아 삼인조는 벌써 취침 중이다. 난 아직 자고 싶지 않은데, 이럴 때는 로비가 없다는 게 참으로 불편하다.

바에라도 갈까 하다가 귀찮아서 복도 관리인 책상에 앉아 책을 읽는다. 다른 사람들도 복도에서 방황한다. 커다란 모기들도 빛을 따라 방황하는 것이 보인다. 날이 이렇게 추운데도 저리 모기가 많다니….

모기의 생명력에 찬탄을 보내면서도 물리기 싫어서 슬그머니 방으로 들어간다.

52일째
리아카스텔라 → 시리아

만나야 할 사람은 결국 만나게 된다고 했던가

트리아카스텔라에서 오늘의 목적지인 사리아Sarria까지는 두 갈래의 길이 있다.

평소의 나라면 무조건 짧은 길을 선호했겠지만 가이드북에서 본 사모스Samos의 건축물이 무척이나 멋있기에, 그곳을 거치는 조금 더 먼 길을 가기로 마음먹는다.

도로를 따라 걷는 길이 그다지 맘에 들지는 않지만 역시 사모스에 오니 이쪽으로 오길 잘했다는 생각이 든다. 최근에는 거의 볼 수 없었던 웅장한 건물이 위용을 자랑하고 서 있다. 한때는 수백 명에 달하는 수도자들이 있었지만 지금은 얼마 안 되는 수도자들만이 남아 그 커다란 수도원을 유령처럼 지키는 모양이다.

우체국에 들러 엽서를 부치고 걸어가는데 할아버지 한 분이 다가온다. 할아버지가 이 빗속을 어떻게 걸어가냐고 그냥 자기 집에 가서 밥도 먹고 쉬었다 가라고 한다. 손짓만 봐도 다 알아듣는다.

이 할아버지도 끊임없이 말을 하는 것으로 미루어 보아 엄청난 질문 공세에 시달릴 것이 분명하다. 고맙지만 괜찮다고 인사하고는 서둘러 발걸음을 옮긴다.

계속해서 걷는데 무릎이 많이 아프다. 이러다 무릎이 뚝 하고 부러지는 것은 아닐까 하는 생각이 들면서 머릿속에 아주 흉측한 그림들

–

안개 낀 푸른 산과 숲이 숨 막힐 정도로 아름답다. 게다가 그 신선한 냄새를 어찌 다 말로 표현할 수 있을까?

이 꼬리에 꼬리를 문다.

사리아에 도착했다고 좋아하는데 알베르게는 도무지 나오지 않는다. 내 생각보다는 큰 마을인 모양이다. 도시라고 부르는 게 더 어울리려나?

신시가를 지나 한참을 걸어가니 높다란 계단이 나온다. 이 계단을 올라가야 알베르게가 있는 모양이다. 헉헉 무릎 아파 죽겠는데 하필이면 계단이라니.

낑낑대고 올라가 터치다운. 관리인의 모습이 보이지 않는다. 2층 도미토리로 들어가 방문을 여니 열 개쯤 되는 이층침대가 거의 다 찬

사모스. 작은 마을에 어울리지 않는 엄청난 규모의 수도원이 턱 하고 자리 잡고 있다.

듯해서 다른 방으로 가려는데 침대에 누워 있던 누군가의 눈과 딱 마주친다. 아니 이럴 수가. 꼴롱브가 자리에서 벌떡 일어난다. 그리고 옆 침대의 피에렛을 깨우는 꼴롱브. 피에렛도 벌떡 몸을 일으킨다.

그녀들과 얼싸안으며 난 한껏 어리광을 피운다. 내가 그동안 얼마나 아팠는지 모른다고 징징거리면서. (혹시나 이들을 만나면 얘기해줘야지 하고 설사를 프랑스어로 알아 두었다.)

다시는 만날 수 없을지도 모른다고 생각했는데 이렇게 빨리 다시 만나다니 놀랍고도 기쁘다.

꼴롱브가 그렇지 않아도 오늘쯤 날 다시 만날 수 있지 않을까 생각했단다. 난 그들이 너무 빨리 와서 놀랐는데 (내가 아무리 늦어도 그렇지, 나보다 먼저 와 있다니) 비가 너무 많이 와서 중간 중간 차로 이동했단다.

피예렛이 꽤 괜찮은 마사지크림을 샀다며 다리에 바르라고 건네준다.

어제는 못 만난 테레사와 프란신도 여기서 다시 만났다. 그간에 꼴롱브 일행이 만난 역시 퀘벡에서 온 꼴레뜨를 소개시켜 준다. 꼴레뜨는 딸이 우리나라 일산에서 영어를 가르친다며 날 아주 반가워한다.

테레사가 방수 점퍼를 하나 샀는데, 다들 만져 보고 아주 좋다고 난리다. 퀘벡 여인들과 우르르 쇼핑을 간다. 계단 바로 옆에 등산용품 전문점이 있다. (아니, 순례자용 트레킹 용품점이 맞을라나?) 오스트리아 삼인방도 그곳에서 우비를 고르고 있다.

피예렛은 방수 점퍼를 한참 고르더니 나를 부른다. 가게 안 화장실의 세면대에 점퍼를 놓고 물을 부어 보는 피예렛. 와, 아무리 방수 확인을 한다지만 이래도 되는 걸까? 다행히 점퍼의 방수 기능은 아주 우수해서 물이 그냥 또르르 흘러내리고 전혀 젖지 않는다. 그런데 색이 별로 맘에 안 든다고 도로 갖다 놓는 피예렛. 역시 강적이다.

그런데 이 가게 주인아저씨, 날 한참 쳐다보더니 "어디서 왔니?" 하고 묻는다. 한국에서 왔다고 하니 "정말 한국에서 온 거야? 전에 한국 사람을 한 번 본 적 있는데, 그 사람은 뉴욕에서 왔다고 했거든." 하면서.

그리고는 커다란 판을 들고 와서 나에게 맞게 쓴 거냐고 묻는다. 각 나라 말로 환영 인사가 씌어 있다. 그 중 한국어를 가리킨다. 맞다고 하니 좋아한다.

이번에는 커다란 세계지도를 가져와서 우리나라 위치에 내 사인을 해 달란다. 세계 지도에는 이미 수많은 사인이 되어 있다. 이 아저씨 장사에는 관심 없고 계속 나만 졸졸 따라다니며 귀찮게 군다. 그렇다고 배지 하나 더 주지도 않으면서 말이다, 흥!

다섯 명의 퀘벡 여인들에 둘러싸여 있으니 내가 지금 어디에 있는 건지 모르겠다. 어디 프랑스 남부지방에 있는 것 같은 기분이 들기도 하고.

유쾌한 피예렛과 귀여운 꼴롱브의 얼굴을 보고 있는 것만으로도 즐겁다. 그들과 함께 있으니 이토록 편할 수가 없다. 비록 내가 알아들을 수 없는 말이 오가는 테이블이라고 하여도.

이제는 내 언어가 없는 곳에 있는 것이 정말 익숙해진 모양이다. 어디선가 내 귀에 쏙쏙 들어오는 한국어가 들려온다면 오히려 어안이 벙벙해질 것만 같다. 엥? 이렇게 내 귀에 다 들려도 되는 거야? 싶을 듯한 기분이다.

도미토리 바닥이 따스해서 사람들이 옷을 비롯한 젖은 물건들을 잔뜩 늘어놓았다. 걸어 다닐 틈이 없다. 온돌 바닥 같아서 큰 대자로 눕고만 싶다.

“내일 비 안 온다고 일기 예보에서 그랬어!”

스페인 여자가 방으로 들어오며 커다란 목소리로 소식을 전한다. 복권에라도 당첨된 것처럼 사람들이 엄청난 환호성을 내지른다. 더없이 단순한 생활이다.

과연 내일은 뽀송한 하루를 보낼 수 있을까? 그러면 좋겠다.

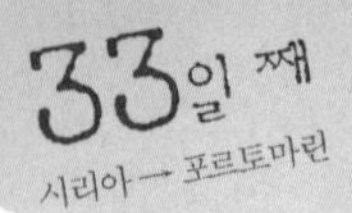

나의 길은 조금씩 비굴해지고 있다

약간의 안개비가 오고 있지만 이 정도라면 걸을 만하다. 갈리시아 지방은 내가 평소 생각하던 스페인의 이미지는 하나도 없다.

뜨거운 태양, 황량하고 메마른 산, 풍차, 하얀 벽돌집, 정열적인 사람들. 『돈키호테』의 라 만차나 혹은 안달루시아 만을 스페인의 전부라고 생각했던 것이다.

갈리시아의 공식 언어는 '가예고'라고 하는데 포르투갈 억양과 비슷하다고 한다. 카탈루냐어가 프랑스어와 섞인 듯한 느낌을 주는 것과 대조를 이룬다.

산티아고로 가는 길을 알려 주는 비석. 갈리시아 지방은 산티아고까지의 거리가 비석으로 표시되어 있다.

완연한 초록의 산과 숲, 소똥 냄새 가득한 평야. 지금까지도 계속 시골이기는 했지만 이곳은 농가의 느낌을 진하게 풍겨 더욱 시골길 같은 포근함을 준다. 지극히 목가적이고 아주 평화로운 길.

다행히 조금 내리던 비는 금방 그쳤다. 가

나에게 스페인 하면 떠오르는 풍경은 대체로 이런 분위기였다. 언덕배기에 자리잡은 하얀 집들. 그리고 태양을 피해 그 묵직한 하얀 집 속에 숨어 시에스타를 즐기는 낙천적인 스페인 사람들.

끔씩 해도 비쳐서 기분이 유쾌하다.

그러나 좋은 기분은 잠깐이고 무릎과 발목이 너무 아파서 걷는 게 무척이나 힘들다. 으윽, 다리에 신경이 많이 가서 경치가 눈에 안 들어온다. 조금만 오르막길이 나와도 입에서는 비명이 나온다. 한계에 도달한 것이 아닌가 하는 생각이 자꾸 들어서 겁이 덜컥 난다. 이러다 다리에 치명적인 고질병이 생기는 것은 아닐까?

포르토마린 앞을 유유히 흐르는 강. / 포르토마린으로 들어가는 계단. 단번에 올라가기가 버겁다. 계단 아래에 앉아 잠시 휴식을 취하는 것이 필수.

숲이 끝나고 기다란 다리가 드러난다. 지금까지의 산골 느낌은 사라지고 제법 모던한 느낌이 물씬 풍긴다. 오늘의 목적지인 포르토마린Portomarin에 도착한 것이다. 둑 위로 꽤 높은 계단을 올라가야 도달할 수 있는 언덕에 자리 잡은 마을이다.

하얀 벽에 까만 지붕의 집들이 펼쳐져 있다. 일부러 조성한 휴양지라고 해도 믿을 정도로 깔끔하고 정갈하다. 계단이 제법 높아서 다리를 건넌 사람들이 그 즉시 올라가는 법이 없다. 우리도 잠시 배낭을 내려놓고 한숨을 돌리고 천천히 올라간다.

알베르게 표시가 여러 곳으로 보인다. 우선 가장 가까운 곳으로 간다. 사설 알베르게인데 무척 깔끔하다. 방도 2인실과 4인실이고 인터넷을 할 수 있는 컴퓨터도 있다. 난 컴퓨터 때문에 이곳에 묵고 싶다. 레온 지방을 지날 때만 해도 알베르게에 컴퓨터 있는 곳이 제법 있었는데 갈리시아로 들어서니 컴퓨터 있는 곳이 거의 없다. 다들 다른 곳에는 가 볼 필요 없이 여기에 머무르자고 한다.

이 알베르게는 제법 괜찮은 레스토랑도 같이 운영하고 있어서

피에렛과 꼴롱브. 다시 만난 그들의 뒷모습을 바라보니 든든하기 그지없다. / 신부의 단출한 부케가 맘에 든다.

오늘은 여기서 모든 것이 한꺼번에 해결될 것 같다.

늦은 점심을 푸짐하게 먹고 나서 마을 구경을 나선다. 오늘 하루 종일 우리를 따라오던 까만 개가 알베르게 앞에 배를 깔고 앉아 있다가 우리가 나오자 아주 천천히 다리를 일으킨다. 짖지도 않고 달려들지도 않지만 왠지 그 집착이 무섭다. 우리 중 누군가가 옛 주인의 향취와 비슷한 게 아닌가 하고 잠시 생각해 본다.

슈퍼마켓에서 간단하게 장을 보고 비닐봉지를 흔들며 마을 구경을 하고 있자니 잠시 후 성당 앞 광장으로 사람들이 잔뜩 모여든다. 빨간 카펫이 성당 앞으로 깔려 있다. 무슨 행사가 있냐고 물으니 결혼식이 있단다.

초라한 행색으로 광장에 앉아 속속 도착하는 하객들을 구경하는 순례자들.

이 작은 마을에서 하는 결혼식이 이래도 되는 건가 싶을 정도로 하객들의 의상이 화려하다. 영화제에 참석하는 배우들이라고 해도 믿겠다.

우아한 드레스를 입고 역시 우아한 걸음걸이로 성당 안으로 들어가는 사람들을 실컷 구경한 우리는 후줄근한 모습으로 절뚝거리며 알베르게로 돌아간다.

아아, 이제 배낭을 메고 걷는 게 무리라고 생각한 사람이 나만은 아닌 모양이다. 꼴롱브가 택시 서비스를 알아 가지고 왔다. 꼴롱브가 이 얘기를 꺼내자마자 다들 열렬히 환영한다. 어느 누구도 "난 가방을 메고 갈 테야."라고 주장하지 않는다. 지금 우리 일행 숫자가 꽤 많아서 저렴한 가격으로 택시를 이용할 수 있다. 가방을 내려놓을 수 있게 됐다는 생각에 한시름 덜었다 싶다.

배낭에 붙일 태그에 이름을 한글로 써 넣었더니 택시와 연결시켜 준 알베르게 직원(사실 레스토랑 직원이라는 게 더 맞을 거 같지만)이 자기 이름도 한글로 써 달라고 냅다 사무실로 달려가서 큰 종이를 가지고 온다. 써 주니까 무척이나 좋아한다. 글씨가 정말 예쁘단다. 그럼, 한글이 좀 심하게 예쁘기는 하지.

알베르게 앞 포치에 나와 둑 아래를 바라본다. 비가 와서인지 물이 제법 많다. 최근 스페인은 가뭄이 심해서 점점 사막화가 되어 간다는 기사를 서울에서 본 적이 있는데, 요즘 날마다 비를 만나니 다 거짓부렁 같기만 하다.

포르토마린을 떠나는 놀리나와 레게 머리의 모습이 둑 아래로 보인다. 항상 혼자 다니던 놀리나가 최근에는 계속 저 레게 머리와 같이 다닌다. 레게 머리는 기타에 텐트까지 짊어지고 걷는다. 그걸 다 어떻게 가지고 다니는지 모르겠다. 체구도 조그마한데. 이 시간에 길을 나서는 것을 보니, 저들은 또 어딘가 자신들의 맘에 드는 곳에 텐트를 펴고 오늘을 마무리하겠지.

사람들은 자유롭고 싶다고 늘 생각하지만 규율과 규칙 속에서 안락함을 느끼기도 한다. 습관적인 내 일상에서 떠나왔지만, 화살표를 따라 걷고, 쉬라고 만들어 놓은 공간에서 멈추어 서며 만족해 하는 나처럼.

내 눈은 그 둘을 따라가기 바쁘다. 왜냐하면 화살표를 따라 걷는 그들이 도시를 외둘러 걸어가고 있기 때문이다. 내일 아침 난 화살표를 무시하고 자신 있게 지름길로 걸어갈 것이다.

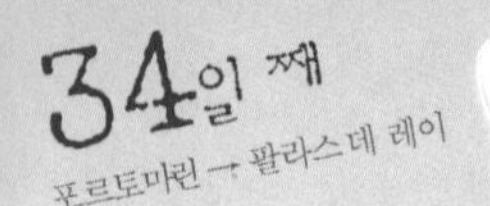

나그네는 길에서도 쉬지 않는다

이제 길을 걷는 사람들의 숫자가 현저히 늘었다.

산티아고에 도착하면 사람들은 증명서를 받을 수 있는데 그 기준은 100킬로미터 이상을 걸으면 된다. 그리고 내 가이드북에 의하면 포르토마린에서부터 산티아고까지가 정확하게 100킬로미터다. 사람들이 많을 만도 하다.

배낭 없이 걷는 이 기분, 정말 뭐라 형용할 수가 없다. 거북이가 자기 등딱지를 떼어 버린다면 과연 어떤 느낌일까?

세상이 너무 아름다워 보인다. 나뭇잎 하나하나가, 꽃잎 하나하나가 내 눈에 쏙쏙 들어오고, 모두들 나에게 말을 거는 것만 같다.

숲과 목초지가 번갈아 나타나니 말 그대로 소풍 나온 기분이다. 갈리시아는 우리나라로 치면 강원도 같은 곳이 아닐까 싶다. 푸른 자연이 유독 생기 있게 느껴지는 지역. 소똥 냄새가 코끝을 자극한다. 때로 질펀한 소똥들이 길 앞에 턱 하니 자신들의 존재감

우리의 발자국과 두런거림만 들리는 조용한 마을. 옆으로 슬쩍 보이는 나무로 된 곡물저장소 오레오.

을 과시하기도 한다.

내 걸음이 너무 가벼워서 흡사 날아갈 것같이 이리저리 자꾸 요동친다. 머리에 꽃만 꽂으면 아마 오해하는 사람도 있을 것이다.

배낭을 내려놓으니 그야말로 피크닉 온 기분. 앞쪽에 배낭을 멘 사람들은 상체가 꺾여 고개를 들지 못할 만큼 힘들어 보인다.

나만 이렇게 들뜨는 건 아니다. 묵묵히 걸으며 낮은 목소리로 필요한 얘기만 하던 사람들도 계속 농담을 하며 소리 높여 웃음소리를 뿌린다.

히히덕거리며 가벼워진 몸으로 휘적휘적 걸어가는 퀘벡 여인들을 바라보고 있으려니 영화 「스탠 바이 미」가 문득 떠오른다. 그 소년들은 죽은 소년의 시체를 보러 길을 떠났고, 우리들은 성 야고보의 무덤이 있는 곳을 향해 간다. 그들처럼 기차에 쫓기거나 거머리에 물리지는 않지만 대신 근육통과 체력 저하에 시달린다.

소년들은 그 여행을 끝으로 어른이 되어가고, 그럼 우리들은? 우리들은 무엇을 얻게 되는 것일까? 아니 오히려 그 소년들이 소년기를 잃고 어른 세계에 편입되는 것처럼, 우리도 오랜 시간 품어 온 우리의 로망 하나를 상실하게 되는 것일까?

처음에는 몸이 아주 가뿐했는데 세 시간이 넘어가니까 배낭이 없어도 다리는 아프다. 게다가 속도를 너무 낸 것일까? 종아리가 무척이나 땅긴다. 처음의 여유로움은 점점 사라지고 배낭이 기다리고 있는 알베르게에 어서 도착하고만 싶다.

가뭄에 콩 나듯 보이던, 역행하는 사람들을 오늘은 유독 많이 만난다. 산티아고가 가까워지기 때문인 걸까? 역행해서 오는 사람들은 망토를 두른(중세시대 순례자들의 모습을 흉내 낸) 거의 거지꼴인 사람부터 2박 3일 근교여행을 온 것처럼 가벼운 가방을 멘 깔끔한 사람까지 다양하지만 공통점이 하나 있다. 그들은 결코 누군가와 같이 걷지 않는다. 다들 홀로 되돌아오는 것이다.

멀리서도 눈에 확 들어오는 커다란 밀짚모자를 쓴 남자아이가 절뚝거리는 나에게, "조금만 참아. 이제 거의 다 왔어."라며 미소를 보낸다. 이미 반환점을 돌아오는 애한테 그런 말을 들으니 왠지 약이 오른다. 바보 취급당하는 기분이다.

"넌 어디까지 다시 걸어갈 생각인데?" 나는 따지듯 묻는다.

"우리 집까지." 엉, 스페인 애는 아닌 거 같은데.

"집이 어딘데?" 내 표정이 정말 바보 같았겠지.

"독일." 옆 동네 가리키듯 대답하고는 다시 유유히 걸어가는 밀짚모자. 용기도 용기지만 그 체력이 감탄스럽다. 근데 정말 독일까지 내내 걸어갈까?

우리의 배낭은 무니시팔 알베르게 앞에 쌓여 있다. 아마도 알베르게가 문을 열기도 전에 도착하여 안에는 들어가지 못하고 밖에서 기다린 모양이다.

알베르게 안에는 아직 사람들이 별로 없다. 그런데 너무 썰렁하

갈리시아 지방. 푸른 기운이 가득한 초원 위로 말이 달려갔다.

고 칙칙한 분위기다. 어제의 안락한 알베르게에 대한 기억으로, 사람들이 사설 알베르게를 찾아 나선다. 역시 멀지 않은 곳에 사설 알베르게가 있다. 좀 전에 본 무니시팔 알베르게하고는 비교할 수도 없이 따스한 분위기를 풍긴다. 숙박비를 아껴 볼까 생각하던 나도 냉큼 이곳에 배낭을 풀고 만다.

보슬보슬 내리는 비를 맞으며 저녁을 먹으러 식당에 갔는데 마을 안 식당들이 이미 꽉 차 있다. 사설임에도 불구하고 알베르게가 사람들로 복작거리더니, 역시 산티아고에 가까이 다가갈수록 순례자들의 숫자는 현저히 늘어나는 모양이다.

간신히 테이블 하나를 차지할 수 있었다. 분위기도 꽤 괜찮은 집이지만, 더 좋은 건 '메뉴 델 디아'에 연어도 있다. 당연히 다들 연어를 주문한다.

그러나 잠시 후 돌아온 종업원이 매우 애석한 얼굴로 지금 연어는 딱 3인분밖에 남아 있지 않다고 한다. 그 말이 떨어지기가 무섭게 꼴롱브와 피에렛이 다른 메뉴를 시킨다. 이 둘은 항상 이런 식이다. 다른 사람들이 곤란해 하는 것을 보지 않으려 하고, 자신들이 양보할 수 있는 건 무조건 먼저 양보한다. 새삼 그들의 양보심에 욕심 많은 내 마음이 부끄러워진다. 그러나 연어는 그런 부끄러움 따위는 단번에 날릴 정도로 맛이 좋았다.

게다가 갈리시아 지방으로 들어온 이후에는 대부분의 식당에서 후식 중에 타르타 데 산티아고(Tarta de Santiago, 산티아고의 수도원에서 처음 만들어졌다고 한다)를 포함하고 있다. 그 이름만으로도 충분히 우리의 마음을 끄는데, 슈거파우더가 잔뜩 뿌려진 아몬드파이 비슷한 것이 아주 맛있다. 빵순이인 내 마음을 송두리째 사로잡아서 처음 먹은 후로 날마다 먹는다.

내일도 배낭을 택시로 보내기로 하는데, 오늘 우리의 가뿐한 모습을 내내 부러워하던 브라질 여인들도 동참하겠단다. 배낭을 내려놓은 덕에 예상보다 빠르게 산티아고에 도착하게 될 것이다. 그런데 이제 거의 다 왔다는 생각이 반갑지만은 않다. 다시 배낭을 메고 걸어야 할까?

그러나 그런 망설임은 사치스런 짓이라고, 저릿저릿한 내 무릎과 발목은 어서 이 길을 끝내라고 나에게 신호를 보낸다.

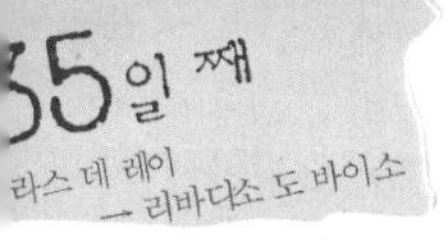

사실 아리랑을 살짝 연습해 보긴 했지

어제 오후부터 내리는 비는 끝내 멈추지 않았다. 그래도 그다지 심한 비는 아니라 염려할 수준은 못 된다. 하긴 배낭도 보내는 처지에, 장맛비가 쏟아진들 이까짓 것 뭐, 대충 걸어가면 그만이지만 말이다.

오늘도 여전히 소똥 냄새 진동하는 시골길이다.

레보레이로Leboreiro라는 작은 마을에 들어서는데 무척이나 예쁘다. 옹기종기 모여 있는 색 바랜 벽돌집들이 세월을 고스란히 느끼게 해 주는데 중세시대 분위기가 물씬 풍긴다.

성당 앞에 서 계시던 신부님이 지나가는 우리를 성당 안으로 부른다. 로마네스크 양식의 아주 작은 성당이다. 프랑스에서 왔다던가? 암튼 프랑스어로 신부님이 성당 안 여기저기를 구경시켜 준다.

한때 프랑스어를 전공한답시고 학교에 다녔으나 변변하게 알아들을 수 없는 나는, 역시 공부란 해서 손해날 거 하나 없다는 만고의 진리를 다시 한 번 깨우치며 설명은

—

빨간 드레스에 커다란 화관과 망토, 성당 안의 마리아상을 바비 인형처럼 꾸며 놓아서 좀 거부감이 든다.

—

레보레이로. 중세시대의 느낌이 물씬 풍겨나는 마을. 푸른 바탕에 붉은 건물들이 눈에 쏙 들어온다.

귓등으로 듣고 눈동자만 열심히 움직인다. 열심히 설명을 들은 일행이 기부함에 돈을 넣으며 성당을 나선다.

다시 종아리가 땅겨 오기 시작한다. 배낭도 안 멘 처지에 힘들다는 내색을 하기는 정말 싫다. 그리고 가장 어린 내가 제일 힘들어 하는 모습을 보이는 것도 사실 너무 부끄럽다.

얘기를 들어 보면 젊은 사람들은 별로 안 그런데 나이가 좀 있는 분들은 확실히 고향에서 트레이닝한 후에 길을 나선 경우가 많은 것 같다. 그래서인지 오히려 젊은이들보다 페이스 조절도 잘하고 다리에 무리도 덜 가게 잘 걷는다.

그런 분들의 모습이 나로 하여금 꾸준히 체력을 관리해서 오십대가 되어도, 육십대가 되어도 배낭 메고 여행 다니는 사람이 되어야겠다는 결심을 하게 해 준다. 이 결심 정말 잊지 말아야겠다.

오래간만에 제법 도시 냄새가 나는 곳이 나온다. 멜리데Melide라는 전형적인 이탈리아식 이름을 가진 곳이다. 이곳은 문어 요리가 유명한 곳인지 문어를 주요리로 내건 식당들이 많이 보인다. 문어를 먹는다고 날 놀린 적이 있는 피예렛이 계속 "풀포(문어), 풀포." 하며 식당들이 나올 때마다 손으로 가리키며 웃어 댄다.

정비가 잘 되어 있는 광장 한구석 벤치에 앉아서 놀리나가 혼자 빵을 먹기에 다가간다. 놀리나가 나를 보자마자 "가방은 어디 있어?" 하고 깜짝 놀란 표정으로 묻는다. 그녀의 진지한 표정이 재미있어서, "나 가방 도둑 맞았어."라고 했더니 입을 딱 벌리는 놀리나. 그녀가 너무 놀라는 것 같아 수습하려고, "아냐, 아냐. 택시로 보냈어."라고 사실대로 얘기했더니 무슨 그런 농담을 하느냐는 표정을 짓는다.

"다리는 괜찮니?" 하고 묻는 놀리나.

"안 괜찮아, 무릎하고 발목이 너무 아파."라고 했더니 자기 배낭에서 뭔가를 꺼내 준다. 무슨 오일 같은데 정확히는 모르겠다.

효과가 좋다고 어서 마사지를 하라고 한다. 놀리나 옆에 앉아 오일 마사지를 하는데 피예렛과 꼴롱브가 다가온다. 그러자 놀리나가 입을 꾹 다문다.

놀리나는 항상 이런 식이다. 둘이 있을 때는 말을 잘하는데 누군가가 다가오면 저렇게 입을 다물어 버린다. 다른 사람들을 민망하게

—

비가 오는 게 나쁘기만 한 것은 아니다.
비가 그친 후 문득 올려다본 하늘에 예쁜 무지개가 숨어 있다.

만드니까 피에렛은 놀리나의 태도에 항상 기분 나빠 한다. 역시 분위기가 어색해져서 얼른 자리에서 일어난다.

멜리데를 벗어날 즈음 마음 좋게 생긴 아저씨가 지름길을 알려 준다. 화살표는 산을 가리키는데 지름길로 가면 그냥 평지란다. 다리가 아프니 원칙이고 뭐고 그런 거 하나도 소용없다. 완전 감사하는 마음으로 아저씨가 알려 준 지름길로 간다.

내 걷는 모습이 다른 사람들 눈에도 썩 안 좋아 보이는지 일행들도 계속 내 상태를 체크하고, 길에서 만나는 사람들도 다들 걱정스런 얼굴로 괜찮냐고 말을 건넨다.

한때는 걷지도 못했던 꼴롱브도 이제는 잘만 걷는데, 한창 젊은 내가 이러니 부끄럽고 또 부끄러울 따름이다.

어제와 마찬가지로 27킬로미터를 걸어 오늘의 목적지 리바디소 도 바이소Ribadiso do Baixo에 도착한다. 아, 언덕 아래 강가에 자리 잡은 알베르게가 무척이나 아름답다. 옛날에는 순례자들이 이곳의 강에서 몸을 정갈하게 씻고 산티아고로 향했다고 한다.

알베르게로 내려가 우리들의 배낭이 도착해 있을 식당을 물으니 이럴 수가, 그 식당은 우리가 방금 내려온 언덕 위에 있단다.

비는 오는데 알베르게는 열었을 턱이 없고, 배낭을 빗속에 내버려 두지 않으려고 가장 가까운 식당으로 보냈는데, 하필이면 언덕 위에 있다니. (그런데 알고 보니 그곳이 이 마을의 유일한 식당이다.)

다시 언덕으로 올라갈 생각에 비명을 지르고 싶은데, 피에렛이 갑자기 자신의 카메라 가방을 나에게 건넨다. 그리곤 배낭은 자기가 가져오겠다며 나에게 이 귀중품을 지키고 있으라고 한다. 너무 미안해서 그럴 수 없어서 같이 가겠다고 하는데 다른 사람들도 가지고 있던 작은 가방들을 풀어서 모두 나에게 준다.

"이거 중요한 거니까 잘 지켜야 돼." 하며 나를 의자에 눌러 앉히는 사람들. 너무 고맙고 미안하다.

알베르게 안으로 들어가 가장 좋은 자리의 침대 여섯 개를 확보하고 그들을 기다리는데, 창밖으로 내 가방을 가져오는 프란신의 모습이 보인다. 그녀는 거의 우리 엄마 또래다. 아앙, 너무 부끄러워.

프란신은 올해 은퇴하고 회사 동료인 테레사와 그간 벼르고 별렀던 엘 카미노를 왔다. 그녀는 웃음소리가 아주 특이해 만화영화에 나오는 마녀와 비슷하다. 그래서 그녀가 웃으면 괜히 더 웃긴다.

그녀는 가끔씩 나에게 "젊은애가 이런 노인네랑 같이 다녀서 어쩌니?" 하며 쓸데없는 걱정을 한다.

우리는 가방을 봐 준 의리도 있고(사실 선택의 여지도 없지만) 그 식당에서 식사했는데, 요리가 형편없다.

그나마 내가 시킨 스테이크가 제일 괜찮다. 나 빼고는 다들 오믈렛을 시켰는데 보기에도 별로다. (메뉴 델 페레그리노는 뭘 시켜도 가격이 같다. 계란과 고기의 가격이 같다면 당연히 고기를 시키는 게 정상 아닌가? 혹시 퀘벡은 쇠고기와 계란의 가격이 비슷한 걸까? 흠, 이상하다.)

이제 막 걷기 시작한 스웨덴 애가 주문을 못하고 우물쭈물한다. 한 달 선배랍시고 내가 알은체하며 간단한 설명과 함께 대신 주문해 준다. 피에렛이 훌륭하다고 막 치켜세워서 창피해 죽을 지경이다.

알베르게에서 강이 보이는 창가 바로 옆 침대를 차지했는데, 창 밖에서 계속 노랫소리가 들려온다. 기타 소리에 놀리나랑 같이 다니는 레게 머리인가 하고 내다보니 다른 사람이다. 몇몇 사람들이 빙 둘러앉아 그의 노래를 듣고 있다.

난 아직 자고 싶지 않은데 알베르게 안은 벌써 불이 하나 둘 꺼지고 있다. 히터 바로 옆인지라 따스해서 침대에 가만 누워 있고 싶기도 하지만 아직 잠들고 싶지는 않아 일기장을 들고 식당으로 간다.

역시 몇몇 사람들이 책을 읽거나 일기를 쓰고 있다. 잠시 후 노래를 부르던 사람들이 식당으로 몰려든다. 밖에 비가 내리기 시작한다며, 여기서 노래를 불러도 되느냐고 양해를 구한다. 물론 안 될 리 없지.

기타맨은 자기 나라에서 가수인 것 같다. 유명하지는 않은 것 같지만. 그러면서 자기 아버지가 돌아가신 후 아버지를 그리며 작곡한 노래라며 음울한 노래를 한 곡 부르기 시작한다. 노래가 끝나자 분위기가 어두워졌다고 생각하는지 다시 밝은 노래를 부른다.

그러고는 내가 세상에서 가장 싫어하는 것 중의 하나인 다른 사람에게 노래시키기를 시작한다. 처음에 걸린 사람은 스페인 총각이다. 영어를 제법 잘해서 길에서 여러 번 도움을 받은 사람이다. 그는 당황한 얼굴로 애매한 미소를 지으며 다른 스페인 사람에게 계속 자기 대신 노래하라고 떠넘긴다. 저 사람 심정 백분 이해된다.

서로 미루면서 분위기가 점점 어색해져 간다. 그사이 난 슬그머니 밖으로 나온다. 저러다 타깃이 나에게로 오면 정말 곤란하다. 유일한 동양인이라는 그 희소성 덕으로 반갑지 않은 지목을 당하고 싶지는 않으니까.

도미토리로 돌아오니 테레사도 아직 자지 않고 일기 쓰기에 바쁘다. 머리에 광부들이 쓰는 것 같은 랜턴을 매달고서. 그녀는 날마다 시간별로 일기를 써서 볼 때마다 궁금하다. 도대체 시간마다 무엇을 했는지 어떻게 기억하는지, 그리고 날마다 그 시간에 얼마나 차이가 있다고 그렇게 세심하게 기록을 하는지.

내가 그것에 대해 조금만 더 호기심이 있었다면 그녀와 소통하는 데 어려움이 있더라도 기필코 물어 봤을 테지만, 그 호기심보다는 그녀에게 정확한 답을 듣기 위한 고충과 에너지가 더 커다랗게 느껴져서 마음을 접는다.

오늘 자리 정말 좋다. 히터의 따스한 열기와 창으로 보이는 하늘.

정말 잠들기 싫은 밤이다. 산티아고가 점점 다가올수록 매 순간들이 너무 아깝게 느껴져서 더욱 그런지도 모르겠다.

꿈꾸듯이 이 길 위에 머물고만 싶다

오늘도 역시 배낭을 보낸다. 그리고 오늘은 무려 37킬로미터나 걸어야 한다. 따라서 오늘이 가장 많이 걷는 날로 일기장에 기록될 것이다.

내일은 산티아고로 가는 마지막 날이니 배낭을 다시 짊어지기로 한다. 그리고 오전에 도착하여 열두 시 미사를 보기 위해 10킬로미터만 걷는 것이 좋다는 판단을 내린다.

오늘 우리가 묵어야 하는 곳은 라바콜라Lavacolla라는 곳인데, 그곳에는 알베르게가 없다. 그러나 꼴롱브는 포르토마린에서 이곳의 한 호스텔의 광고전단을 보았다. 무조건 1인당 10유로란다. 이건 사설 알베르게 요금 수준이다. 아마도 그 호스텔은 손님이 어지간히도 없어서 알베르게에 묵는 순례자들을 유치해야만 하는 모양이다. 그 호스텔을 전화로 예약하고, 우리의 배낭도 그곳으로 보낸다.

하늘 높이 솟아 있는 유칼립투스 나무. 하늘을 향해 얼굴을 돌려 삼림욕 한번 제대로 했다.

비석이 그다지 작지 않은데도 커다란 나무 옆에 있으니 아주 꼬맹이로 보인다.

갈리시아의 숲은 역시 아름답다. 유칼립투스 냄새가 내 코를 살며시 자극한다. 내가 언제 또 이 나무 냄새를 맡을 수 있을까 하는 생각에 얼굴을 하늘로 쳐들고 코를 벌름거린다. 정말 삼림욕이라도 하는 기분이다.

이제 내일이면 내 행보도 끝난다는 생각이 날 더욱 감상적으로 만든다. 이대로 끝나는 건가? 내일이면 정말 끝인 건가? 인생까지는 아니더라도 나라는 인간이 좀 변하기는 한 걸까? 아니야, 이대로 벌써 멈출 수는 없어!! 조용히 움직이는 발걸음과 반대로 내 마음속은 더없이 시끄럽다.

그러나 어느 순간부터인가 다시 무릎이, 종아리가, 발목이 내 온 정신을 잡아챈다. 그러면 아까의 마음은 말끔히 사라지고, 내 배낭이 기다리고 있는 오늘의 목적지에 얼른 도착하고만 싶다.

입술을 앙 다물고 내 곁을 꿋꿋이 걸어가는 꼴롱브도 많이 힘들어 보인다. 꼴롱브와 나는 타이레놀을 나눠 먹는다. 별로 먹고 싶지 않지만 꼴롱브가 근육통에 좋다며 먹으라고 한다. 별수 없다. 간호사 말인데 들어야지.

우리는 지도를 보며 연구한다. 간혹 화살표들은 우리를 빙 돌아가게 만든다. 나와 꼴롱브는 가끔씩은 화살표를 무시하고 국도로 걸어간다. 이러다 차에 치이는 게 아닐까 하는 무시무시한 생각이 잠시 들기도 하지만, 비록 어마어마한 속도로 달리기는 해도 차 자체가 워낙 드무니 무시한다.

가끔씩 만나는 차들은 차도 옆을 걸어가는 우리를 책망하지 않는다. 속도를 낮춰 차 밖으로 손이나 목을 내밀어 응원의 말을 한다.

자꾸 뒤처지는 내 손을 꼴롱브가 꼭 잡아 준다. 내가 멈춰서면 일행도 같이 서서 나와 보조를 맞춘다. 그들이 없다면 마지막 내 여정은 고통으로만 남을지도 모른다. 그들에 대한 고마운 마음을 어떻게 다 표현할 수 있을까?

내일이면 드디어 산티아고 데 콤포스텔라Santiago de Compostela로 들어선다는 설렘과 벌써 끝난다는 아쉬움 속에서 내 마음은 여전히 혼란스럽다. 몸은 힘든데도 벌써 끝난다는 것이 왜 이리 안타깝게 느껴지는지 모르겠다.

다시 비가 내리기 시작한다. 점점 거세어져만 가는 빗줄기.

오늘은 죽죽 내리는 비가 고맙다. 그 비가 내 기분을 알아주는 것만 같다. 비록 온몸이 젖고, 신발이 젖고, 발이 축축하여 무거울지라도.

휴식 시간을 빼고도 여덟 시간은 족히 걸어서 드디어 라바콜라에 도착한다. 날은 이미 어두워졌고 비는 더욱 세차게 내린다.

이런 시간에 알베르게에 도착하는 것도 처음이자 마지막이다. 배낭은 무사히 도착해 있고 우리는 둘씩 방으로 들어간다. 방에는 욕

내 길 위의 천사들

이제 산티아고가 정말 코앞에 있음을 실감한다.
퀘벡 천사들, 당신들과 함께해서 행복했어요.

실뿐만 아니라 텔레비전까지 있다. 정말 10유로에 너무 과분한 방이다. 히터가 이미 따스하게 방을 데워 주고 있다.

오래간만에 아주 품위 있게 샤워하고 침대에 앉아 다리를 주무른다. '너 정말 수고 많이 했다. 그동안 고생했어.' 나의 통통한 다리가 이토록 사랑스러운 적이 전에 또 있었던가.

그 동안 정말 수고한 운동화. 새 신을 사고도 계속 악착같이 데리고 다녔는데, 결국 마르베야 앞 바다에서 유명을 달리했다.

푹 젖은 운동화를 히터에 말리면서도 같은 생각이다. 이 운동화를 신고 온 것을 참 많이도 후회했다. 오 세브레이로에 오를 때는 얼마나 많은 저주의 말을 이 운동화에 날렸는지…. 이 운동화의 복수로 인해 내가 길에서 한 번쯤 넘어질 수도 있었건만, 그런 일은 결코 일어나지 않았다. 고맙다, 운동화야.

나와 같은 방을 쓰는 꼴레뜨는 이 길에서 만난 중후한 스페인 아저씨에게 폭 빠져 있다. 우리랑 같이 걷다가도 그 아저씨만 보이면 슬그머니 사라지고는 했는데, 마침 그 아저씨 일행도 오늘 이 숙소에 머무른다.

꼴레뜨는 우리가 아닌 그들의 식탁에 가서 저녁을 먹는다. 그리고 나에게 슬쩍 귓속말을 한다. "나, 늦게 들어갈지도 모르니까 신경 쓰지 말고 그냥 먼저 자."

후후, 귀여운 아줌마.

이 레스토랑에는 순례자가 아닌 이 지역 사람들도 꽤 많은데, 대부분이 우리의 식사가 끝나 가는 열 시쯤 되어서야 저녁을 먹으러 온다. 스페인 사람들은 저녁을 진짜 늦게 먹는다.

방에서 혼자 일기도 쓰고 텔레비전도 보면서 혼자만의 시간을 만끽한다. 밤이 되어도 비는 멈추지 않고 오히려 더 세차게 내린다. 내일도 이 비는 멈추지 않을 모양이다. 비가 내릴 때 우비 입고 배낭을 멘 사람들을 보면 난 항상 이곳을 떠올리리라.

꼴레뜨가 생각보다 빨리 돌아온다. 아무래도 생각대로 안 된 모양이다. 풀이 많이 죽어 있다. 연애에 관심이 없어지는 나이라는 게 과연 있을까? 설사 그게 자신의 연애이건, 혹은 타인의 연애이건 간에.

같이 있던 사람들이 스페인어만 써서 힘들더라고, 그래서 내 생각이 많이 났다고 꼴레뜨가 얘기한다. 어떻게 네 언어를 하는 사람들이 하나도 없는 곳을 견딜 수 있느냐고, 대단하다는 말도 덧붙인다.

글쎄 아마 처음부터 그런 상황을 각오하고 왔기 때문이겠지요. 그것도 나름대로 즐겁습니다. 간만에 과묵한 사람이 될 수 있거든요.

내 보물이 있는 곳에 내 마음도 있다

비는 밤새 잠시도 멈추지 않는다. 호스텔 바에 앉아 아침을 먹는데 기분이 착 가라앉는다. 아직은 산티아고에 가고 싶지 않다고 칭얼거리고 싶은 마음뿐이다.

바를 가득 채운 사람들이 하나 둘씩 자리에서 일어난다. 나도 일어나야만 한다. 단단히 무장하고 어두운 길을 나선다. 앞이 하나도 보이지 않는다. 랜턴을 든 피에렛과 테레사가 앞장선다.

오늘 우리가 걸어야 할 길은 단 10킬로미터뿐. 그러면 드디어 이 여정은 끝난다. 비가 내리는 어두운 길. 사람들은 조용히 걷기만 한다. 안개비가 자욱하여 앞이 잘 보이지 않는다. 내 앞에 걸어가는 사람들의 모습도 나타났다 사라지기를 반복한다.

맨 앞에서 씩씩하게 걸어가던 피예렛이 몬테 델 고소Monte del Gozo라고 외친다. 이곳에 서면 산티아고의 대성당이 보인다고 하던데 지금은 짙은 안개로 성당은커녕 언덕에 있는 몬테 델 고소의 현대적인 조각상도 안 보일 지경이다.

그래도 사람들은 이 유명한 조각상을 그냥 지나칠 수 없다고 생각하는지 배낭을 내려놓고 사진을 찍기 위해 조각상이 있는 언덕으로 올라간다.

난 조금도 그럴 기분이 들지 않는다. 오늘 드디어 마지막 발걸음

바로크풍의 산티아고 대성당 서쪽 정면

을 옮기고 있다는 게 여전히 실감 나지 않는다. 이제 곧 멈춰야 한다는 것도 도무지 믿어지지 않는다. 그렇기 때문에 많은 사람들이 산티아고에서 멈추지 못하고 땅 끝 마을 피니스테레Finisterre까지 가서 바다 앞에서야 겨우 멈추는 것이겠지.

얼마나 더 걸었을까? 갑자기 매우 현대적인 도시의 모습이 눈에 들어온다. 산티아고의 모습이 이렇단 말인가. 조금은 당황스러운 풍경이다. 산티아고 데 콤포스텔라가 이런 세련된 모습을 하고 있을 줄은 꿈에도 생각하지 못했다.

어서 이 신시가를 벗어나고 싶어 발걸음을 재촉한다. 신시가는 생각보다 무척 길다. 우산을 받쳐 든 사람들 사이로 커다란 배낭을 메고 우비를 뒤집어쓴 우리들의 모습이 무척 이질적으로 보인다.

구시가로 들어설 무렵 비는 더욱 거세어져 간다. 화살표를 따라 아무 말 없이 묵묵히 걸어가는데 갑자기 조금 전과는 너무도 다른 모습의 산티아고가 나타난다.

푸르른 이끼가 그 속을 가득 메운 것일까? 누런 황토빛 건물들이 온통 푸르스름하게 보인다. 시간을 숨긴 건물들 사이를 조용히 걸으며, 드디어 내가 산티아고에 도착했음을 느낀다. 드디어 이곳에 발을 디딘 것이다.

우리는 사람들이 알려 주는 대로 우선 증명서를 발급해 주는 곳으로 간다. 여직원이 밝은 미소로 우리를 맞는다. 미색 증명서에 내 이름을 쓴다. 그러나 난 이 증명서를 읽을 수가 없다. 스페인어도 아니고 아마 라틴어일 거라고 추측할 뿐이다. 비록 읽을 수는 없어도

—

이 길을 다 걸었음을 증명해 주는 증명서. 소중한 추억으로 길이 간직되겠지.

너무 소중하게 느껴져서 혹시나 가방 안에서 구겨질까 봐 1유로를 내고 종이 케이스를 사서 조심스럽게 넣는다.

그리고 성당으로 향한다. 성당 안은 수많은 사람들로 가득 차 있다. 이 길을 걸으며 내내 쇠락해 가는 스페인의 가톨릭 교회를 확인하는 것 같았는데, 역시 산티아고에 오니 뭔가 다르다. 예루살렘, 로마와 함께 가톨릭 세계 3대 성지인 이곳.

성당 입구 쪽 영광의 문 앞에 사람들이 길게 줄을 서 있다. 기둥 앞에 선 사람들이 자신의 오른손을 기둥에 대고 눈을 감은 채 중얼거린다. 기도하는 사람들의 모습은 아름답다. 기도라는 건 종교인만이 하는 것도, 할 수 있는 것도 아니다.

간절히 소망하는 것이 있다는 것은 자신의 인생을 사랑하고, 세상이 좀 더 좋은 방향으로 나아가기를 바라는 이들의 작은 몸짓이다.

내 차례가 왔다. 기둥이 사람 손 모양으로 완전히 패어 있다. 그간 얼마나 많은 사람들이 이 기둥에 제 손을 얹고 자신의 인생을 돌아보았을까?

지금 이 순간 이곳에 있다는 것이 얼마나 행복하고 감사한지 모르겠다. 내가 살아 숨 쉬고 움직이며 생각할 수 있는 존재라는 것이 이토록 기쁘게 여겨질 줄이야….

울렁이는 마음을 진정시키며 사람들이 움직이는 곳으로 따라가

—

사람들은 이 영광의 문기둥에 자신의 손을 대고 잠시 동안 기도한다. 손을 떼면 기둥에 손자국이 선명하게 드러난다.

보니 성 야고보의 무덤이다. 엘 카미노 역사의 시작이 된 그의 무덤 앞에 선 것이다. 그의 무덤 앞에 서니, 지금까지 이 길을 걸으면서 그에 대해서 단 한 번도 생각해 본 적이 없는데도, 이제 내 엘 카미노는 정말 끝이 났다는 것이 실감난다. 산티아고에 도착해 증명서까지 이미 받았음에도 불구하고 여전히 앞으로 더 나아가야만 할 것 같은데, 여기가 끝이라고 설득당하는 기분이다.

박물관까지 천천히 둘러보다가 미사시간에 맞춰 자리에 앉는다. 여기까지 오면서 수많은 미사를 보았지만 이렇게 많은 사람이 함께한 미사는 처음이다. 그리고 스페인에서 처음으로 오르간 반주가 있는 미사다.

미사를 집전하는 신부님이 오늘 이곳에 도착한 순례자들을 국가명으로 호명한다. 난 '론세스바예스에서부터 걸어온 한 명의 한국인'이라고 불린다. 코끝이 찡해지고 눈에 눈물이 차오른다. '코레아노'란 말이 들리자 주변 사람들이 나를 포옹해 준다. 서로를 축하하는 포옹과 키스들.

오늘 도착한 사람들의 얼굴에는 다들 감격의 빛이 떠오른다. 눈물을 글썽이는 사람들의 모습도 보인다. 내가 볼 수 없는 내 얼굴도 아마 저들과 같으리라.

미사를 마치고 성당 앞 식당으로 몰려간 우리는 와인 잔을 높이 치켜든다. 그리고 그토록 바라던 '타르타 데 산티아고'를 먹는다. 물

론 기분 탓이겠지만 산티아고에서 먹으니 더욱 달콤하게 느껴진다. 서로에게 축하의 말을 건네는 사람들의 얼굴에 개운함과 아쉬움이 동시에 묻어난다.

비를 맞으며 가 본 알베르게는 예전에는 제법 큰 학교였던 모양인지 지금도 옆 건물은 여전히 학교인 듯했다. 무척이나 을씨년스러워 보인다. 최근에 계속 깔끔한 사설 알베르게나 호스텔에 묵었던지라 이곳은 더욱 구질구질해 보인다. 히터가 없다는 말에 꼴레뜨를 빼고는 다들 호스텔로 가겠다고 한다.

난 잠시 고민한다. 나 역시 따스한 곳에 묵고 싶기도 하지만 이곳이 마지막 알베르게가 될 것이라는 생각에 쉬 마음이 정해지지 않는다. 그러다 결국 이곳에 머물기로 마음먹고 침대를 배정받고 도미토리로 들어가 보니, 안은 로비보다 더 을씨년스럽다. 수해지역 학교에 임시로 설치한 숙소 같다.

여기저기 사람들이 내건 빨래 때문에 더 칙칙하고 축축하게 느껴진다. 관리인에게 건조기 없냐고 물어보니 조만간 구입할 예정이란다. 매트리스도 지금까지 본 것 중 가장 더럽다. 지금까지 내내 괜찮았는데 여기 와서 베드벅에 물리는 것은 아닐까 걱정될 정도다.

당장 이곳에 묵기로 한 것을 취소하고 나도 호스텔을 찾아 나설까 하는데, 그간 만났던 사람들이 여럿 보인다. 다들 아무렇지도 않은 밝은 얼굴들이어서 "앙, 여기 너무 더러워서 나갈래."라는 말이 차마 입 밖으로 안 나온다.

대부분 젊은 애들은 여기서 하루 이틀 머물고 다들 피니스테레까지 걸어가겠다고 하지만, 이곳까지도 겨우 힘들게 온 사람들은 버스를 타고 가 피니스테레를 보고 올 예정들이다.

육지가 끝나는 곳까지, 이제 더는 걸을 수 없는 곳까지 가겠다는 생각으로 가기도 하지만, 피니스테레에서 신발이나 지팡이 같은 함께 걸어온 친구 하나를 불에 태우는 것이 언제부터인가 전통으로 자리 잡아서, 그 행사를 치르기 위해 가는 사람들도 있다. 반면 단호히 "'엘 카미노 데 산티아고'는 산티아고까지다."라고 이곳에서 종지부를 찍는 사람들도 있다.

난 여전히 고민 중이다. 내 무릎과 발목은 이제 더는 무리라고 얘기하는데 내 마음은 여전히 걷고 싶다.

퀘벡 여인들은 다들 버스로 피니스테레에 가겠다고 하는데, 하필 지금 피니스테레행을 운행하는 버스회사는 파업 중이란다.

저녁미사에서 피에렛과 꼴롱브를 다시 만나기로 했으므로 카테드랄로 향한다. 쉽게 찾아갈 거라고 생각했는데 골목이 많아서 잠시 길을 헤맨다.

길이란 녀석은 참 묘하다. 목적하지 않으면 잘도 찾아지는 것이, 꼭 그곳에 가겠다고 맘을 먹으면 사람 눈을 헷갈리게 한다. 낮에 구경 다닐 때도 잘만 찾았는데, 길을 헤매서 결국 미사시간에 좀 늦고야 만다.

산티아고 대성당의 보물 중 하나는 '보타푸메이로Botafumeiro'라는 거대한 향로다. 여덟 명이 힘을 모아 줄을 잡아당기면, 향로가 날쌘 서커스 단원이 공중 그네를 타는 것처럼, 그 육중한 몸을 자랑하며

성당 제대. 맨 앞 공중에 매달려 있는 것이 보타푸메이로다. 사람들이 앞으로 나오는 것을 관리인이 막고 있다.

성당 안을 휙휙 날아다닌다.

보타푸메이로를 모든 미사 때마다 움직이는 것은 아니다. 주일미사와 특별미사 때만 그 모습을 볼 수 있다는데, 오늘 저녁미사가 바로 특별미사다. 그 향로를 보기 위해 우리는 오늘 미사에 두 번이나 참례하는 것이다.

기다리던 보타푸메이로의 시간. 여덟 명의 사제들이 매달려 열심히 잡아당기자, 거대한 향로가 드디어 붕붕 날기 시작한다. 항상 손에 들고 흔드는 조그만 향로만 봤던 내 눈에는 아주 경이로워 보인다.

내가 이 길을 걷게 만든 다큐멘터리에서도 보았던 장면이라 감회가 새롭다. 정말 내가 그 안에 들어와 있다는 사실이 실감나는 순간이다.

비는 더욱 거세어진다. 날씨에 상관없이 피니스테레까지 걸어가겠다고 마음먹은 사람들은 아무 상관없지만 날씨 봐서, 혹은 버스를 타고 가려던 사람들은 심란하기만 하다. 이렇게 비가 온다면 사실 피니스테레에 가 봐야 아무것도 볼 수 없을 것이다. 다들 조금은 심란한 마음으로 헤어져 숙소로 돌아온다.

알베르게에서 다시 후안을 만났다. "와, 정말로 걸어서 왔어?" 하며 거듭 확인한다. 내가 너무 힘들어 해서 끝까지 못 걸을 줄 알았단다. "내일은 비 안 온대. 내일 피니스테레 갈 거야?"

난 고개를 젓는다. 나는 아직 산티아고에서의 시간이 더 필요하다.

깊은 밤 내 옆 침대에서 자던 꼴레뜨가 물을 마시자마자 기침을 콜록콜록 한다. 저런, 사레들렸나 보다, 조심 좀 하지, 하고 난 가볍게 생각하고 마는데, 계속되는 기침 소리에 몇몇 사람들이 그녀에게 다가간다. 괜찮냐고, 감기약 가진 건 있냐며 다들 염려가 가득한 목소리들이다.

내가 언제 또 이렇게 타인에게 자상한 나그네들을 만날 수 있을까 하는 생각에 가슴이 뻐근해진다. 나도 저들처럼 따스한 사람이 되어야 해.

꼴레뜨도 무척이나 감동했는지 다음 날 아침 먹는 내내 이 얘기를 한다.

관광객이 되어 산티아고를 돌아다닌다. 성지 아니랄까 봐 크고 작은 성당들이 어찌나 많은지. 골목마다 하나씩 있는 건 아닐까 생각이 들 정도다.

이제 자신들의 집으로 돌아가는 퀘벡 여인들은 식구들에게 줄 선물을 사기 위해 산티아고의 모든 선물가게는 다 들어가 본다. 알고 보니 피예렛은 접시 마니아다. 그녀는 마음에 드는 접시를 과연 무사히 깨뜨리지 않고 집으로 가져갈 수 있을지 고심한다. 난 묵주를 몇 개 고른다. 무사히 내가 이곳까지 올 수 있도록 기도해 준 친구들에게 줄 선물이다.

다들 선물가게에만 가려고 해서 일행과 떨어져 혼자 산티아고의 골목들을 헤매고 다니다가 놀리나를 만난다. 우린 서로에게 이제 어디로 갈 거냐고 묻는다.

"어쩜 피니스테레. 그리곤 안달루시아로 갈 거야. 너는?"

"난 아직 모르겠어. 하지만 한 가지 확실한 건 이제 더는 걷지 않을 거라는 거야." 그녀의 목소리는 아주 확고하다.

"난 더 걷고 싶어. 그런데 걸을 수 없어서 슬퍼."

이제는 결코 다시 만날 일이 없을 그녀와 포옹을 나누고 헤어진다.

하염없이 산티아고를 걸어 다닌다. 언덕에 자리 잡은 공원에 올라가 시내를 바라보니 하늘을 찌를 듯 높이 솟은 여러 성당의 첨탑들이 이 도시의 특징을 여실히 드러낸다.

카테드랄을 중심으로 한 구시가를 조금만 벗어나면 관광객들의 모습은 별로 보이지 않는다. 엄마와 함께 학

광장에서 중세시대의 순례자 모습을 하고 왔다 갔다 하는 아저씨. "사진 한 장 찍어도 될까요?" 하고 물으면 돈을 달라고 할 것 같아 그냥 찍었다. 죄송합니다.

산티아고의 한적한 골목. 관광지인 만큼 주로 기념품 가게와 식당들이 자리를 차지하고 있다.

교에 가는 아이들, 공원에서 친구들과 놀고 있는 십대 청소년들, 장 보러 나온 아줌마들, 바쁘게 움직이는 직장인들.

산티아고 데 콤포스텔라, 별들의 들판. 이곳 역시 나 같은 평범한 사람들이 살아가고 있는 하나의 도시인 것이다.

배낭을 메고 꿈꾸듯 이곳까지 걸어온 모든 이들도 이제 자신들의 도시로 돌아가 다시 자신들의 삶으로 돌아갈 시간을 맞는다. 돌아가는 그들의 마음속 배낭에 무엇을 채웠는지는 각자만이 알 것이다.

산티아고를 떠날 순간을 결정하는 것이 어려운 이유 중 하나는 그것이 바로 꼴롱브와 피에렛과의 이별을 의미하는 것이기 때문이기

역시 산티아고가 관광지임을
여실히 증명해 주는 관광열차.

성당의 동쪽 외곽.
천 년 동안 살아왔음을 느낄 수 있다.

Spain
_ Santiago

플라사 다스 플라테리아스. 산티아고에서
사람들의 왕래가 가장 많은 곳이 아닌가 싶다.
이 분수대는 17세기에 만들었다고 한다.

예상치 못한 곳에서 야자수가 눈에 띄어 잠시 어리둥절.
이곳 역시 산티아고 맞습니다.

멀리 공원에서 바라본 산티아고 구시
대성당의 첨탑이 하늘에 닿을 듯하

이른 아침,
산티아고의 어느 낡고도 한적한 골목

구시가는 이렇게 대부분 2차선 도로. 스페인에선 네온사인을 보기가 어렵다. 바르셀로나에서도 마찬가지. 마드리드 번화가 정도는 돼야 네온사인들이 번쩍거린다.

대성당 옆에 식당들이 늘어서있던 골목. 작은 간판과 실내를 짐작할 수 없는 좁은 가게 문. 산티아고에 도착한 날, 갈색 문이 달린 식당에서 비에 젖은 몸을 달래며 먹었던 따스한 스프의 여운이 지금도 혀끝에 감돈다.

성당보다 높은 건물이 없어서
어디서나 성당의 뾰족한 첨탑이 보인다.
그 덕에 성당이 방향계 역할을 톡톡히 해 준다.

도 했다. 피니스테레행 버스 회사의 파업이 끝났다는 소식을 들은 저녁, 그들과 최후의 식사를 마치고, 난 피니스테레가 아닌 마드리드로 가겠다는 결심을 알린다.

둘 다 선뜻 대답이 없다.

침묵 끝에 피예렛이 "그럼 우리 다시는 못 보는 거야?" 하며 눈물을 보인다. 케케벨로스의 이별에서처럼.

"계속 연락하면 되지, 뭐." 난 헤헤 웃으며 대답한다. 분위기가 무거워 자꾸 웃고 싶다. 꼴롱브도 고개를 끄덕이며 미소를 지어보인다.

"나 엉터리 영어 쓰는데…." 피예렛이 눈물을 찔끔거리면서도 장난꾸러기 같은 표정을 짓는다. "괜찮아. 우리 다 그렇잖아?"

우리는 좁은 골목에서 발길을 떼지 못하고, 긴 포옹을 반복해 나누며 헤어짐의 아쉬움을 달랜다.

그들과 헤어져 알베르게 안으로 들어가는 내 발걸음이 무겁다. 「카사블랑카」의 험프리 보가트처럼 멋지게 말할 수 있을까? 이제부터 우리의 우정은 시작이라고.

그리고 길은 계속된다.

마드리드로 향하던 날 아침. 부슬비가 내린다. 비를 맞으며 버스 터미널로 가면서도 난 계속 고민한다. 그냥 피니스테레로 갈까? 조금만 더 걸어볼까? 혹시 괜찮을지도 몰라. 그러나 무릎은 주제넘은 생각 말라는 듯 벌써 아파 오기 시작한다.

버스회사의 파업은 끝났다. 버스를 기다리던 사람들은 오늘 우르르 피니스테레로 갈 것이다. 하지만 난, 어차피 걷지 않을 것이라면 굳이 그곳으로 갈 필요가 없다고 이미 결론 내렸다. 이렇게 비가 오는데 버스를 타고 가서 보는 피니스테레의 바다는 날 우울하게 만들어 버릴 게 분명하다.

찌릿찌릿한 왼쪽 무릎을 의식하며 길을 걷는데 갑자기 어떤 아저씨가 날 불러 세운다. 가는 방향이 틀렸단다. 피니스테레는 저쪽이라고. 가슴이 저릿해진다.

버스터미널로 간다고 대답하는 순간, 난 이제 더는 페레그리노가 아니라는 자각이 마음을 아프게 한다. 언제쯤 되면 이 여운이 가라앉을 수 있을까?

마드리드행 버스는 빈자리가 하나도 없다.

이것은 혹시 피니스테레로 가라는 뜻인가? 또 다시 갈등이 시작되려는데, 아저씨가 이리저리 찾아보더니 폰페라다까지 가는 표가 있고, 거기서 한 시간 후에 마드리드로 가는 차가 있다며, 두 장의 표를 나에게 내민다.

표를 손에 든 순간 내 길은 정해졌다. 뒤돌아보지 말자고 마음 굳게 먹는다.

그러나 산티아고를 떠나는 버스 안에서도 그 먹먹한 기분이 사라지지 않는다. 벌써 산티아고를 떠나도 되는 것일까? 알 수 없는 불안감과 아쉬움이 내 곁을 떠나지 못하고 계속 서성인다.

버스 밖으로 내가 그간 걸어온 길들의 지명이 계속해서 나타난다. 그것들을 조용히 소리 내어 불러 본다. 내 가슴이 울렁거린다.

엘 카미노를 마친 나는 과연 내가 바라던 것처럼 조금이라도 성장했을까? 과연 나는 좀 더 너그러운 사람, 넓은 사람이 되었을까? 난 여전히 답을 모른다. 하지만 모른다고 해서 속상하지도 마음이 아프지도 않다.

나에게는 확실한 답을 알고 있는 물음도 있다.

이 길 위에 서 있던 시간들, 정말 행복했지?

행복이라는 단어를 이렇게 많이 떠올린 적이 지금까지 한 번도 없다고 생각될 만큼.

좋아. 지금은 그것만으로도 좋아. 앞으로의 내 시간, 내 생활이, 이 길이 나에게 남긴 것을 알려 주겠지.

길은 마치 직선처럼 한 방향으로 쭉 뻗어 있는 듯 보이지만, 사실은 뫼비우스의 띠처럼 교묘하게 어디에선가 뒤틀려 하나로 이어져 있을지도 모른다.

새로운 반복. 거듭된 시작들.

어쩌면 내 카미노는 여전히 진행 중이거나 혹은 또 다른 시작을 준비하고 있는지도 모른다. 목적지가 산티아고이거나 아니거나.

El camino
TRINIDAD
SAHAGUN
SAN
ANTON
Fecha:
Fecha:
Fecha:
Fecha:
Fecha:
Fecha:
AYUNTAMIENTO DE LA MUY LEAL
CAMINO DE SANTIAGO
(Palencia)

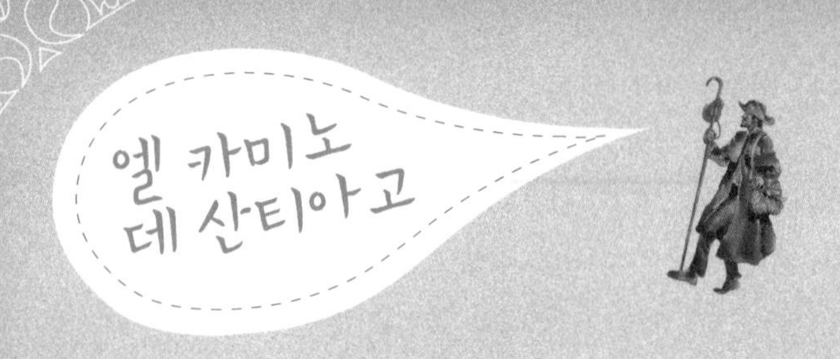

엘 카미노 데 산티아고 이야기

산티아고는 예수의 열두 제자 중 한 명인 성 (큰)야고보(열두 제자 중 야고보라는 이름을 가진 제자는 둘이었다)의 스페인식 표기다.

전설에 의하면, 성 야고보는 이베리아 반도 동쪽 끝까지 선교하러 왔었고, 그 후 팔레스타인 지방으로 돌아간 성 야고보는 서기 44년 헤롯왕 시대에 예루살렘에서 순교한다. 성 야고보의 시체를 그의 두 제자들이 사공도, 닻도 없이 돌배에 태워 바다로 보냈는데, 놀랍게도 그 배는 그의 선교지였던 이베리아 반도 끝 갈리시아 해변에 도착한다.

그 후 그의 시체는 '리브레돈 Libredón'이라는 산에 묻히고, 시간이 흐르면서 그의 무덤은 사람들 사이에서 자연스럽게 잊혀졌다. 특히 5세기 서고트족과 8세기 이슬람교도들의 침입과 전란을 겪으면서 그의 무덤은 소재조차 알 수 없게 되어 버린다.

그러다가 9세기에 한 은둔 수도사가 별빛을 따라 간 들판에서 한 구의 유골을 발견하게 되고, 그 유골이 성 야고보로 판명된다. 이 전설을 따라 이곳 지명이 라틴어인 campus stellae(캄푸스 스텔레, 별들의 들판)라고 불리다가, 후에 콤포스텔라로 굳어지게 된 것이다.

이 사건은 유럽 그리스도교 사회에 일대 센세이션을 일으키고, 수많은 그리스도인들이 그의 무덤을 보기 위해 몰려들었다. 결국 콤포스텔라는 12세기에 전성기를 누리며, 로마 · 예루살렘과 더불어 3대 성지로까지 선포된다.

12세기에는, 1년에 50만 명 가까운 사람들이 산티아고 순례길을 나섰지만, 이후로 그 수는 점점 줄어들었고, 20세기 들어서는 극소수의 스페인 사람들만이 이 길 위에 섰다.

그러나 '산티아고 콤포스텔라'는 1989년 교황 요한 바오로 2세의 방문 이후 오랜만에 세인의 관심을 받게 되고, 거기다 '엘 카미노 데 산티아고'가 세계문화유산으로 지정되면서 세계인의 발걸음을 다시 끌어 모으고 있다.

엘 카미노 데 산티아고의 상징

카미노를 걷는 순례자들을 상징하는 것은 망토와 지팡이, 호리병, 그리고 조개껍데기(가리비)다. 물병으로 쓰는 호리병과 걸음을 도와주는 지팡이, 비와 추위를 막아 주는 망토는 알겠는데, 그럼 조개껍데기는 무슨 의미일까? 특히 조개껍데기는 산티아고를 가리키는 가장 대표적인 상징물인데 말이다.

거기에도 역시 전설이 있다. 한 순례자가 길을 나섰다가 바다에 빠졌다. 그 절체절명 위기상황에서 그는 산티아고의 이름을 애타게 불렀고, 그런 그에게 커다란 조개껍데기가 나타나 그를 무사히 육지까지 태워다 주었다고 한다.

그래서 순례자들은 산티아고까지 자신의 여정이 무사하길 기원하며 조개껍데기를 지니고 다녔고, 오늘날의 순례자들도 배낭에 하나씩 매달고 다니는 것을 잊지 않는다.

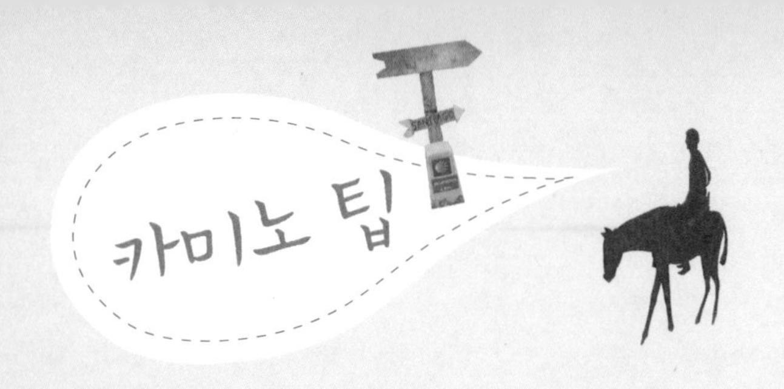

배낭 꾸리기 MUST HAVE ITEM

한 달 넘게 날마다 메고 걸을 것과 자신의 체격과 체력을 고려해서 짐을 꾸려야 한다. 이것저것 다 챙겨서 스페인으로 떠났다간 결국 버릴 수 없는 물건은 산티아고 우체국으로 보내게 되고(우체국에서 두 달간 보관해 준다), 소모품들은 알베르게에 하나씩 버리면서 카미노를 걷게 될 것이다. 그러니 반드시 필요한 물품만 최소 용량, 최소 무게로 챙겨서 배낭을 싸는 것이 좋다.

배낭 역시 이것도 자신의 체력, 체격에 맞춰서 골라야 한다. 나는 38리터 트레킹용 배낭을 준비했는데, 살짝 작은 감이 있었다. 오랜 시간 메야 하므로 착용감이 가장 중요하고, 겉에 수납용 주머니가 많은 것이 좋다. 시기에 따라서는 비를 대비해 방수 커버도 준비해야 한다.

보조가방 자주 꺼내 쓰는 것과 귀중품을 넣고 다닐 것이 필요하다. 배낭과 동시에 멨을 때 불편하지 않아야 한다.

침낭 반드시 필요하다. 많은 알베르게가 담요를 비치하지 않고 있으며, 때로는 꽤 더러운 매트리스나 시트에서 자야 할 때도 있다. 게다가 스페인의 밤은 예상 외로 춥다. 가끔씩 야외에서 잘 생각이 아니라면 보온성은 그다지 중요하지 않으니, 부피가 작고 가벼운 것으로 준비한다.

신발 등산용이나 트레킹 운동화 혹은 스포츠 샌들이면 된다. 숙소나 동네 산책에 신을 가벼운 슬리퍼도 하나 챙기면 좋다.

등산용 스틱 가볍고 작게 접히는 것으로 두 개 가져가길 권한다. 무릎과 발목에 확실히 도움이 된다. 현지에서 지팡이를 사거나 길가 나무를 꺾어서 만들 수도 있지만, 손잡이가 있고 길이 조절이 되는 등산용 스틱이 훨씬 편리하다.

의류 어차피 땀에 절어 매일 빨아야 하고, 날씨가 좋아 쉬 마르기 때문에 많이 가져갈 필요는 없다. 속옷도 마찬가지. 그러나 한여름에도 갈리시아 지방의 밤은 꽤 춥기 때문에 튼실한 바람막이 점퍼와 긴팔 옷 하나 정도는 반드시 챙겨야 한다.

개인적 소견을 하나 덧붙이자면, 외출복 하나 정도는 가져가는 게 좋다는 생각이다. 가방을 벗고 도시 구경을 다닐 때, 무릎 나온 바지에 목 늘어난 티셔츠 입고 슬리퍼 질질 끌고 다니면 사실 기분 무지 꿀꿀하다. 위아래로 녹색 트레이닝복만 줄창 입던 패션센스 꽝인 퀘벡 애가 부르고스에서 하얀 와이셔츠에 까만 정장바지를 입은 걸 보고 탄복했었다. 여자라면 주름 안 가는 가벼운 원피스 하나 정도 챙겨 가면 좋겠다.

우비 봄, 여름에는 바람막이 점퍼 정도로도 괜찮을지 모르지만, 가을에 길을 떠난다면 우비는 필수 아이템이다.

세면용품 샴푸나 비누 같은 것들은 현지에서도 저렴하게 구입할 수 있고, 혹은 남들이 알베르게에 두고 간 것들을 쓸 수도 있으므로 작은 것들로 준비해 가는 것이 좋다.

랜턴 이른 새벽이나 밤에도 걷고자 하는 사람에게는 필수 아이템이다. 알베르게의 소등 시간은 이른 편이므로 침대에서 스탠드 대용으로 쓸 수도 있다.

의약품 소화제, 지사제, 감기약 등 비상약들은 준비해 가는 게 좋다. 작은 마을엔 약국이 없는 경우도 허다하고, 일교차가 심해서 감기에 걸리기도 쉽다.

근육용 마사지 크림 평소에 사용하는 근육 치료제가 있다면 가져간다. 어차피 이건 반드시 필요해진다. 나는 집에 호랑이 기름이 굴러다니기에 들고 갔는데, 오스트레일리아에서 온 헬렌도 그걸 가지고 있어서 재밌었다.

물티슈 흙이나 발에 잡힌 물집을 만지작거리던 손으로 빵이나 치즈, 과일 등 온갖 간식을 먹게 되는 경우가 무척 많다. 이럴 때 물티슈가 있으면 정말 좋다.

빨랫줄과 집게 보통 알베르게에 공동 빨랫줄이 있지만, 가끔씩 실내에 빨래를 널 일도 생기고, 오스탈이나 팡시온에 묵게 될 경우에도 유용하다.

썬크림 절대적으로 필요하다. 방심하다간 살갗 다 벗겨진다.

모자와 썬글라스 그늘 한 점 없는 땡볕 속을 걸을 때 역시나 필수 아이템이다.

클립 혹은 큰 옷핀 덜 마른 수건이나 양말, 혹은 물통을 배낭에 매달고 다닐 때 필요하다.

가이드북 가이드북 없이 걷는 사람들도 꽤 되고, 지역마다 작은 지도나 가이드북을 나눠주기도 해서, 가이드북이 없어도 불편할 건 없지만 혼자 가는 사람이라면 하나 정도는 챙겨 가는 게 마음 든든할 것이다. 나는 아마존에서 주문했다.

반짇고리 물집 딸 때도 필요하고, 걷다 보면 이것저것 꿰맬 것도 꽤 생긴다.

방수비닐가방 알베르게에 있는 샤워실은 대부분 매우 좁다. 항상 들고 다니는 귀중품이나 갈아입을 옷들을 물에서 잘 보호해 줄 수 있는 것으로 하나 준비한다.

귀마개 코 고는 수준이 남다른 사람을 가끔씩 만나게 된다. 숙면을 위해 절대 필요한 아이템. 그리고 민폐 예방차원에서 자신의 코골이 수준도 미리 확인해 보는 것이 좋겠다.

서울에서 카미노까지 가는 이야기

오늘날 대부분의 순례자들이 걷는 길은 프랑스 남부 '르 퓌'에서 '산티아고'까지 이어지는 '카미노 프랑세스'다. 그 중에서도 피레네 산맥을 사이에 둔 프랑스의 '생장피드포르(Saint-Jean-Pied-de-Port)'나 스페인의 '론세스바예스'를 출발지로 삼는 경우가 일반적이다.

생장피드포르의 경우는 파리에서 테제베(TGV)로 '바욘(Bayonne)'까지 간 다음, 그곳에서 다시 기차를 갈아타고 가면 된다. 론세스바예스의 경우는 팜플로나까지 기차나 버스(스페인은 기차보다 버스여행이 훨씬 편리하고 싸다)로 간 다음, 그곳에서 론세스바예스행 버스를 타면 된다.

물론 출발점은 정해져 있는 것이 아니므로, 자신이 시작하고 싶은 곳과 기간에 맞춰 선택하면 되는데, 그래도 어느 정도의 규모가 있는 도시에서 시작해야 '크레덴시알'을 만들기 수월하다.

서울에서는 스페인보다 파리로 가는 항공편 수가 월등히 많기 때문에 파리행 표를 구하는 것이 편할 것이다. 그러나 나는 엘 카미노를 마치고 이베리아 반도 여행을 계획하고 있었기 때문에 '바르셀로나 인 마드리드 아웃'이 가능한 항공사를 선택했다.

자는 이야기

카미노에서 숙소 걱정은 그리 할 필요가 없다. 저렴한 무니시팔 알베르게가 없는 곳엔 거의 사설 알베르게(보통 5~10유로 사이)가 존재한다. 순례자들이 많이 머무는 곳엔 여러 개의 사설 알베르게가 있기도 하다.

알베르게는 단순히 싼 숙소이기만 한 것이 아니라 카미노의 오래된 전통이자 문화이며, 카미노의 매력이기도 하다. 그러니 조금 불편해도 기분 좋게 이용하자. 그래도 가끔씩 알베르게의 도미토리에서 자는 것이 지겨울 때는 오스탈이나 팡시온에 가서 하룻밤 쉬는 것도 나쁘지 않다. (성수기만 아니라면 싱글룸은 20유로 정도면 된다.)

스페인에는 스페인만의 독특한 숙박시설인 파라도르Parador가 있다. 파라도르는 궁전이나 수도원 같은 역사적인 장소를 개조해 국가에서 직접 운영하는 호텔이다. 파라도르도 호텔처럼 등급을 매기는데, 그 중 최고점인 별 다섯 개를 받은 파라도르는 단 둘 뿐이고, 그 두 파라도르가 모두 카미노 위에 있다. 바로 산티아고와 레온의 파라도르다. 주머니가 두둑하거나 하룻밤쯤 제대로 호사를 누리고 싶은 사람은 한번 묵어보는 것도 좋을 듯싶다. (레온은 파라도르치곤 저렴한 편인 90유로 안팎. 큰 맘 먹고 한번 가볼까 했지만, 결국 재정의 압박으로 6유로인 알베르게에서 묵고야 말았다.)

이와 반대로 노숙을 일삼는 사람들도 제법 있다. 텐트를 가지고 다니며 마을 광장이나 들판에서 자는 사람들도 있고, 텐트도 없이 두꺼운 매트 위에서 침낭 하나로 버티는 배가본드스러운 순례자들도 있다.

먹는 이야기

★바르 (Bar) : '바'라고 하면 술집 같지만, 카페와 비슷하게 커피 한 잔 마시며 가볍게 쉴 수 있는 휴게소 역할을 한다.(물론 맥주 정도는 판다.) 가끔 몇 종류의

타파(tapa: 간단한 안주용 요리)가 있는 곳도 있지만, 주로 크루아상 같은 빵과 보카디요를 만들어 판다.

보카디요는 안에 넣을 것을 주문하면, 그것에 맞춰 만들어 준다. 주로 하몽, 초리소, 토르티야, 치즈를 넣어서 먹는다. 치즈 중 케소 만체고(queso manchego)는 라만차 지방에서 양젖으로 만든 스페인 대표 치즈로 매우 맛있다. 케소 만체고만 있으면 와인 한 병도 그 자리에서 뚝딱이다.

타파는 바 진열장에 들어 있어서 손가락으로 주문하면 된다. 보통 몇 조각의 바게트 빵과 함께 주며, 제법 양이 많아서 한 끼 식사로 때울 수도 있다. 타파 중에 오징어링 튀김이 있으면 그걸로 보카디요를 만들어 달라고 해 보자. 마드리드에서 인기 있는 보카디요 메뉴인데, 씹는 맛이 꽤 좋다.

대도시에서는 큰 타파스 바를 찾아가 볼 것을 권한다. 매우 다양한 종류의 타파를 구경하는 재미도 있고, 골라 먹는 재미 또한 만만치 않다.

커피 종류: 카페 솔로(café solo) – 에스프레소와 비슷하다.
카페 콘 레체(café con leche) – 우유를 많이 넣은 커피.
카페 콘 코르타도(café cortado) – 우유를 조금 넣은 커피.

초코라테를 시키면 보통 우유와 일회용 커피믹스처럼 생긴 '콜라 카오cola-cao'라는 상표가 붙은 코코아 가루를 준다. 적당히 알아서 우유에 타 마시면 된다. 아주 가끔은 안달루시아 스타일로 진짜 초콜릿을 녹여 주는 곳도 있다. (맛있지만 무지 달다.)

★ 레스타우란테(restaurante): 이름은 거창하지만 역시 식당일 뿐이다. 보통, 식사를 하는 '코미다'는 가볍게 맥주나 커피를 마시는 '바'와 분리되어 있다. 카미노 위의 식당은 거의 다 '메뉴 델 디아'나 '메뉴 델 페레그리노'라는 저렴한 세트 메뉴를 마련해 두고 있다. 가격은 보통 7~10유로 정도이고, 두 종류의 요리(프리메르 플라토, 세군도 플라토)와 디저트, 빵, 와인 혹은 물로 구성되어 있다.

프리메르 플라토(primer plato)는 주로 소파(sopa, 스프), 엔살다 막사(ensalda mixsa, 모듬 샐러드), 스파게티(spagetti)다. 국물 요리가 필요하면 수프를 주문하는데 걸쭉해서 속이 든든해진다. 마늘과 야채를 듬뿍 넣은 소파 데 아호(sopa de ajo)가 유명하다.

세군도 플라토(segundo plato)는 페스카토(pescado, 생선)나 카르네(carne, 육류) 중에서 하나 고르는데, 가장 흔하면서 언제나 실패가 없는 생선은 메를루사(merluza, 민대구)다. 포요(pollo, 닭), 세르도(cerdo, 돼지), 바카(vaca, 소) 비스텍(bistec, 스테이크) 등도 외워두면 좋다. 감자 튀김이 항상 함께 나오는데, 물론 케첩은 주지 않는다. 달라고 하면 가져다 주기도 하지만, 아예 케첩이 없는 식당도 있다.

디저트인 포스트레(postre)에는 보통 플란(flan, 푸딩), 엘라도(helado, 아이스크림), 크레마(crema, 커스타드 크림), 타르타(tarta, 케이크) 등이 있다.

스페인어로 와인은 비노(vino), 맥주는 세르베사(cerveza), 생맥주는 카냐(cana) 주스는 수모(zumo), 물은 아구아(agua)다.

음식이 매우 푸짐하기 때문에 먹으면 나른해진다. 커피가 포함된 메뉴는 어디에도 없다. "카페?" 하고 물어올 때, "시!" 하고 대답하면 커피 값은 당연히 따로 내야 한다. 너무 배불러서 디저트 먹기 싫을 때, 커피로 하겠다고 말하면 들어주는 곳도 있다.

단점은 식사시간이 정해져 있다는 것과, 저녁 시간은 주로 8시 이후라 거의 소화를 시키지 못한 채 잠자리에 들어야 한다는 점이다.

★수페르메르카도(supermercado): 슈퍼마켓에 가서 장을 봐서 음식을 만들어 먹는다면 경비는 더욱 더 절감된다. 식당의 늦고 과한 저녁 식사가 버거운 사람이라면 슈퍼마켓은 정말 반가운 장소다. (시에스타 시간에는 문을 닫는 슈퍼도 있다. 염두해 두자.)

슈퍼에서 보카디요 재료들을 사서 미리 만들어 들고 다니면 길에서 요기를 때우기에 유용하다. 주방이 잘 되어 있는 알베르게에서는 아침과 저녁도 충분히 만들어 먹을 수 있다. 주방이 있는 알베르게에는 올리브유나 소금 같은 기본적인 요리 재료들이 다 구비되어 있어 주재료만 구입하면 된다. 가끔 걸쭉한 수프를 만들어 먹는 사람들도 있지만, 대부분 스파게티에 샐러드가 주메뉴다.

요리에 영 자신이 없는 사람은 통조림을 이용해도 된다. 바로 먹을 수 있는 통조림의 종류도 다양하고, 올리브유가 통조림 안에 넘쳐서 거기에 빵을 찍어 먹어도 꽤 맛있다. 샐러드용 야채를 소량으로 쉽게 구입할 수도 있다. 빵에 발라 먹는 스프레드 종류도 온갖 치즈부터 고기로 만든 것까지 매우 다양하다.

경비 이야기

1. 교통편

항공료는 시기와 항공사에 따라 다르지만 보통 3개월 유효인 할인항공권을 구입한다고 볼 때 100만 원 안팎으로 든다.

생장피드포르로 간다면 파리에서 그곳까지 기차 요금이 130유로 정도 든다고 한다. 바르셀로나에서 팜플로나까지 버스비는 21.20유로, 팜플로나에서 론세스바예스까지는 4.35유로였다. 마드리드에서 팜플로나까지는 대략 24유로다. 산티아고에서 마드리드까지는 39유로가 들었다.

다리에 무리가 가서 걸을 수 없는 사람들은 택시나 버스를 이용하는데, 택시는 보통 1킬로미터에 1유로로 계산한다(물론 이런 일은 안 생기면 좋다). 가방을 보낼 때도 이와 비슷한데, 대신 여럿이 함께 보내므로 인원수 대로 나눠 내면 된다.

2. 숙소

알베르게는 각자 알아서 내는 기부금(도네티보) 제도를 운영하는 곳이 많고, 요금이 정해진 곳은 4유로 안팎이다. 사설 알베르게는 보통 5~10유로 사이다. 물론 알베르게 이외의 숙소를 이용할 생각이면 비용 차이는 엄청나게 커진다. 카미노 경비가 유럽 물가를 감안할 때 적게 드는 가장 큰 이유는 뭐니 뭐니 해도 저렴한 알베르게 덕분이다. 가끔 혼자만의 시간을 갖고 싶거나 견디기 힘들 정도로 엉망인 곳만 아니라면 협회에서 운영하는 알베르게를 이용하자.

3. 식비

식비는 그야말로 쓰기 나름이다. 바에서 카페 콘 레체에 크루아상을 곁들이면 2~3유로, 역시 카페 콘 레체에 보카디요는 4~6유로 정도, 식당에서 '메뉴 델 디아'는 8~10유로, 여기에 물과 과일, 초콜릿 같은 간식을 추가하면 날마다 최소 16에서 25유로 정도 든다.

그러나 슈퍼를 애용한다면 커다란 바게트 빵 하나와 200밀리리터 6개들이 오렌지 주스, 12개 짜리 조각 크림치즈와 참치 통조림 하나를 산다 해도 4유로가 넘지 않으므로 하루에 식비로 10유로가 채 들지 않는다. 참, 물도 슈퍼에서 사면 바에서 사는 것보다 2~3배 가량 저렴하다. (싼 건 2리터에 0.30유로도 하지 않는다.)

고로, 슈퍼마켓과 친하게 지내자.

카미노까지의 접근 비용만 제외한다면 여행 경비는 그리 많이 들지 않는다. 예상치 않게 들어가는 약값이나 옷값 혹은 교통비가 생길 수도 있겠지만, 하루 경비로 25~30유로 정도 잡으면 무리 없이 잘 지낼 수 있다.

카미노 위에는 현금자동입출금기(ATM, 스페인 사람들은 캐쉬포인트라고 부른다) 기계도 흔하고, 은행도 흔하다. 아메리칸 익스프레스 여행자수표는 많은 은행에서 수수료 없이 환전해 주고 있으므로 자신에게 편리한 방법으로 준비해 가면 된다.

✚ 시시콜콜 카미노 팁

★한국까지 보내는 엽서에 붙이는 우표(sello 세요)는 0.78유로. 우체국이 없으면 담배가게인 에스탄코스(estancos)에서 살 수도 있다. 스페인의 우체통은 코레오스(correos) 라고 써 있는 커다란 노란색 통이다. 작은 마을에도 우체통은 있지만 가능하면 큰 마을 우체통을 이용하거나 우체국에서 직접 부치는 것이 좋다. 늦어도 열흘이면 서울로 도착해야 하는 우편물이 한 달 이상 걸리기도 한다.

★혹시 당일치기로 가까운 곳을 다녀올 때는 항상 왕복표(ida y vuelta 이다 이부엘타)로 구매하자. 따로 사는 것보다 저렴하다.

★간혹 어떤 알베르게는 온수가 탱크에 저장된 만큼만 나오는 경우가 있다. 샤워실이 여러 군데로 나눠져 있다면, 사람들 이용이 잦은 쪽은 찬물만 나오고 사람들이 별로 이용하지 않는 곳은 늦게까지 온수가 나오기도 한다. (만시야 알베르게가 그랬다.)

★혹시나 해서 가지고 왔지만 역시나 짐만 되는 물건은 결국 산티아고 우체국으로 보내게 된다(두 달간 무료 보관). 혹은 카미노에선 필요 없지만 그 전후 여행에 필요한 짐들 역시 산티아고로 보내면 되는데, 프랑스에서 보내는 요금보다 스페인에서 보내는 것이 훨씬 저렴하다.

우체국에 가면 박스가 있으니 거기에 넣어서 보내면 된다. 워낙에 보내는 사람들이 많아서 우체국에 가면 직원들이 잘 알아서 도와준다.

(산티아고 우체국 주소 쓰는 법: 본인 이름, Lista de Correos, Travesia Fonseca s/n, 15780 Santiago de compostela, Galicia, Spain)

★갈리시아 지방은 비가 많이 오는 지역이라 알베르게마다 빨래 건조기가 있다. 빨래 양이 얼마 안 되기 때문에 다른 사람들의 빨래와 모아 한꺼번에 돌리

면 그 역시 비용 절감에 효과적이다.

★길에서 양말을 자주 갈아 신는 것이 물집 예방에 좋다. 발이 축축하게 느껴지면 귀찮더라도 잠시 휴식을 취하며 뽀송한 새 양말로 갈아 신도록 한다.

★스페인은 지도 인심이 후한 나라다. 제법 규모가 갖춰진 도시다 싶으면 영락없이 관광안내소가 있고, 그곳에선 무료 지도를 나눠준다. (엄밀히 얘기하면 스페인 유통업계를 꽉 잡고 있는 '엘 코르테 잉글레스' 덕이지만) 스페인 도시들은 좁은 골목이 워낙 많아서 지도가 있으면 큰 도움이 된다. 볼거리들도 자세히 표시되어 있으니 관광안내소를 발견하면 그냥 지나치지 말고 꼭 들어가도록 한다.

★대도시를 제외한 스페인의 상점들은 시에스타 시간과 공휴일을 철저히 지키는 편이다. 공휴일 전날에는 혹시 모르니까 먹을거리를 넉넉히 비축해 두는 것이 좋다.

★평소에 등산을 즐겨하거나 운동량이 많은 사람들은 모르겠지만, 자신의 체력을 제대로 파악하지 못한 초보자들은 초반에 생각보다 쉽더라도 오버페이스를 하지 않는 것이 좋다. 그런 경우 대부분 일주일만 지나면 기력이 떨어져 결국 매우 힘들어진다.

★치안이나 도난 문제의 경우는 나와 내 주변 사람들 경우엔 전혀 문제없었고, 길에서 그런 사고 얘기를 들은 적도 없었다. 하지만 알베르게에 가끔씩 도둑을 조심하라는 경고문이 있는 것을 보면 아예 없지는 않은 모양이니 귀중품 관리는 알아서 신경 써야 할 듯싶다.

★부르고스 대성당 보관함은 짐 빼낼 때 우리나라 대형 마트처럼 돈이 도로 나온다. 그러니 괜히 밖에다 배낭 두고 들어가서 마음 졸이지 말고, 꼭 보관함을

이용하자. 만약 성당에 안 들어간다 하더라도 보관함에 배낭을 넣어 두면 부르고스 시내 구경을 다니는 데에도 훨씬 편리하다.

★스페인엔 원래 팁 문화가 없다. 자국에 팁 문화가 있는 외국인들이 계산할 때 조금씩 팁을 얹어 내는 습관을 이곳에서도 발휘해서 가끔씩은 혼란스러울 때가 있는데, 팁에 대해선 신경 안 써도 된다.

★알베르게는 24시간 개방도 아니고, 순례자들이 적은 겨울엔 아예 문을 닫는 곳도 있다. 대부분 체크아웃 시간이 정해져 있고, 간혹 엄한 알베르게는 밤에 통금시간이 있는 곳도 있다. (레온의 알베르게가 그렇기 때문에 밤에 놀고 싶은 사람은 다른 숙소를 구하는 것이 좋다.)

쉬고자 하는 알베르게가 아직 문이 닫혀 있으면 – 보통 문에 여는 시간이 적혀 있다 –, 배낭으로 대신 줄을 세워 놓고 마을 구경을 다니면 된다.

카미노 후 스페인 여행을 계획하고 있다면

'조만간 스페인에 또 오면 되지, 뭐.' 라고 생각하지 않는 사람이라면, 산티아고에 도착해서 이제 지팡이를 내던지고 관광객이 되어 스페인 관광을 나서게 될 것이다.

수많은 스페인 지역 중에 내가 추천하고 싶은 곳은 시에라 네바다(sierra nevada) 산맥이다. 그라나다, 세비야, 코르도바 등 스페인의 대표적 관광지를 돌면서도 역시 다시 길에 서고 싶은 욕망으로 마음이 허전해진다. 체력적으로도 받쳐 주는 사람에게 이곳은 매우 바람직한 코스가 될 듯싶다.

시에라 네바다는 광활한 산 중간 중간에 작고 하얀 마을들이 숨어 있는, 우리가 스페인하면 떠오르는 이미지를 유감 없이 발산하는 지역이다.

시에라 네바다 산맥에는 하루짜리부터 여러 날 걸리는 것까지 여러 종류의

트레킹 코스가 있다. 특히 5일짜리 '알푸하라스 토우르(Alpujarras Tour)'는 마을과 숲, 계곡들을 넘나든다고 하여, 나 역시 시도하려고 하였으나 지끈거리는 발목 통증으로 결국 포기하고 말았다.

잠깐 길을 걸어 보니, 이곳엔 노란색이 아닌 초록색 화살표가 길을 안내하고 있어서, 그 화살표를 보는 것만으로도 와락 반가움이 밀려왔다. 트레킹을 하지 않더라도 아름답고 조용한 풍광만으로도 며칠 고요히 쉬고 싶은 사람들에겐 적합한 장소다.

알푸하라스 지역으로 가는 버스는 그라나다 버스터미널에서 타면 된다. 한 가지 알아둘 점은 산의 굴곡이 매우 심하기 때문에 비위가 약한 사람은 산에 오르는 버스 안에서 차멀미와 두통에 시달릴 수도 있다는 점이다.

La verdad es que
no soy bueno en castellano.
El castellano es muy dificil…

카미노 서바이벌 스페인어

스페인어를 못한다 해도 카미노를 걷는 데는 그다지 불편하지 않다. 어쨌든 카미노 위에선 스페인 사람보다 외국인의 비율이 훨씬 높고, 그 외국인들은 대부분 스페인어를 못한다. 그러니 주눅 들 필요가 전혀 없다. 애로 사항은 주로 식당이나 상점에서 생기는데, 그땐 손가락과 표정을 이용하자. (작은 단어장 하나 들고 다니면 금상첨화!)

Si(시) 예　No(노) 아니오

Bueno(부에노) 좋다, 맛있다　malo(말로) 나쁘다

hoy(오이) 오늘　ahora(아오라) 지금　manana(마냐나) 내일

Hola! (올라!) 안녕! 가게 들어갈 때나 길에서 지역 주민을 만날 때마다 하루에 수십 번도 더 하게 되는 말이라 결국 입에 그냥 자동으로 붙는다.

Buen camino! (부엔 카미노!) 좋은 길 되시길. 길에서 스치는 순례자들끼리 주고받는 인사말이지요.

Adiós! (아디오스!) 헤어질 때 인사말.

Gracias (그라시아스) 고맙습니다.

De Nada (데 나다) 천만에요. 사실 이 말은 거의 쓸 일이 없다. 대신 많이 듣는다.

Perdón (페르돈) 실례합니다.

Por favor (포르 파보르) 영어의 please와 같은 의미인데, 발음이 꽤 부담스러워서 입에 잘 안 붙는다. 그래서 결국 항상 uno cafe!(커피 한 잔!) 하고 외치는 건방진 손님이 되어 버린다. 스페인 영화라도 보면서 한번 연습해 보시길.

★¿Dónde está~(돈데 에스타~) ~가 어디에 있나요?

:활용도가 높은, 진정으로 유용한 문구이다. 뒤에 el servicio(화장실) estacion(역) supermercado(슈퍼마켓) farmacia(약국) banco(은행)만 붙이면 된다.

★¿Qué es esto?(케 에스 에스토?) 이게 뭐예요?

:물론 이렇게 질문하면 알아들을 수 없는 대답들이 보통 돌아온다. 그러나 스페인 사람들은 매우 친절한 편이라서 보디랭귀지까지 동원해서 이해할 때까지 열심히 설명해 준다.

★¿Quánto cuesta?(콴토 쿠에스타?) 얼마예요?

★Podria~(포드리아~) ~ 좀 해주시겠어요?

:뭔가 부탁하고 싶을 때, 이렇게 운을 떼면 다들 대충 의미를 파악한다.

★Puedo usar~(푸에도 우사르~) ~사용해도 될까요?

:뭔가 사용하고 싶을 때, 역시 이렇게 운을 떼면 대부분 고개를 끄덕여 준다.

usar 자리에 entrar(들어가다), ir(가다), comer(먹다) 등의 다양한 동사를 넣어 활용할 수 있다.

★Me llamo~(메 야모~) 내 이름은 ~입니다.

: 간단하게 be동사를 이용해서 Soy~(소이~)라고 해도 된다. 스페인어는 우리나라 말처럼 주어 생략이 가능하다. soy coreana(나 한국사람이야), soy estudiante(나 학생이야) 등등.

★¿Cómo se llama?(코모 세 야마?) 이름이 뭐예요?

★Me siento mal.(메 시엔토 말.) 나 몸 상태가 좋지 않아.

★Tengo frio.(텡고 프리오.) 나 추워.

:내가 가장 많이 쓴 스페인 말이 아닐까 싶다. 스페인의 가을은 정말 몹시 추웠다.

★hace frio(아세 프리오.)는 날씨가 춥다는 의미다.

hace calor(아세 까로르.) 덥다.

llueve(유에베) 비가 오다 la llúvia(유비아) 비

기수		요일	
0	cero(세로)	월	lunes(루네스)
1	uno(우노)	화	martes(마르테스)
2	dos(도스)	수	miércoles(미에르콜레스)
3	tres(트레스)	목	jureves(후에베스)
4	cuatro(쿠아트로)	금	viernes(비에르네스)
5	cínco(싱코)	토	sábado(사바도)
6	seis(세이스)	일	domingo(도밍고)
7	siete(시에테)		
8	ocho(오초)		
9	nueve(누에베)		
10	diez(디에스)		
20	veinte(베인테)		
100	ciento(시엔토)		

스페인 영화 이야기

하몽 하몽 jamon jamon

: 비가스 루나 감독의 남녀상열지사 통속드라마. 허름한 선술집 주인과 투우사를 꿈꾸는 청년이 다니는 팬티공장을 중심으로 얽히고설키는 애정관계를 그리고 있다. 사람들의 욕망이 스페인의 뜨거운 햇빛처럼 노골적으로 이글거린다.

우리나라에서 처음 개봉할 때 굉장히 화끈한 영화인 양 포장했던 기억이 난다. 제목부터 시작해서, 바깥 세상에서 느껴지는 스페인의 대표 이미지를 몽땅 지닌 영화이기도 하다. 참, '하몽'엔 섹시한 여자라는 속뜻이 있단다. 흠, 섹시한 남자가 더 어울린 것 같은데….

길은 멀어도 마음만은 un rayo de lu

: 루이스 루이자 감독의 1960년대 스페인 가족 영화. 이탈리아 부잣집 아들과 가난한 스페인 여배우 사이에서 태어난 '마리솔'이라는 깜찍한 여자아이가 완고한 할아버지의 마음을 서서히 녹여 나간다는 내용을 담고 있다.

어렸을 때 텔레비전으로 본 기억이 있는데,

마리솔이 배 내밀고 할아버지에게 거수경례하던 모습이 지금까지도 어렴풋이 기억이 난다. 내 인생 최초로 접한 스페인 영화가 아닐까 싶다.

까마귀 키우기 cria cuervos

: 카를로스 사우라 감독의 칸 영화제 그랑프리 수상작. 과거와 현재, 미래가 혼재되어 있는 아름다운 성장 영화. 세 자매 중 둘째인 아나는 집에서 죽은 엄마를 만나기도 하고, 자기가 죽이지도 않은 아버지를 자신이 죽였다는 거짓 죄책감에 괴로워한다.

널리 알려진 주제가 「그대는 왜 떠나시나요?(Porque te pas)」는 1980년대 우리나라에서 리메이크 되어 불리기도 했다. 깜찍한 아역 배우 '아나 토렌트'는 훗날 성장하여 알레한드로 아마나바르의 「떼시스(Tesis)」의 주인공으로 우리에게 돌아온다.

귀향 Volver

: 페드로 알모도바르의 2006년작. 하몽하몽에서 마냥 앳되기만 했던 '페넬로페 크루즈'가 십대 딸을 가진 엄마 역을 천연덕스럽게 잘도 해낸다. 식당에서 부르는 노래가 립싱크만 아니었다면 정말 좋았을 텐데…. 아쉽다. 알모도바르의

다른 영화들처럼 위기에 처한 여자들이 똘똘 뭉쳐 씩씩하게 세상 풍파를 헤쳐나간다.

카미노에서 돌아온 후에 본 영화라 라만차 지방의 거센 바람과 밀밭이 나에겐 돈키호테보다도 기나긴 '메세타' 지역을 떠올리게 한다. 마음이 말랑말랑해지는 영화다.

(「내가 뭘 잘못했길래 ¿Que he hecho yo para merecer esto!!」(1984) 이후 만들어진 알모도바르의 영화들은 하나도 버릴 것 없이 모두 사랑스럽기 그지없다.)

+ 시시콜콜 스페인 간략 영화사

스페인 영화를 얘기할 때 빼놓을 수 없는 인물은 「비리디아나 Viridiana(1961)」, 「부르주아의 은밀한 매력 Le Charme discret de la bourgeoisie(1972)」, 「욕망의 모호한 대상 Cet obscur objet du desir(1977)」 등 수 많은 영화를 남긴 루이스 부뉴엘 Luis Bunuel이다. 그의 초기 무성영화인 「안달루시아의 개 Un chien andalou(1929)」와 「황금시대 Le age d'or (1930)」는 마드리드 '레이나 소피아 아트 센터'에서 항시 상영될 정도다. 그의 1969년작 「은하수 La voie lactee」에 '엘 카미노 데 산티아고'가 나온다는 말을 책에서 읽었는데 과연 종교적, 초현실주의적 알레고리로 가득 차 있다는 그 영화에서 카미노가 어떤 모습으로 그려졌을지 몹시 궁금하다.

오랜 프랑코 독재 체제 속에서도 '카를로스 사우라 Carlos Saura Atares', '빅토르 에리세 Victor Erice', '페드로 알모도바르 Pedro Almodovar Caballero' 같은 걸출한 감독이 나온 스페인 영화계에 1990년대 들어 '알레한드로 아메나바르 Alejandro Amenábar'가 등장한다. 「떼시스 Tesis(1996)」로 화려한 데뷔를 한 그는 「오픈 유어 아이즈 Abre los ojos(1999)」로 세계적인 성공을 거둔다.

'산티아나 델 마르' 버스 정류장에서 만난 아저씨가 이 근방에서 아메나바르가 니콜 키드먼Nicole Mary Kidman 주연의 「디 아더스The others (2004)」를 찍었다고 알려 주기도 했다. 영화 속에서 살짝살짝 나오던 숲이 스페인 북부인 칸타브리아 지방인 듯싶다.

내가 카미노에 있을 때 봤던 뉴스에서도 그의 영화 「씨 인사이드The sea inside(2004)」에 대한 호평이 날마다 나왔었고, 알모도바르는 스페인 영화계가 아메나바르만 너무 편애한다고 불만을 터뜨린 기사도 보았는데, 이제 바야흐로 그의 전성기인 모양이다.

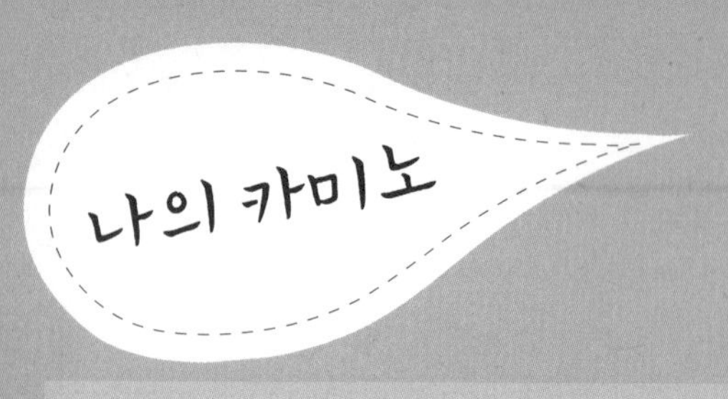

거리는 가이드북, 지도마다 다 다르게 나와 있어서 정확한 딱 잘라 말하기는 어렵다. 이 기록은 내가 들고 다닌 영국판 가이드북에 따른 것이다. 저자가 꽤나 깐깐한 사람인 듯싶어 그의 수치에 과감히 신뢰를 보낸다.

- ☺ 맘에 들었던 알베르게.
- 동네가 예쁘거나 산책하기 좋은 동네.
- 볼거리가 있는 마을(유서 깊은 성당이나 국가 유적이 있는 곳).
- † 신자가 아니더라도 미사에 참석하면 좋은 곳.
- 식당, 슈퍼 등 상점이 별로 없는 곳. 이런 곳에 머물려면 미리 음식물을 좀 준비해 두는 것이 좋다.
- ☹ 날 우울하게 만든 알베르게.

– 별표가 있는 곳은 내가 머물지는 않았지만, 시간을 내어 둘러보거나 머물 만한 곳. 그러니까 꽤 큰 도시라는 의미이지요. 이런 곳엔 언제나 대형 알베르게들이 있기 마련이다.

– 표시를 2개 붙인 곳은 진정으로 그냥 지나가기엔 아까운 곳임.

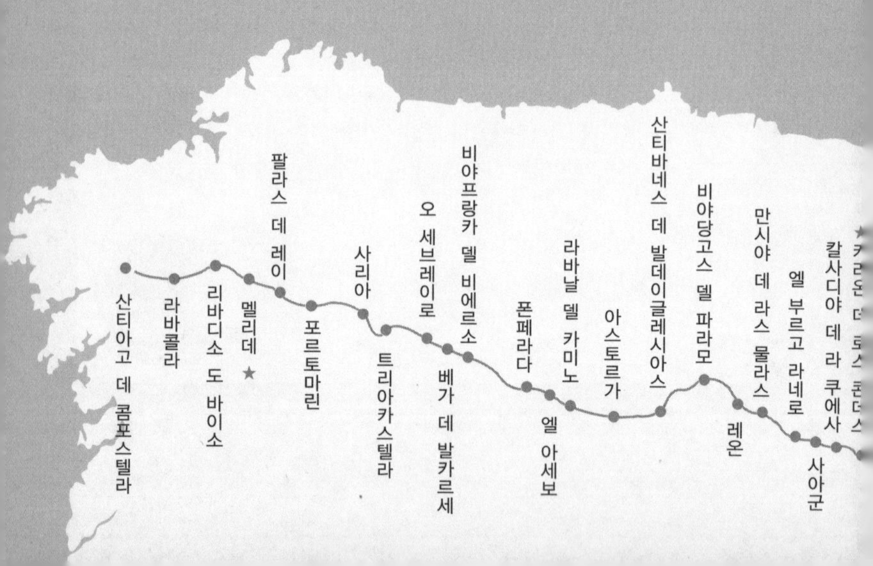

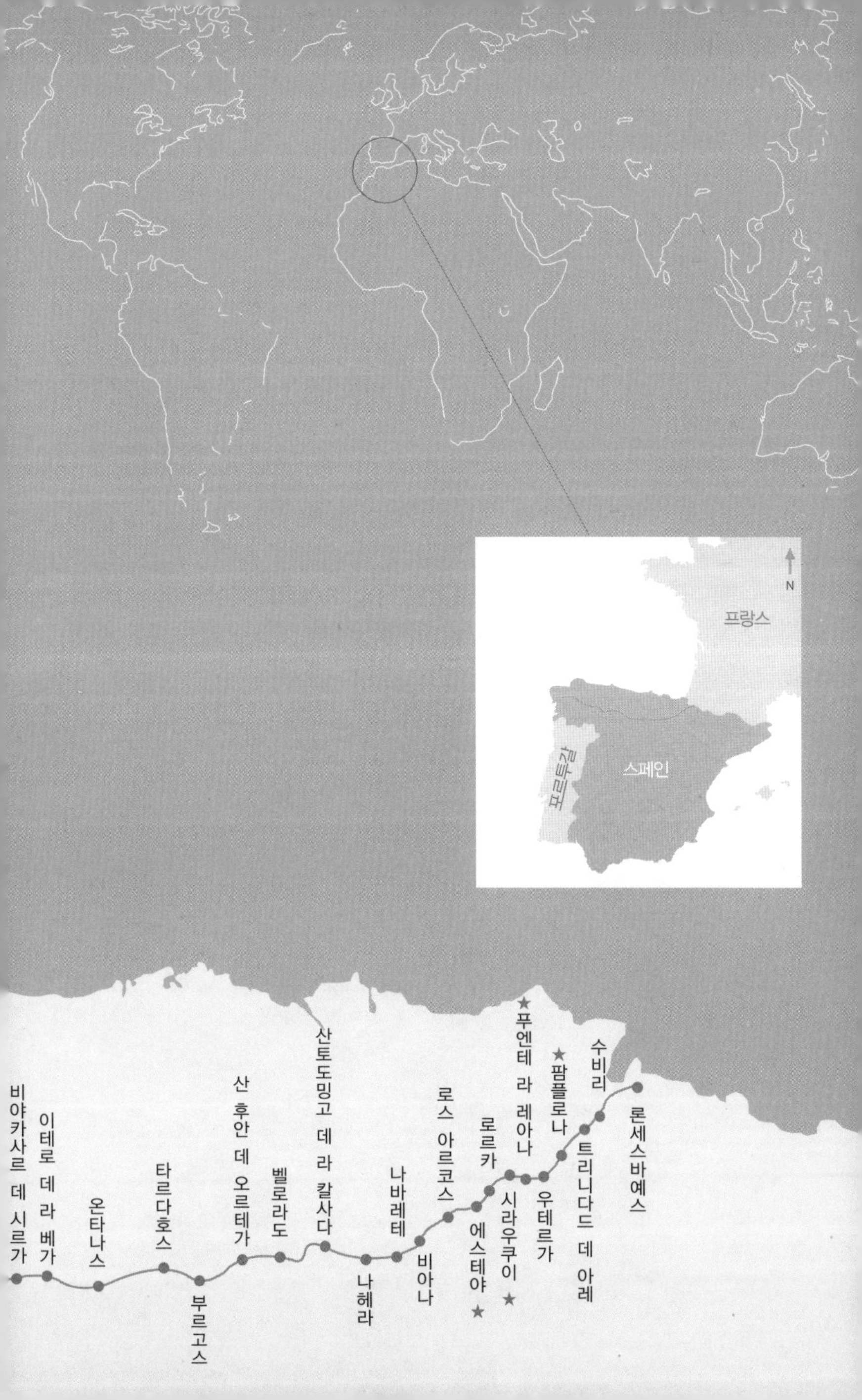
N
프랑스
스페인
포르투갈
론세스바예스
수비리
트리니다드 데 아레
★팜플로나
우테르가
★푸엔테 라 레아나
시라우쿠이 ★
로르카
에스테야 ★
로스 아르코스
비아나
나바레테
나헤라
산토도밍고 데 라 칼사다
벨로라도
산 후안 데 오르테가
부르고스
타르다호스
온타나스
이테로 데 라 베가
비야카사르 데 시르가

지명	km	시설	+
론세스바예스(Roncesvalles)	0	✝	신자가 아니더라도 미사에 참석하시길. 이 길의 시작을 축복하고, 서로의 길을 응원하는 시간이랍니다.
수비리(Zubiri)	22.5		반드시 침대에서 자고자 한다면 어느 누구보다 일찍 도착하도록 서두르거나 오스탈이나 팡시온 예약이 필수.
트리니다드 데 아레 (Trinidad de Arre)	39	☺ ❀	
★ 팜플로나(Pamplona)		❀ ❀ 📷	
우테르가(Uterga)	60.5	☺ ❀	공짜 무늬시팔 알베르게 침대는 단 두 명만 가능. 사설 알베르게는 카미노에서 가장 비싼 10유로!
★ 푸엔테 라 레이나 (Puente la Reina)		❀ 📷	
★ 시라우쿠이(Cirauqui)		❀	
로르카(Lorca)	80	☺	여기도 만만치 않은 가격 9유로.(그래도 운 좋으면 싱글룸이나 더블룸을 얻을 수 있다.)
★ 에스테야(Estella)		❀ 📷	
로스 아르코스(Los Arcos)	110	❀ 📷	저렴한 무늬시팔 알베르게는 마을에 들어와서 한참 걸어가야 한다.
비아나(Viana)	129	❀	
나바레테(Navarrete)	151	☺ ☺ ❀	
나헤라(Najera)	167	📷	
산토도밍고 데 라 칼사다 (Santo domingo de la Calzada)	188	☺ ❀ ✝	성당에 가서 그 유명한 닭을 구경합시다!
벨로라도(Belorado)	211	❀ 📷	
산 후안 데 오르테가 (San Juan de Ortega)	235	🌧	
부르고스(Burgos)	262	❀ ❀ 📷 📷	최소한 하루는 투어리스트로 지내야 하는 곳.
타르다호스(Tardajos)	271	☺	알베르게가 흡사 민박집 같은 분위기를 풍긴다.
온타나스(hontanas)	292	☺	
이테로 데 라 베가 (Itero de la vega)	313		
비야카사르 데 시르가 (Villalcazar de Sirga)	341	❀ 📷	
★ 카리온 데 로스 콘데스 (Carrion de los condes)		📷	
칼사디야 데 라 쿠에사 (Calzadilla de la Cueza)	364	🌧	마을에 슈퍼마켓이나 파나데리아도 없다. 그래도 마을에 있는 유일한 식당의 음식 맛은 꽤 괜찮은 편.

지명	km	시설	+
사아군(Sahagun)	386	✿ 📷 📷	
엘 부르고 라네로 (El Burgo Ranero)	404	☺	
만시야 데 라스 물라스 (Mansilla de las Mulas)	423	☺ ✿	레온을 앞두고 머무는 사람들이 많아서 침대 확보가 꽤 치열하다.
레온(Leon)	441.5	☺ ✿ ✿ 📷 📷	레온을 그냥 스쳐 지나가는 일은 진정으로 어리석은 일. 카미노에서 만날 수 있는 가장 아름다운 도시.
비야당고스 델 파라모 (Villadangos del Paramo)	460		꽤 근사한 식당이 숨어 있다. 후에 이집 칭찬하는 사람을 여럿 만났으니 나만의 의견은 아닌 듯.
산티바네스 데 발데이글레시아스 (Santibanez de Valdeiglesias)	475.5	☹ ☁	너무 비참한 점수를 매긴 듯해서 좀 미안해지네.
아스토르가(Astorga)	487	✿ ✿ 📷	아, 여기선 사설 알베르게가 묵는 건데.
라바날 델 카미노 (Rabanal del Camino)	508	☺	묘하게 센티멘털한 동네다.
엘 아세보(El Acebo)	525	☺ ☺	(여긴 알베르게가 아닌 팡시온)
폰페라다(Ponferrada)	541	☺ ✿ 📷	알베르게까지 걸어오는 동안엔 실망이 이만저만. 그러나 구시가로 가니. 아, 좋다.
비야프랑카 델 비에르소 (Villafrranca del Bierzo)	563	☺ ✿ ✿ 📷	너무 예쁜 마을이라 산책하기에 정말 만점이다.
베가 데 발카르세 (Vega de Valcarce)	582	☹	
오 세브레이로(O cebreiro)	593	☺ ✿ 📷 †	성당에 내려오는 전설을 음미하며...
트리아카스텔라(triacastela)	614		
사리아(Sarria)	632.5	☺ ✿ 📷	
포르토마린(Portomarin)	653	☺ ✿	
팔라스 데 레이(Palas de Rei)	680	☺	
★ 멜리데(Melide)		✿ 📷	여기서 스페인식 문어 요리를 한번 드셔보심이.
리바디소 도 바이소 (Ribadiso do Baixo)	706	☺ ☺ ☁	강 옆에 위치한 알베르게의 운치가 아주 그만이다. 유일한 식당의 맛은 그다지 훌륭하지 않으므로 음식 준비를 미리 하는 센스가 필요.
라바콜라(Lavacolla)	743	☺ ☺	오스탈이 알베르게처럼 1인당 10유로를 받는다. 오스탈에 붙은 레스토랑의 음식 맛도 매우 좋았다.
산티아고 데 콤포스텔라 (Santiago de compostela)	753	☹ ✿ ✿ ✿ 📷 📷 📷 †	만일 산티아고에 도착 이후 목표를 잃은 상실감에 시달린다면 후줄근하고 쓸쓸한 알베르게가 우울증을 유발시킬 수도 있다. 그런 사람은 필히 다른 숙소를 이용하시길.

1
2
3
4
5

Spain

1 성가족성당_ 가우디는 서른살이던 1882년에 성가족성당의 공사를 시작했지만 죽을 때까지 일부분밖에 완성할 수 없었다. 결국 다른 건축가들에게 바톤터치 되어 지금까지 공사중인데 언제 완축될 지는 여전히 알 수 없다고 한다.

2 마르베야골목_ 파랗고 노란 벽을 장식한 화분들이 앙증맞다.

3 론다의 그 유명한 '누에보다리'는 생각보다 시시했지만, 그 옆에 절벽을 비롯한 풍광이 나무랄 데 없이 멋진 데다 마을도 예뻐서 와보길 잘했다는 생각이 들었다.

4 구엘공원_ 역시나 가우디의 작품으로 세계문화유산으로 지정되었다. 가우디가 구엘이라는 귀족에게 부탁을 받고 지었다고 하는데, 어른을 위해 지었다고는 믿기지 않을 정도로 천진하고 자유로운 화려한 색과 선으로 방문자들을 한껏 유쾌하게 만들어 준다.

5 일요벼룩시장(엘 라스트로)_ 일요일 오전에 서서 오후 두세 시 되면 파장이다. 새 물건부터 중고 물건, 가짜 향수까지 수많은 물건과 그 수에 필적할 만큼 많은 사람들로 북적거린다.

6 발견의 기념비_ 리스본의 대표적인 조형물. 엔리케 황해 왕자를 선두로 바스코 다가마, 마젤란, 콜럼버스등의 인물이 새겨져 있다. 한때 세계무대에서 최강자였던 포르투갈의 모습을 그들은 잊고 싶지 않겠지.

7 세비야마차_ 세비야 시내를 한 바퀴 돌아주는 관광객용 마차. 마차가 너무 많아서 사람을 태운 마차보다 빈 마차가 훨씬 눈에 많이 띈다.

8 마르베야 바다_ 말라가에서 실망을 안고 와서인지 마르베야에 도착하는 순간 기분이 좋아졌다. 깨끗하게 정돈된 해안가가 산책하기 그만이다.

6

7 8

1 아랍골목_ 그라나다의 골목엔 아랍인들이 하는 가게가 유독 많다. 예전 알함브라 궁전을 떠나야했던 보압딜왕이 "알함브라를 두고 떠나야하다니…."하고 눈물을 흘렸다고 하는데, 이제 그의 후예들이 하나 둘 이곳으로 돌아와 그들의 새로운 사회를 만들어가고 있다.

2 포르투_ 포르투갈에서 가장 아름다운 도시라고 소문이 자자하다. 그리고 그것은 결코 헛소문이 아니었다.

3 수로(아쿠에둑토)_ 서기 50년쯤 로마시대에 지어진 것으로 추정되는 것으로 가장 완벽한 형태로 보존된 수로라고 한다. 실용성을 중시하는 로마인들의 성품이 잘 드러나는 건축물이다. 꼼꼼하게 잘 맞춘 돌의 아귀가 지금 봐도 놀랍다. 물이 안 새고 잘 흘렀겠지?

4 아빌라성_ 아빌라성은 성벽을 따라 성 위를 빙 둘러가며 따라 걸을 수 있다. 데이트 코스로 만점! 성 아래로 보이는 아빌라 구시가 풍경도 좋고, 몰래 숨어 마리화나를 태우는 동네 꼬맹이들도 슬쩍 구경할 수 있다.

5 플라사마요르_ 관광객들과 놀러 나온 스페인 청춘들로 푸에르타 델 솔부터 마요르 광장까지는 사람들의 활기로 가득찬다. 광장 주변엔 저렴한 술집들(메손meson이라 불리는)이 많아 맥주 한 잔 하기에 좋다. 맛있는 타파들이 많다.

Spain
3
4
5

Bye